予言どおりに
島で人が死にます。
よろしくお願いします。

澤村伊智

澤村伊智

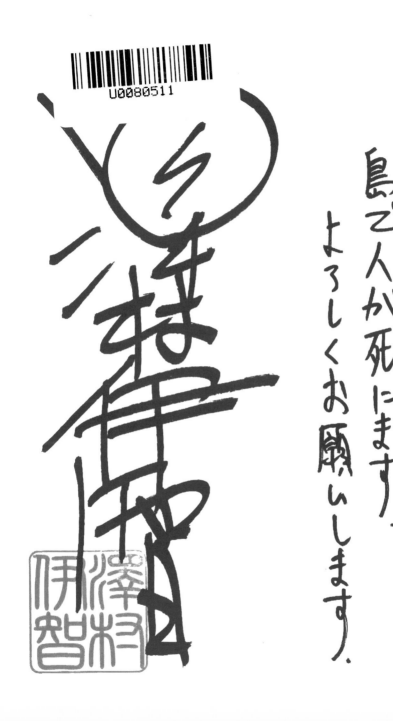

如同預言所示
在島上有人死去了。
請各位多多指教。

澤村伊智

預言之島

さわむらいち
澤村伊智

瑞昇文化

表與裡　合而為一時
光與闇　結為一體時
其光輝無從止步
不成一「元」之始

序幕

「畢竟聖天大人可也算是佛之類的呢，這樣一來，小夜小姐的風采不正像是巫女嗎？」
「這種事情有什麼差別呢？不管是加持、還是祈禱這類行為，就是要誇張些，看起來才可信。」
——橫溝正史《獄門島》

老舊紙門的另一邊是「霧久井莊」一樓深處最寬敞的房間，目前裡頭聚集了許多人。聽起來有人正在憤怒發火、還有人在道歉，雙方說的都是標準語。這種說話方式只在電視上聽過，總覺得非常奇怪、很是刺耳。

裡頭傳出嘩啦啦翻動紙張的聲音，喀噠喀噠則是他們組裝並且架設攝影機材的聲響。還有一些穿著襪子踩過榻榻米時發出的細微聲音。

比呂從紙門間的縫隙悄悄地往裡頭看。

房裡有大人們的背影、還有大大的電視攝影機與螢幕，榻榻米上蜿蜒著好幾條電線，當中還有幾條從紙門的縫隙延伸到走廊、插在牆壁的插座上，那看來就像是又長又粗的蚯蚓或沒有腳的沙蠶。燈光照亮了房間深處。

她在哪裡呢？

剛剛還在跟我說話，樣貌可愛、像是小公主一樣的女孩在哪裡？

他一會兒伸直背脊、一會兒又蹲下，試著尋找女孩身影，與此同時，耳邊傳來有人喊著：「好，倒數五秒鐘！」

房裡的空氣為之一變，氣氛也緊張了起來。

「四、三……」

不認識的大人對著房間深處，用手指比出倒數的訊息。但數到二就停了，不知不覺間，房裡的所有人都靜了下來，比呂也壓低了呼吸。不認識的大人用手比了比房間深處，那是不是表示「請」的意思呢？

聽見有人噢唔一聲、嘆了口氣，感覺是非常痛苦而沉重的一口氣。

「您怎麼了？」

某個大人問了這句話，同時又傳來嘩啦一聲的紙張聲響。

「……頭很痛。」

那是一個年老女性的聲音。

「入夜之後就這樣了，強烈的靈氣緊緊壓迫我的腦袋，同時我也渾身發冷。諾，你們看看。」

比呂放棄尋找聲音的主人，轉而定睛凝視螢幕。畫面中央稍偏右的地方有個打扮誇張的老婦人端正跪坐著，她正向左邊的中年男性展示自己的右手。

「真的哪。」

男性睜大了眼睛。他是這個旅館的主人須永先生，那歷盡風霜的面孔反射了燈光，正閃閃發亮。

「嗯，我從剛才就一直起雞皮疙瘩。」

聽了她的話，比呂終於搞清楚狀況了。

「真的那麼危險嗎？很強烈的話，表示對方的戰力很高吧？」

不知道是誰開口問了這句話，聲音聽起來相當不屑的樣子。

老婦人回答：「……嗯啊。」

畫面中的她渾身顫抖著，按著自己的太陽穴又皺起了眉，將視線轉往山的那一邊。

「我感受到非常強烈的恨意，也感受到非常淒厲的嫌惡。對於居住在這個村子裡的人、來訪問這座島嶼的人，都有著無止盡的憎恨。想把大家都拉到那個世界去、想讓大家體會與自己相同的痛苦，凌虐大家，慢慢、慢慢地——」

殺了大家。

她低語吐出了最後幾個字。房裡一片靜默，兩個染了淺色頭髮的年輕攝影工作人員按住嘴巴、身軀顫抖著。他們在笑，因為他們認為老婦人說的是謊話，肯定是信口胡謅。

比呂簡直不敢置信。

因為比呂完全被她的用字遣詞和說話方式給震撼到害怕至極。他從老婦人的話語聯想起那黑暗的山中景色，因而發起抖來。他完全無法理解，這種狀況下怎麼有人能笑得出來。更何況在別人認真說話的時候，笑出來也太沒禮貌了吧。

螢幕上的老婦人緊握著藍色的念珠。

老婦人似乎是個有名的靈能者。印象中曾經在電視上看過她，島上的大人們也是這麼說的。比呂對於幽靈、UFO、尼斯湖水怪這類東西沒什麼興趣。小自己一年級的山下光輝似乎挺愛那些東西的，不過他因為家裡的關係，半年前就搬走了。要是他還在島上，現在應該樂不可支吧。沉浸在這樣的思緒中，比呂忽然覺得有些難受。

大家都走了。

這個島上只剩下自己一個人。只剩下我一個——

「是地縛靈嗎？」

聽見工作人員這麼問，比呂又回過神來。

「怨靈就是怨靈，是棲息在疋田山的**疋田怨靈**。這裡的確也流傳著這個古老傳說，剛才您有提過吧？」

「呃、對。」

須永慌張地回答，同時向背後的島民們徵求同意：「對吧？」眾人一起點了點頭。

「到現在也還怨恨著島上的人，一直想殺掉我們，是有這樣的事情沒錯。」

須永尷尬地回答。老婦人也有氣無力笑著說：「謝謝您。」

居然有這種傳說嗎？比呂感到萬分驚訝。但是大人們似乎都知道這件事情。

有個大人喊了老婦人的名字。

「您要怎麼辦？試著對話？開戰？或者要和守護靈商量一下呢？」

「上山吧。總之先試著對話看看，順利的話也許攝影機能拍到一點東西。」

「非去不可嗎？」

須永突然問道。不認識的大人們——那些攝影人員面面相覷。還有人確認起手上的本子。

「您怎麼突然這麼問呢？」

「哎呀，這麼晚哩，想說路不好走欸，嘿、嘿嘿。」

須永硬是擠出笑容，臉上斗大的汗珠閃著光輝，轉瞬從臉頰旁流往下巴。其他島民們也都低著頭望向自己的手邊。

老婦人露出微笑。也許是頭還在痛，那笑容顯得有些抽搐。

「沒問題的，我小時候也經常在山上走呢。作為潮來巫女的母親常常拉著我的手，走在夜晚的山路上。」

「喔？是那個很有名的恐山潮來唷？」

「**不是**。」

「啊？」須永仍帶著笑容詢問。

「不……沒什麼。我們還是先去山上吧，馬上出發。」

語畢，她忽然轉向了這邊。視線對上了。

明知她只是正面轉向了攝影機的鏡頭，但比呂還是下意識倒抽了一口氣，緊張感讓身體都僵硬了。

黑色的長髮、整片瀏海像凝固似地紋風不動，滿臉刻劃著深深的皺紋，青色的眼瞼配上大紅的唇色。

這是與島上女性完全不同的濃烈誇張妝容，是因為要上電視所以才這樣化的嗎？

「有怨靈。」老婦人沉穩地說著。

「前幾天過世的那位，也是由於那個作祟而減壽。我想島上的人應該也都接二連三變得非常虛弱才是。」

彷彿晴天霹靂打在自己身上般，比呂差點驚呼出聲，因而猛然按住自己的嘴。她那肯定的口吻貫穿了自己的胸膛，腦海中浮現出父母的臉孔。

不斷咳嗽的父親，以及臥病在床的母親。

她說的沒錯，她說中了父母的事情。

島上應該沒人告訴她這件事情，畢竟連須永等人看起來也都非常驚訝。為何她會知道呢？這就是所謂靈感的力量嗎？

那麼父親和母親會變成那樣，果然——

總覺得呼吸困難，自己的心跳聲也好吵。或許是對須永等人的反應感到滿意，老婦人「呼」地吐出了一口氣。

比呂全身寒毛直豎。

「是，我很清楚。這座島、這個村子被非常強悍的怨靈支配，我必須要去面對它才行。」

就算想移開目光也辦不到。

比呂越來越覺得害怕。不光只是她提到的怨靈，同時也對老婦人懷抱恐懼。

「好，OK啦！」

剛聽見這聲音，房間裡又開始鼓譟了起來。還有某個人在怒罵另一個人。

比呂像是被電到一般，馬上遠離紙門，穿過走廊向大廳走去。他緊抓著櫃台，等待自己的心跳恢復正常。只不過稍微跑了一下就喘不過氣，衣服下也冷汗直流。

「比呂。」

聽見聲音後回過頭去，那女孩——沙千花就站在那兒。她燦爛地笑著說道。

「他們說我可以在這裡等，所以我們來玩吧。」

「真的嗎？」比呂自然地回以笑容。

「那你要聊聊東京的事情。你說見過安室奈美惠，是真的嗎？」

「嗯，我在台裡跟她擦身而過。」

「台裡？」

「就是電視台大樓，她很可愛唷。」

「欸欸……」比呂感動不已。兩人試著一起鑽到櫃台下的空間，沙千花也嘻嘻笑著。那讓她看來像是個小公主的捲髮騷動著比呂的鼻子，他只能忍著不要打噴嚏。

「你還有見過誰呢？」

「嗯還有——」

蹲在旁邊的沙千花用手指點著自己的臉頰，此時兩人聽見走廊深處傳來緊張萬分的說話聲。

「這下可糟糕了。」須永和島民們僵硬地快步走了過來。

比呂和沙千花對看了一眼，趕緊閉上自己的嘴巴。

島民們像是七嘴八舌地在談論些什麼。聲音雖然很小，但聽得出來似乎是在爭論、吵些什麼事情，他們在櫃台前停下了腳步。

「要是事情無法挽回該怎麼辦咧。」

「**最糟的情況可是會死的喔**。」

「不是正好嗎，那樣就太好哩。」

「被發現就太晚咧。」

「這種節目是什麼事都沒發生才能成立哪。」

「事到如今還能怎麼辦。」須永猛然制止大家，「也只能看運氣啦。不……**看疋田怨靈的心情啦**，是唄？」

沒有人能開口反駁。攝影組也咚咚咚地走出來以後，島民們就閉上了嘴，紛紛往外走去。

大人們的腳一雙雙從眼前經過，大家都從那木棧板走廊上咚咚咚地走了出去。

比呂回想著方才須永等人的話語。

第一次聽見島上的人那樣講話，還真是挺新鮮的，但也更加感到不安。

「疋田怨靈……」他下意識地喃喃自語。

沒聽說過啊。別說是爸媽了，根本沒有任何人提過這件事。但是須永等人的對話聽起來不像是在開玩笑。

「那是什麼意思？」沙千花問道。方才她臉上的笑容已經完全消失，眼中擺盪著不安的情緒，臉色看起來似乎也變得非常差。

有條長長的裙子經過了眼前，那是有著孔雀刺繡圖案的黑色長裙。這個人踩著寂靜的步伐走向了玄關。

是那個老婦人，也就是沙千花的外婆，肯定是要去疋田山吧。

沙千花盯著那有如眼珠般的孔雀羽毛圖案脫口而出。

「那種東西，不都是騙人的嗎？」

第一章

警告

一

就在大原宗作打算於自己租借的公寓裡自殺的當下，千鈞一髮阻止這件事情發生的，正是他的父親。從好幾個月前就連絡不到人，因為很擔心，所以才過去看看。

父親告訴周遭人士的理由，聽起來很合情合理，但為何他會在那天前往兒子的住處，其實就連他自己也不太明白。他會在那天早上九點從兵庫縣伊丹市的自家轉搭好幾班電車、花費四小時去到位於東京都中野區的兒子住處，總該有個直接的動機。

「總覺得死去的老婆在對我說『你給我去一趟』。」

周遭的人多問兩句，他思考了一會兒便說出了這個理由。

他的妻子在十年前就已經因為胃癌病逝了。

當然哪有什麼死者的魂魄，所以也不可能聽見死者的聲音。因此說來那就是一種直覺、靈感、第六感之類的東西吧。但是把這些文字都羅列出來，也無法正確說明這件事。因為不管怎麼爬梳，這些文字都顯示了「不具邏輯性」、「直覺、感覺性」。

「也就是親子之間的羈絆吧。」

「……我說，老媽啊。」

現在是平日晚上九點，天宮淳聽完一連串經過，嘆著氣說道：「沒有那回事吧。」

「有啦，很平常的啦。」

「好啦好啦。」

「就算分隔兩地也血脈相通，所以會明白地，還有孩子在想什麼、感受如何啦、畢竟是父母親生……」

淳已經沒在聽了，他實在不想聽母親說個沒完沒了，所以直接用肢體動作表現出來。

而且現在最重要的就是宗作獲救了。作為為數不多的朋友，他能大難不死就足夠了，這件事情才是最重要的。

另一方面，宗作的父親也讓人欽佩。因為掛念兒子，才在千鈞一髮的時刻救了他，實在令人尊敬。

「和那個男人完全不一樣咧，那蠢蛋居然丟下我和小淳……」

淳無視母親，拿出了手機。

和返回老家的宗作再次見面，是在奇蹟般的救人事件的一個月後，那是七月下旬的某個星期天。

「宗作。」

下午兩點，地點是車站前的咖啡廳。走進店門，就看到宗作坐在店內深處的四人席，不經意地喃喃道出他的名字。

傳統的日本男性臉龐、略長的黑髮、纖瘦的身體配上樸素的服裝，怎麼看都和過去的他並無不同。除了放任鬍子長了些，其他都和五年前正月休假時最後一次見到他的時候一樣。桌上玻璃杯內的冰咖啡還是滿滿的。

朝那桌走過去，宗作抬起了頭，確認來者後緩緩開口。

「好久……沒問候了。」

「你辛苦啦。」

聽見淳那淡然的慰勞話語，宗作的右臉頰抽了抽，似乎是笑了。

「你還真是沒變哪，淳。」

淳答道「嗯啊」，坐在宗作的對面。

點了冰咖啡之後，盡量普通、自然地向他搭話。

「不過啊，真是太好哩，畢竟還能像這樣見面。」

宗作沒有回答，淳連忙慌張地說：「暫時休一陣子也好吧？也有失業保險對吧？」

「嗯啊。」這次他就回話了。

淳試著放鬆嘴角說道：「再怎麼說，你爸還是會開心吧。去年見面的時候，他說你不在，覺得很寂寞咧。」

「別說傻話了。」

宗作莫名加重了語氣，是標準語。他已經沒有地方腔調了呢。但是他去東京後也已經過了十五年，或許這也是理所當然的。雖然頗為合理，還是對他的變化感到非常困惑。印象中，他五年前講話時還帶有腔調的啊。

「兒子都年過三十七了，回來老家哪有什麼好令人開心的，更何況幾乎不可能再次就業了。」

看宗作瞪著桌子喃喃自語，也只能告訴他：「京大畢業的人說什麼傻話咧，履歷也很漂亮，方法多的是吧。」

這是單純的事實。快四十了卻被公司解雇可能算是扣分吧，不過宗作的履歷應該能夠補上這點小缺失。

「和伊丹大學畢業、在小小零食公司的上班族相比……」

「不。」宗作打斷這話，用陰暗的眼睛看著淳。

「我就只有履歷而已，根本沒有在現實社會中生存的技能。沒有社交能力、沒有察言觀色的能力、就連忠誠心也是。」

「忠誠心？」

「在大企業裡工作的人一定要有的。」他扯了扯嘴角。

「是誰說那種話？」

「上司啊。不……是前上司了。」

「宗作——」

「淳，我明白的。」

他動作緩慢地抱住了自己的頭，搔著頭髮。

「我都明白啊，那傢伙說的事情實在沒道理。那只不過是他的立場、用來綁住部下手腳的說詞罷了。我在公司裡的時候就知道這種事情了。但是……」

他低著頭僵了好一陣子，「……我實在不認為現在的自己就有多中用，只是個既無能又脫節的失敗者……」

宗作的聲音就像消失在空氣中，接二連三說著否定自己的話語。

「沒、沒有那種事啦……」

淳試著想插話。

這時脫口而出：「沒有人覺得你是那樣的，我或是你父親都一樣，是那間公司的人太奇怪咧，而且……」

「騙人。」宗作喃喃低語，充血的眼睛從瀏海之間望了出來。

「其實你們都把我當傻子吧？」

「啊？」

「待在這兒的時候說了什麼『不想埋沒在鄉下溫暖的人際關係裡』、『不想當個井底之蛙』這種大話就跑到大都市的傢伙，結果還不是溜回來了，一定覺得很好笑吧。也沒成家就逃回來，大家一定在內心嘲笑我不過是個大學就達到人生巔峰的傢伙吧。不管是你、還是你的……」

「宗作。」

忍不住拍了桌子。原先只是想輕輕拍一下，聲響卻意外地大，其他客人都轉頭望向這裡。

「真的非常抱歉。」淳小小聲地道歉著。

盡量不去在意投往這兒的視線，盡可能冷靜告訴他：「只有宗作你自己這麼想。不，不對，都是那個上司**讓你這麼想**。你明白的唄。」

宗作別過眼睛，無奈地垂下了頭。店員抓準這個時機出現，放下兩杯冰咖啡就馬上離開。

茫然地望著宗作微微顫抖的肩頭，忍不住也打了個冷顫。雖然沒成功，但事實上他畢竟是被逼到選擇死亡的地步。另一個事實，就是他現在仍然處在那樣的壓力下。親眼見證到這一點，不禁令人感到恐懼。

二

在黑心企業遭受上司的權力霸凌。

這樣就能簡單說明宗作患上心病、以及他意圖尋短的理由。就算回到老家，他仍然遭受卑劣感、失敗感以及被害妄想的苛責，也就是所謂的後遺症。

把這些事情化為實際的文字看來非常迂腐，但既然當事人是淳的朋友，那可就不一樣了。而且還是那個宗作啊！那個學問淵博、思路清晰，絕對不會墨守成規、可以說是身段非常柔軟的宗作啊。他可是絕對不會因為自己的聰慧而顯露傲慢，不管怎麼看都是個「好傢伙」的宗作啊。

聽說他在大學畢業之後進入大型通訊公司，五年後轉職到ＩＴ企業工作了七年，接下來進入成立沒多久的新創企業，卻一天到晚被上司罵到臭頭。

而且好像每個月加班都超過一百二十個小時，而睡眠時間每天就只有三小時左右。

「我現在還能聽見有人對我說……『這不是請求，是業務命令』。」

「在夢裡？」

「不，平常醒著就會聽到，是上司們常說的話。」

還真是蠢到不行，盡可能忍住別用鼻子笑出聲來。而且宗作自己也非常清楚這一點吧。

「更辛苦的公司還多的是，我們算是輕鬆的呢。」

「在我們這裡不行的話，去哪裡都不成。」

「就算你現在辭職了，也沒有公司會要你。」

從宗作那裡聽來的那些上司威脅語句，還真都是些老調子。不管是哪句話，要是自己聽了應該都會反駁吧。話雖如此，要是一直聽到這種話，講難聽點大概也會習以為常了，就像現在的宗作這樣。

根本是洗腦，是一種心靈控制。

就算是在大都會東京，還是會在一個封閉的社群中染上偏頗的價值觀。不管覺得有多異常，終究還是會有無法脫離那個狀況的可能性。

宗作決心自殺的主要動機，是因為「不想給公司和父親添麻煩」。那天他早上七點回家洗澡，稍微補個眠，接著在十一點的時候醒來。

「當時我一點也不覺得奇怪，還想著這樣萬事齊備、可以去死了。」

他在浴室拿起了含有硫磺成分的泡澡劑，以及酸性的浴室用清潔劑。好像是想在洗臉台混合兩者，藉著化學作用產生硫化氫，然後吸入體內尋死。會選擇使用硫化氫，理由是「這是最不會弄髒房間的方式」。

正當他要將臉湊向洗臉台的瞬間，門鈴卻響了，手忙腳亂之下聽見外頭傳來了聲音。

「我要開門囉。」

是父親。驚覺此事的宗作怒火中燒，對進門的父親就是一頓痛揍。

「別妨礙我！難不成要我給大家添麻煩嗎……我居然認真地想這種蠢事，也記得自己吼了這種蠢話。被父親回拳之後我才渾身脫力，之後的事情就沒什麼記憶了。」

平常就被逼到盡頭的人，說不定真的不會給那些向自己伸出援手的人好臉色呢。雖然這讓人難以接受，但也是事實吧。宗作應該也不會說這種謊。

宗作的父親去了趟公司後，他馬上獲准離職。現身應對的部長似乎還推了推紅色鏡框的眼鏡，迂腐地表示：「原先是希望令郎能夠身懷經營者的觀點，真是太遺憾了。」

宗作現在回到老家休養，也前往身心科看診，但據說一點都沒有振作起精神。

聽完他的話，也報告完沒什麼變化的近況，外頭天色已經暗了下來。將宗作送到家門口、回到自家以後，淳倒在自己房裡的床上。

氣力消耗殆盡。但卻完全沒有食慾。

連燈都沒打開，就這樣望著天花板。在一片黑暗當中，過往的記憶也在腦海裡浮現。

淳在準備大學考試的時候經常向宗作求助，而五個主要學科都總是非常仔細地教導。對他說「比老師教的還容易懂呢」的時候，他臉上還浮現了有些尷尬的笑容。

園遊會、高中考試。宗作把眼鏡換成隱形眼鏡，應該是在中學二年級的時候吧。

小學的時候也曾打著「探險」的名義跑到附近的山裡，還曾經刻意辛苦地穿過住宅區家家戶戶間的縫隙。雖然是淳先接觸超級任天堂的，但卻是他比較會玩「瑪利歐賽車」。

回想起來的盡是些瑣碎事情。但正因為是這樣的事，對於淳來說才是無可取代的記憶。內向的淳很難交到朋友，不管是班上其他同學、還是學校老師都無法卸除他的心防。就算是新學期或者剛升學時交到還不錯的朋友，也沒多久就分道揚鑣了。

願意和這樣的淳延續友誼至今的宗作，現在卻面臨如此重大的危機。

嘟嘟嘟、嘟嘟嘟。

手邊感受到微微的動靜，打開包包後發現手機正在震動。液晶畫面上顯示的是個不認識的號碼。

「你好。」

「咦……請問這是縣立伊丹南高中畢業生，天宮淳先生的號碼嗎？」

電話另一頭傳來萬分困惑的男性聲音，這個聲音倒是有印象。

「是春夫嗎！」

淳忍不住叫了出聲，趕緊抓過手機。將聲音切換成擴音模式之後，開了房間的燈。

「抱歉，是我，我是淳沒錯。你換了號碼？」

「噢，抱歉，嚇了一跳，我還以為打錯電話了。」

是岬春夫，可以想見電話另一頭是個帶著笑意的方臉。

不只小學、中學、高中，就連大學都和淳在一起，是比宗作交情更久的朋友。

「你跑去哪裡啦?呃……有一年沒見了哪。」

「在靠日本海那一帶晃來晃去啊，現在回老家囉。」

說的真是輕鬆。春夫沒有固定住處，他從學生時代就常將學業丟在一邊，跑去長途旅行或熱心公益地做著義工活動。就算出了社會也還是沒有個固定工作，總是去到某個地方落腳後才開始工作，因此似乎有過各式各樣的工作經驗。據說他在某地認識了交往對象，也常帶著那個叫做小藍的女性四處奔波。

「你和小藍還行嗎?順利嗎?」

「欸，還算順利啦。那傢伙最近還幸福肥咧，體重都……哎呀，先別提那個了。」

春夫的口氣忽然變得非常認真。

「淳，我聽說宗作的事咧，所以才回來啦。」

「聽誰說的?」淳問道。

「老媽。」他的聲音聽來有些低落，「都不是什麼好話呀，雖然也不至於說他的壞話啦。」

淳一副垂頭喪氣的樣子。

流言蜚語已經開始在附近傳播了啊。快四十歲的男人辭掉工作回鄉、有心理疾病、而且還沒有成家，這對於那些多嘴的人來說真是個好題材。

淳告訴春夫，自己已經和宗作碰面，也談了一下。

「……所以說，狀況不是很好。」

「這樣啊。」春夫像是呻吟般地回話。

「雖然想幫幫他，但又不知道我們能做些什麼。大概就是絕對不可以說什麼『加油喔』這種話而已唄。」

「是呢。」

「以平常心對待他應該是最好的吧……我只能想到吃飯閒聊，仔細想想根本沒有共通的興趣呢。」

「就是啊。」

青梅竹馬、老交情、孽緣——關於這三人的關係，雖然能夠馬上想到許多詞彙，但是關係本身卻沒有一定的實體。若事有萬一，就連個具體的對策也想不出來。

「該怎麼做才好呢。」

淳怨嘆似地叨念著。

春夫沉默了好一會兒，忽然用完全不像是這個情況下會出現的開朗語氣問道：「你下星期有空嗎？」

「啊？」

「下星期天早上十點，來我家吧，我會連絡宗作的。」

「喂，春夫……」

「你有事嗎？要跟伯母出門？」

「不，沒問題啦，時間那麼早要做什麼哩？而且還是去春夫的家？」

這是個單純的疑問。春夫開心地哼了哼聲。

「當然是來玩囉。」

三

熱血高校隊的主將「國雄」用馬赫踢一舉擊破聯合隊成員「五代」。噗噗——耳邊傳來警告般的聲響，被擊敗的「五代」閃爍之後消失了。

「我輸啦。」

春夫發出有氣無力的聲音，將遊戲機的手把丟在地板上。操作「國雄」的宗作則像是剛做完一件大工作似地轉了轉頸子。

「太卑鄙啦！哪有人突然丟掉木刀啦，這樣就不能用棒數絕招咧！」

「這只是戰術，並沒有違反規則。」

「又來啦！單打獨鬥的想法！」

春夫有些懊悔地說著，然後把手把撿起來。老早就敗下陣來的淳則是望著地板上的任天堂紅白機。

他們聚在春夫那獨棟房的老家客廳裡玩《下町熱血行進曲　前進大運動會》這款遊戲。最多可以四個人一起玩，這是在淳他們的小學高年級時代非常受歡迎的遊戲。

「沒想到你竟然還留著啊，紅白機跟遊戲都還在。」

「是，我很會保存東西的。」

春夫用誇張的語氣說著，一口氣喝乾了寶特瓶中的汽水。

電視畫面上是頒獎典禮，「國雄」以外的隊長隨著音效聲響一起被噴飛到其他地方，而「國雄」則是朝著畫面比了好幾次勝利的手勢。遊戲是熱血高校獲勝，也就是宗作贏得了勝利。

宗作凝視著電視畫面。他的表情非常曖昧，看不出來在想些什麼。

「……明明玩遊戲我就行呢。」

他低下頭小聲地說著。看來造成了反效果。

視線角落的春夫臉色一沉。

這該怎麼是好呢？沒有能夠鼓勵宗作的話語嗎？正絞盡腦汁時，就聽見春夫猛然開口：「要不要去旅行？」

接著啪嚓一聲，他關上了紅白機的電源。

「現在嗎？」

「不，我是說最近啦。我自己隨時都可以……」他望了過來。

淳點了點頭，「可以呀，公司也還有特休。」

「——我問問醫生。」

宗作抬起頭來、一臉曖昧地說道，但又馬上接著說：「不過，坦白說我不是特別想去呢，畢竟這樣會浪費你們的時間。」

「沒關係啦，」春夫開朗地說。

「只打紅白機太侷限啦。要玩棒球、足球還是壘球也很累。都這把年紀了，去美國村也沒啥好買，跑去大丸也不是辦法。」

「去 GRAND FRONT 大阪還是阿倍野 HARUKAS 也很怪哩。」

年輕的時候什麼都能做，現在卻很困難了。不管有多少新的觀光景點，都不會讓人覺得特別想去。

「我又不能喝酒、宗作也是別喝比較好，用消去法想想就只剩旅行啦。」

春夫抓起了手邊的手機說道：「有個好地方喔，位在知名的瀨戶內海上的島嶼。」

「你是說直島嗎？」宗作面無表情地問。

浮現在腦海內的是端坐在防波堤邊的巨大南瓜裝置藝術，南瓜黃色的表面上有大小不一的黑色圓點，可說是藝術家草間彌生偏執樣貌的化身。

直島是香川縣有名的「藝術之島」，這是大企業 Benesse 開發、可讓人鑑賞藝術的休閒度假島嶼之一。連同附近的豐島、犬島共三個島嶼，上頭設有多處美術館，室外也展示了許多藝術作品。

「還真是挺意外的選擇呢，哎呀，偶爾欣賞一下藝術大概也不錯。」

淳才說完這句話，春夫立刻嗤之以鼻。

「才不是。誰要去那種骯髒島嶼咧。」

他的表情非常平心靜氣，但眼神和語氣都非常認真。

「我不覺得髒哪，怎麼這麼說？」

「說明起來可麻煩了，總之我不會把那邊列入後補啦。」

「那要去哪哩？小豆島？」淳提出了瀨戶內海中的代表性島嶼。

「不是咧、不是。」

春夫的表情放鬆了些，他邊滑手機邊說：「比家島諸島還要南邊，行政區域上算是兵庫縣的H市。」

他將手機轉了過來。淳將臉靠了過去，宗作也跟著探頭過來。

那應該是個市公所經營的網站，相當簡單，螢幕上大大顯示著海洋與島嶼的畫面。

島上有大小兩座山，照片左邊的山有如丘陵般低緩、右邊則是陡峭的高山。在島的中央，矮山的山腳下有聚落，前方就是港口。港中有兩艘生鏽的漁船。從房屋、船隻與樹木的比例上看來，是個頗為小巧的島嶼。

照片旁用斗大的文字寫著以下文字。

〈霧久井島 MUKUI Island

空無一物之島。因此是個能夠找到失落事物的島嶼〉

「……要去這裡做什麼呢？」淳開口問道。

「這可是官方自己宣稱空無一物的地方咧，應該真的什麼都沒有吧。」

「是呀，完全沒有名產、美景，島民都是老人家、還只有三十人哩。往後應該也不會增加了吧。」

春夫說明的時候似乎還挺開心的，但那張方臉浮現出若有深意的表情。

「還是說，是要去看極限聚落*之類的？」宗作開口問道。

淳接著說：「就像是到後山探險那種氣氛——」

「非常可惜，不是那樣啦。」春夫放下了手機，說道：「最近有很多人在討論這裡喔，網路上也三不五時就會看到。在一些綜合討論區啦、神祕學網站之類的。」他笑咪咪地在這裡打住。

看來是有言外之意，是想讓他們猜猜看吧。

「該不會是靈異景點？」宗作問道。

春夫大大地點了個頭。

淳發出了一聲「咦——」。

雖然不至於感到大為失望，卻覺得少了點什麼，馬上就感到興趣缺缺。

靈異景點未免也太無趣了。只不過是一些散發著恐怖氣氛的場所，不然就是過去曾經發生悲慘的事件或意外，死去之人的靈魂「可能會殘留」在該處、因而成為怨靈的地方。

最近也有一些電視節目會讓膽小的藝人或者自稱是靈能者的人前往那些地方，然後身體出了狀況、或者宣稱「聽見了聲音」之類的，淳幾乎都是抱著看搞笑節目的心情在看的。

另外兩人又是如何呢？是覺得有趣而提議的嗎？又或者是認真相信靈啦、怨念啦這類東西才開口邀約

＊原文為「限界集落」，意指因各種原因造成的人口外移導致空洞化、當地65歲以上的人口超過五成，在環境與社會生活維持等方面都到達極限的聚落。

的呢？

「我覺得**我們**都會喜歡呢。」

好像完全沒察覺其他人是怎麼想的，春夫的雙眼散發光輝。

「唔嗯，」宗作搔了搔頭。「我是不討厭鬼屋啦，不過這種的就……」

春夫看上去絲毫沒有失望的樣子，反而說：「我也不認為真的有什麼啦。怎麼可能有什麼靈之類的，我對靈異景點也沒有興趣哩。」

「這、這樣喔。」淳鬆了口氣。

「但這裡不一樣喔！」春夫將臉靠了過來，「霧久井島呢，曾經發生過這樣的事。九〇年代的時候有個靈異節目到這裡攝影，結果登場的靈能者變得怪怪的，之後馬上就死掉咧。節目就這樣被收了起來，然後工作人員和靈能者的家人也接二連三遭逢不幸。也就是說——被什麼作祟的東西給纏上啦。」

他壓低了聲音，就像是在說鬼故事一樣。

「霧久井島以前是個流放地，殘留著罪人們的執念和怨念。現在前往這座島也還能聽見奇怪的聲音、或者遭逢不幸……欸，這些算是閒談啦，重要的是另一件事。」

他依序望向淳和宗作。

「變得怪怪的，後來死掉的靈能者，就是**那個**宇津木幽子唷。」

「不會吧！」

淳放大了音量。

正當宗作也想說些什麼時，春夫便開口蓋過他：「宇津木幽子臨死前有留下預言呢！可以算是她這輩子最後的預言吧。那是這樣寫的——**今年的八月二十五日到二十六日凌晨之間，霧久井島上會死六個人。**」

四

八月二十四日，早上十一點。

在JR伊丹站的剪票口等候時，看到宗作在人群中出現，他低著頭、膽戰心驚地走著。鬍子還是沒刮、比先前更長了，那陰鬱的氣氛絲毫沒變。

大大揮手叫喚後，他才一臉鬆了口氣似地走了過來。

「……不會太勉強你吧？」

「噢，沒問題的。」被淳這麼一問，宗作輕輕點了頭，「我買了這個呢。」他拍了拍旅行袋。看材質的光澤，很明顯是個全新的包包。

「特地買這個？」

「是啊，還是有點期待呢。畢竟那可是和宇津木幽子有淵源的島嶼呢。而且還是怨靈、預言之類的。」

「你相信啊？」

「怎麼可能。」宗作搖了搖頭，「只是覺得令人懷念。就算是流言蜚語、又或者只是傳聞。」淳忍不住苦笑起來。

流言蜚語、傳聞。確實如此呢。因為看到網路上的傳聞而特地前往，真的是非常孩子氣的遊戲。但若是能讓宗作的心情多少開朗一些，那麼就有一試的價值。

「哎呀哎呀，久等啦。」

春夫來了，他背著顯然比三天兩夜的行程需求還要大上許多的背包，頭上還綁著白色毛巾。

「真是抱歉，麻煩你了。」淳表示歉意。這次的霧久井島旅行一切都由春夫包辦。不，應該是說都麻煩他處理了。不管是預約旅館、還是到島上之後的具體計畫，全都交給他一個人去做。雖然是他自己表示「交給我」、「你們就期待抵達之後的樂趣吧」，但若說沒有一絲心虛，當然是騙人的。

「沒關係啦。」春夫回答。淳的目光停留在他手上的三本書，那是小到可以單手抓著的書。

「那些書是？」

被這麼一問，春夫向淳與宗作展示了那些書。

「今天早上收到的，路上我們就看這個來提振心情吧。」

封面用帶著恐怖感的字體，寫著：

《宇津木幽子鑑定　靈異照片大百科 PART4》

《宇津木幽子的靈異體驗2》

《遺作 宇津木幽子 最後的大預言》

宇津木老師您好：

這是我上個月去遠足時在旅館拍的照片。在排成一列的三個男生之間（最左邊是我、另外兩個是我的好朋友），窗戶後面照到了白色的手，我嚇壞了。

班上的女生還說什麼「這是自殺女性的手」、「感受到強烈的怨念」之類的，讓我覺得好害怕。這種照片可以留著嗎？還是拿去請寺院驅邪會比較好呢？還請老師幫忙鑑定。

（兵庫縣／J・A　小學生）

看起來是很開心的照片呢。而且你的字真的非常好看，讓我覺得有點驚訝。

關於你問題中提到的手，應該是附著在玻璃上的手掌油脂，恐怕是因為閃光燈的關係才會反光的。一點也感受不到有任何靈氣。

我想這對J・A同學來說應該是無可取代的紀錄，請好好保管它吧。當然，完全不需要拿去驅邪或者祭拜之類的。今後也要和朋友好好相處喔。

「這也太令人懷念了吧。」

原先正在閱讀《宇津木幽子鑑定　靈異照片大百科 PART4》的淳抬起頭來對旁邊的春夫說道。電車忽然晃了一下，他連忙抓住扶手、踩穩腳步。

目前正在東海道本線往H站的新快速列車上。
抓著橘色吊環的春夫笑著說：「真的耶。」
宗作站在他的右邊，仍然孜孜不倦讀著《宇津木幽子的靈異體驗2》，他的下巴與頸子交接處有一根鬍鬚特別長而顯眼。
「我都忘了，那時候明明很興奮呢。」
淳舉起了那本書。
「這張照片，是我小學五年級的時候寄的吧。」
「是呀。」
「我怎麼會丟掉哩。」
撫摸著那有摺痕的書籍。
不禁想起那時的事情。鑑定的結果是沒問題，宇津木幽子斷定那並非靈異照片。雖然覺得安心了，但知道那並不是靈異照片後，卻又覺得有些遺憾。
「現在回想起來，那時我們還挺尊敬她哪，宇津木幽子。」
春夫眼神縹緲地喃喃說著。
「她上電視時我們也都會看，還有個節目是讓她和宜保愛子進行靈異照片鑑定對決呢。雖然節目好像結束得不乾不脆。」
「對耶，我有印象，宜保愛子！哇！」

又聽見一個令人感到懷念的專有名詞，也不禁發出感嘆的聲音。

宜保愛子及宇津木幽子。這兩人都是一九八〇到九〇年代中旬，在社會喧騰一時的靈能者。她們自稱可以看見靈的姿態、聽見靈的聲音或者能夠感受到靈。會使用「靈視」來判斷靈異照片是真是假，也會前往可疑的地方或建築物聆聽靈的聲音。

淳他們在小學、中學的時候，班上還分為宜保派及宇津木派，他們三人當然是屬於後者。

淳又再次讀起《宇津木幽子鑑定　靈異照片大百科 PART4》。

封面中央放了一張大大的男女合照，看起來像是一對夫妻。女性的肩膀到腰部有一道像是極光的紅色光線，男女兩人的眼睛都用黑色線條遮了起來。

旁邊則是一位身穿華麗套裝的女性半身照。燙捲的長髮、紅唇、臉上清晰刻劃著深深的皺紋。銳利的目光凝視著鏡頭之外，合十的雙手纏繞著土耳其藍色的念珠，年齡大概是六十歲左右吧。

這就是宇津木幽子。

她所鑑定的靈異照片以及她的言論，總讓當時的淳等人感到驚疑、恐懼及顫慄，他們真的非常熱衷於這些東西。

但是——

「不知何時就『消失了』呢。」淳喃喃自語。

「後來也都沒上電視，雖然也是我們漸漸變得沒興趣……」

「不是因為奧姆真理教的影響嗎？」宗作說道。他將手指夾在書中，非常認真地開始解說。

「九五年的時候發生了地下鐵沙林毒氣事件，奧姆真理教的犯罪事件也逐漸明朗。新聞報導也都指向奧姆真理教，因此電視台、神祕學節目和靈異節目等都變得比較收斂。畢竟這方面的內容有些超出大家可以接受的範圍了。唉，以前麻原也曾說他能夠在空中飄浮之類的，所以媒體把這些東西都視作大同小異……」

這樣就認為他恢復的話，那可就太早了。雖然內心這樣告誡自己，淳還是不禁感到開心。春夫也露出了笑容。

「啊。」宗作忽然停住，表情也愈發陰鬱。「……抱歉。唉呀，真的非常對不起。一不小心就開口賣弄淺薄的知識是我的壞習慣。這些事情實在沒什麼。唉，真的是……在社會上不能這樣對吧……」

他嘴裡嘟囔辯解著，又開始搔起了頭髮。他的上司曾經責備過他這種行為嗎？正想著該如何搭話，就聽見春夫用輕鬆的語調說道。

「現在我們是出來玩啊，哪有什麼不能怎樣的。」

說得沒錯。現在不過是幾個大人在電車上，拿著給小孩子看的書當話題、聊起過往的事情罷了。

「沒錯沒錯。」跟著表達同感後，才看見宗作的表情稍微放鬆了些。

在H站下車之後，出了車站就搭上前往H港的公車。天氣晴朗，射進窗戶的陽光有些眩目。開得過強的空調讓人感到有些寒意，但大家還是在最後一排座位上開心地聊著，話題當然是宇津木幽子。

「好啦！來確認一下這次的重點唄。」

春夫拿出了《遺作 宇津木幽子 最後的大預言》，翻開最後一頁，右邊的頁面使用令人覺得詭異的字體，大大印著像是詩句一般的文字。

我命絕後二十年　彼島將有慘劇生
怨靈作祟或報應　淚雨重重阻救贖
海底自有手伸起　啜飲生血黑長蟲
死之手撫山而下　黑影手持血之刃
不待翌日天明時　靈混六條墮冥府

左邊的頁面則寫著說明。

這是宇津木幽子在逝世前兩小時所寫下的最後預言。即使瀕臨死亡，她也為了人類的未來而使用靈力觀視將來，她的愛真是令人驚訝。二〇一七年八月二十五日，在「那個島」上將會發生什麼樣的慘劇呢？也許我們能夠做的，就只有將她的預言與愛銘記於心，每天誠實度日吧……（編輯部敬上）

這看起來只是把像是預言的語句排列在一起，根本搞不懂是什麼意思。搞得好像要寫成古文，卻又有不通順的地方和錯字。

像什麼「伸起」，那應該是要寫「伸出」才對吧？編輯部的刻意修改也太勉強了。

但整體還是給人非常怪異的氛圍。怨靈、作祟、染血之刃……

「這跟神祕學網站上面放的文字是一樣的。」

春夫一邊比對著手機畫面，非常開心地說著。

「『彼島』加上『報應』就是指霧久井島*吧。加上最後一句話和編輯部的說明，就能確定時間——」

「是預言會有六個人死掉，沒錯吧？」

淳接著把話說完。這並不僅僅只是網路上的流言，而是來自當事者的著作。

「真的死人的話該怎麼辦？」

春夫刻意問得煞有其事，宗作只回以「哈哈」的笑聲。

「真令人懷念。我想起小學的時候也為了好像意義深遠的預言而嚇得半死。」

「諾斯特拉達姆斯嗎？」淳問道。

思緒奔向過往時空。《諾斯特拉達姆斯大預言》在七〇年代蔚為流行，淳等人的孩提時代也有許多神祕學書籍或電視節目積極報導相關訊息。剛聽說的時候，對於裡頭提到「一九九九年的第七個月」、「恐怖大王將會降臨」等內容驚懼到不行，還曾經嚇得睡不著覺，現在看來簡直是笑話一場。

「哎呀，不過也不知道是不是真去了霧久井島出外景。當然也不知道是不是真的沒拍成。」

「是有人加油添醋的吧？肯定是誰讀了預言之後把內容誇大了啦。」

「應該是吧。」

淳一邊聽著朋友們的對話，將目光轉回《最後的大預言》。

剛才感受到的詭異感已經完全消失。

公車終於抵達H港，剛下車的瞬間就覺得熱氣與濕氣包裹了全身。

一棟方形白色建築物聳立在眼前，那用大大紅色文字寫的「船票賣場」看板就掛在正面牆壁上。旁邊則掛著「小豆島」、「家島本島」、「男鹿島」、「坊勢島」等看板，看起來都剛整理過，閃亮亮地反射著陽光。

在這一排島嶼名稱下方有個老舊的小看板。

「霧久井島」

「久」字已經歪歪斜斜，「島」字下半部的「山」都不見了，不知道是脫落還是被吹走的，而且還沒人處理。

「也太差勁了唄。」

淳不斷擦拭著額頭上冒出的汗珠。

「畢竟什麼都沒有呢，那座島。」

淳等人在春夫的引導下走向建築物。踏上階梯、穿過那開放式的玻璃門。

空間內整齊排列著塑膠製的黃色椅子，直直走過去就是船票售票處。售票處有十幾個人在排隊，從服

＊日文的報應與霧久井，讀音皆為「むくい」（mukui）。

裝和說話聲來判斷，似乎大多數是中國來的觀光客，目的地大概是小豆島吧。
隊伍一直沒能前進，排在最後的淳抬頭看著寫有時刻表及航線的板子。
要去霧久井島並沒有直達船，只能搭乘途經家島本島及坊勢島的船隻，單程就要兩千日幣。乘船時間約一小時，一天也只有兩班船。要是沒搭上這班，可就得等到明天早上十點了。
宗作忽然回過頭來，說了句：「我認為有。」
「啊？什麼？」
「預言。嚴格來說是預測未來。」
「噢，是剛才的話題？那種東西……」
看見宗作一臉認真，淳沉默以對。
宗作就是被預測未來救了一命。由於父親受到那種力量的引導，他才沒有自殺成功。
「雖然剛才我隨口說什麼『令人懷念』之類的，但仔細想想，有些事情還真的是這樣呢。」
「說的也是哩，真抱歉。」
「不需要跟我道歉的，我並沒有生氣。」
宗作的表情和緩了下來。
「不只是我自己的事情啦，我剛才是想到了福知山線意外時的傳聞。就是有人要搭電車的時候——」
「那個啊！」淳說道。

ＪＲ福知山線的電車脫軌意外。那是淳出社會的第三年，二〇〇五年四月二十五日發生的事情。脫軌的電車撞上了大樓，駕駛及乘客合計死了一百多人。淳認識的人當中並沒有受害者，但據說上司的親戚人在那列車上，受了雙腳骨折的重傷。

至於所謂的傳聞，是聽說有人在意外發生前要搭車，卻「被不認識的女性制止」。據說在川西池田站和伊丹站的月台上，都有人被拉住衣服、警告「別搭車」，對方還一臉認真地低語：「會出大事的。」結果目送電車離去的時候，那個人也不見了，之後看到新聞時就嚇出渾身冷汗。當然心裡會很感謝那位女性，卻也覺得非常不可思議——

有人說是女孩子、也有人說是年輕女性，但好像絕大多數的人都說是一位老婦人。開始聽到這種傳聞，是在意外發生大概一星期之後吧。

「３１１的時候也有聽過類似的傳聞。據說上野車站、東京車站、東北……尤其是那些要去沿海城鎮的人。」宗作說道。

「我覺得這種形式的預測是有可能的。」

「也許唄。」曖昧地表達同意，但內心還是充滿了疑問。

福知山線的傳聞，並非出現預言者或者能夠預測未來的人。會吻合脫軌意外，是為了提高可信度，但傳聞的核心是「遇到不可思議的存在」，也就是和見到幽靈或者妖怪這類證言是相同的情況。說得更嚴謹一點，就是都市傳說之類的。這和淳他們小學的時候——也就是宇津木幽子大為活躍的時期所流行的「廁所的花子」沒有什麼兩樣。

雖然可以理解宗作想要接受預測未來這種事情，但這兩件事根本完全不同。

斷斷續續地想著這些事情，就聽到耳邊傳來高亢且沙啞的聲音：「你很煩耶！」淳他們一起回過頭。

穿著工作褲、膚色略深的老人在最前排的椅子前瞪大了眼睛。鼻孔張到最大、嘴唇則緊閉著。

站在他面前的是妝容搶眼的纖瘦女性，臉上掛著認真的神情。

年齡應該和淳差不多吧，黑色T恤上寫著大大的Dolce&Gabbana商標。脖子上纏繞著好幾條金項鍊、白色長裙下是銀色的細跟高跟鞋，小小的行李箱是豹紋的塗裝樣式。

室內因為剛才那聲怒吼而轉為一片寂靜，過了些時間才緩緩嘈雜起來。

女子動了動紅唇，但這個距離聽不到她說了什麼。

老人的臉龐難看地扭曲著。

「太蠢哩。」

他吐出這句話之後，就像是要趕走動物一樣揮起手來。女子聳了聳肩，緩緩邁開步伐。行李箱的輪子喀啦喀拉的聲響夾雜著高跟鞋喀喀喀的腳步聲。那粉底厚重的臉上面無表情，看起來沒有任何怒氣或者悲傷的樣子。

她在自動販賣機旁停下腳步，用力甩了甩那波浪捲的明亮髮絲後便往牆壁一靠。

宗作小聲地說：「不知道怎麼了。」

「那種阿姨都很厚臉皮呢，大概是要借充電器還是跟人討點零錢。」春夫瞥了女子一眼說道。

「阿姨？但看起來應該跟我們差不多呢。」

「是喔，我們也是大叔了呢，哈哈。」

淳聽著兩人的對話，悄悄看向那個女子。她不知何時取出了平板電腦在看。剛才那個老人似乎心情非常差，坐在椅子上抖著腳。

隨著隊伍緩緩前進，終於輪到淳等人買票，到這時才意識到只剩下十分鐘就要開船了。

「我們去港邊吧，船可能已經來了。」

春夫快步走著，用下巴指了指出入口。

「不是會廣播嗎？」

「可不能大意呀，畢竟是要去霧久井島。」

「哎呀。」淳苦笑著。

「就算是再怎麼空無一物的島，也沒那麼——」

「不好意思。」

淳因為被叫住而停下腳步，宗作和春夫則慢了一步停下。

是剛才那個女子。

「是要去霧久井島嗎？」

對方操著一口關西腔詢問，她的眼口鼻都非常大而有魄力，並且給人一種壓迫感。

「是的。」

聽見淳的回答，女子頓了頓後說道：「**不要去會比較好喔**。」

她看起來完全不像是在開玩笑，但似乎也不是事態嚴重，口吻和表情完全就只是在說出一件事實而已。

內心深處忽然覺得安了個心。剛才老人會怒吼就是因為這件事吧？突然冒出一個人對自己說這種話，肯定會有人覺得生氣的。然而別說是生氣，淳當下根本不知該如何反應。

剛剛宗作才剛提過的事情，現在馬上就發生了。

宗作也目瞪口呆。

「咦，你說什麼？」

春夫半帶笑容地確認，淳也回過神來。

女子面不改色地說：「**因為會發生大事哪**。」之後便閉上了嘴。

「唉呀，這位大姊真抱歉，我們也不可能因為這樣就回答你『知道了，我們不去』呀。」春夫一臉尷尬。

「你們也一樣嗎？」

女性馬上望向這兒。

「呃……」宗作吞吞吐吐起來，眼神悄悄向淳瞥去。

「這有點為難，畢竟太突然了。」

只是稍微表達一下疑問以及拒絕。

但女性似乎不是非常介意，還是以一臉認真的神情說道。她以冷淡的目光望著春夫、又看了看宗作。

「人家阻止過你們囉，唉——」

她的視線停留在淳的身上，突然「呼」地嘴角一鬆。

「這位小哥大概就沒問題啦，**畢竟被那麼強大的守護靈給保護著哪**。」說完後便跨出步伐、穿過出入口，緩緩地走下階梯。

淳茫然地看著她的背影。

這時最先開口的是春夫。

「……這情況，很像是那個呢，有時會聽到的傳聞。」

「嗯啊。」宗作點了點頭。

「所以我正在想像呢。我們要搭的船，該不會……」

「等等、等等。」

淳指著外頭。

「那個人也要搭船耶？」

玻璃門的那一頭，身影只剩下豆子般大小的女子正朝著碼頭走去。

淳等人面面相覷，下個瞬間便追隨女子的腳步而去。

五

碼頭裡已經停了一艘中型客船，船體側面寫著「霧久井丸」。

大約有二十幾名乘客正排著隊伍，準備上船。

那個女子的身影也出現在隊伍之中，豹紋的行李箱實在引人注目。更前面一些還能看到方才那個老人家的背影。

「她果然也要搭船呢。」淳一邊快步走著、一邊說道。

「那麼就不可能是船隻翻覆、或者起火燃燒了吧？」走在他旁邊的宗作接著說。臉色看來有些蒼白。

「那麼就是……」春夫回過頭來，模仿宗作的語氣接著說下去。

「島上會有**大事**發生囉？」

「真、真的會嗎？」

淳語氣曖昧地問，他只回了句「大概吧」。

宇津木幽子因作祟而導致身亡——流傳著這種傳聞的島嶼。

在她臨死之前，預言「會發生慘劇」的島嶼。

在預言暗示的日子前往島上的淳等人、以及像都市傳說一樣阻止他們的女子。

也就是說——

「還真是巧得讓人不安，真是太有氣氛啦。」

春夫似乎打從心底覺得開心。淳也笑著說：「是啊。」

宗作則是一語不發，一臉陰沉地看著排隊的乘客們。

隊伍上了棧板，正要登船的同時就聽見穿插著嘎啦嘎啦雜音的廣播聲，只能勉強聽懂「即將啟航」。兩位中年船員緩慢地收拾著繩索，將手搭上了棧板。

「……等」

隱約聽見微弱的聲音。

「等等！我要搭船！」

一個背著巨大後背包的嬌小女子邊喊邊往這兒跑。看起來應該是有在跑吧，還能看見她兩手拼了命地揮舞。也能聽見砰砰砰的腳步聲，棕色的丸子頭劇烈搖擺著。

但她的腳步真是慢到令人不敢置信，看了好一會兒都沒有接近船邊的感覺。不知道是否被引擎聲蓋了過去，船員們並沒有注意到她，正打算將棧板拆離船身。

「停、停！」

淳猛然從登船口探出身子，呼喚著船員們，還指了指那個女子。兩位船員那歷經日曬雨淋的面孔有些扭曲地「啊？」了一聲，接著看向淳指的方向後才一臉不耐煩地停下手邊的動作。

女性耗費許多時間才終於跑了過來，將船票交給船員的同時還一邊道歉：「對不起。」她穿著看來是快時尚品牌的黑白條紋T恤，牛仔布料的寬褲反而更強調出她略為豐腴的體型。

「呼、哈。」

她喘著大氣，帶有稚氣的圓潤臉龐上的汗水閃爍著光輝。大概是跑累了，女子不斷喘著大氣，卻一直沒踏上棧板。有位船員大聲地咂著舌。

淳趕緊跑下棧板向她搭話。

「沒問題吧？那個行李我幫你拿吧。」

「咦……？」女子抬起疲憊的目光看向淳，毫無顧慮地說：「啊，那就麻煩你好嗎？」馬上將背包卸了下來。

「真的非常謝謝你，真是幫了大忙。」

她的右臉有個小小的酒窩，笑容就像個天真無邪的孩子。

「……不會，沒關係的。」

淳這樣回答後就接下背包，向女子伸出了手。也許是因為從正面看著她的笑容，臉都紅到脖子去了。

女子說了聲「謝謝」並且抓住了淳的手。

「怎麼啦？淳。」

隨口向回到登船口的春夫答了聲「幫人」。

「噢。」

他瞥了眼氣喘吁吁上船的女性。

「真的是非常抱歉。」女性擦拭著額頭上的汗珠，斷斷續續地說道：「要是沒搭上、這班船的話、就要、等到明天、真的、很麻煩。」

要等到明天——難道是要去霧久井島嗎？

「噢噢，」春夫咧嘴一笑表示。

「真是越來越有氣氛哩，好期待咧。」同時拍了拍淳的肩膀。

第二章

禁忌

一

「霧久井丸」在平穩的海面上前進，大批客人在家島本島與坊勢島下了船，最後剩下不到十個人。

船內的天花板非常低。中央有走道，左右各有橫向三個、縱向六排的綠色座椅。座位類似觀光巴士、沒有扶手也無法放倒。

宗作和春夫就在前面的座位熱烈交談著。

兩個看起來像是島上居民的老人，分散坐在有些距離的位子。其中一個就是剛才已經見過的老人，正抱著雙臂閉目養神。

那個向人提出若有深意的警告、妝容厚重的女子似乎去了甲板，沒見到她的身影，只看到那個豹紋行李箱放在船艙角落。

淳不經意地看向開船之際才上船的那個女子。她坐在最後一排靠左的位子上，像是精神放空般望著窗外。從服裝上看來，並不像是為了工作才去島上的。是島民的親戚嗎？在這個時期前來，說不定是返鄉或者是掃墓吧。

就在一直盯著對方看的時候，女子也留意到這邊了，只見她面不改色地微微點了個頭。

淳連忙點頭致意，將視線轉回了手上的《靈異照片大百科 PART4》。

我在整理相本的時候，發現了這樣的照片。兒子左上那個像煙一樣的是什麼東西呢？在我看來就像是個老人痛苦的面孔。

兒子出生前的一個月，我的公公因為肺炎辭世，我懷疑這之間是不是有些關係。麻煩您鑑定了。

（奈良縣／宇津木小姐的大粉絲　主婦）

這是鏡頭起霧。我感受不到任何靈氣，能夠感受到的，只有抱著您兒子的男性（是您的丈夫嗎？）的喜悅、以及「要好好照顧這孩子」的決心。當然，這並不是靈異感受，只是我對照片的印象，其實我看到這張照片時，就覺得心中充滿暖意。

我想您的公公一定也在天國溫柔地守護著孫子吧。

※　※

這是去年我和女兒在家附近的河邊玩耍時拍的照片。在女兒背後的河流中，照到了一個女性的蒼白面孔。女子的左眼還流著血，感覺非常詭異。

從那天起，我家就接連發生不幸的事情。年初的時候母親發生交通意外而亡故、女兒上了中學就遭受霸凌，變得無法再去學校。

妻子最近眼睛出了問題，左眼幾乎看不見了。

而我任職的公司業績不振，倒閉也只是時間上的問題罷了。

這是不是因為那名女性浮游靈附身在我家了呢？

（兵庫縣／正在考慮全家自殺的人　上班族）

我非常明瞭您的心情。

關於那個蒼白的女性面孔，其實只是個超商的塑膠袋。因為光線的關係，所以凹凸不平的部分看起來就像張臉孔，但這是非常典型的誤會。還有您覺得像是流血的部分，是店家的商標。用放大鏡仔細確認，能夠看到「Y」字還有他們非常有特色的鳥類插圖。

您的家族遭逢不幸與這張照片沒有任何關係。

遇到多個問題的時候，必須要找出個別的原因、以及個別的解決方式。這雖然是個很普通的論點，不過對於這一個個不同的問題，我想也許您好好面對會比較妥當。我打從心底期望您與家人能迎來歡笑度日的那一天。

※　※

初次來信，您好。這是我和朋友開車兜風時拍的照片。在空無一人的副駕駛座上拍到了人影、前輪的地方也隱約可見一張面孔。

這與先前宇津木老師鑑定說「是地縛靈」的照片頗為相似，所以我想這張「該不會也是吧？」所以寄給您看看。還請多多指教。

（千葉縣／山田　大學生）

確實拍到了靈，而且是有著強烈怨恨的地縛靈。

過去在這個地方發生意外死去的年輕情侶，對於山田先生及您的朋友有強烈的嫉妒，我拿起這張照片的瞬間就立刻感受到劇烈的頭痛。

如果您還保留著底片，還請盡快送過來，我會幫您供奉它。如果已經處理掉、或者遺失了，那麼請您接下來的這段日子務必早晚都要為家中的佛壇換水上香，同時祈禱這對情侶能早日安息。您的朋友也一樣。

開車時還請務必多加小心、遵守規則。也不建議幫車子做過於勉強的改裝。

「原來如此。」喃喃自語不禁脫口而出。

淳還是孩子的時候並沒有注意到，現在回頭看才發現宇津木幽子與編輯的操作方式。總而言之就是這樣的——

讀者一翻開書，就會先看到非常詭異的投稿照片。原本的手腳或者頭部消失了、又或者是有奇妙的光線、臉上有陰影等。讀者——尤其是孩子，很容易被這種照片勾起興趣、感到非常不安。

而宇津木幽子會鑑定這些照片大部分都「並非靈異照片」。另一方面，也會誠實回應投稿者的煩惱。

這樣一來讀者除了感到安心，也會對她有不錯的印象，開始相信她。
　在覺得放下心中大石的時候，就會忽然插進一個她判斷是「貨真價實靈異照片」的案例。而且還會表達她也覺得非同小可、「連我都受到照片上的靈迫害」。該說是靈障嗎？雖然真實度令人懷疑，但相信的人就會相信吧，同時也會感到害怕。
　連宇津木幽子都覺得情況不妙了，那麼肯定是真的靈異照片——
　雖不致於說是拙劣，但非常單純。讓人鬆懈以後再嚇唬嚇唬他們，就會變得更容易相信，但不是什麼太複雜的手法。
　春夫回過頭來問道：「很有趣吧。」淳以要笑不笑的神情作為回答。
「很有趣哪，以前竟然被這種手法玩弄。」
「而且都這把年紀了還是被玩弄呢。」
　春夫呵呵地高聲笑著。
「這次是我們自己跳下去的吧？」宗作回道。口吻似乎比方才開朗了許多。
「不過興致盎然的好像只有我們呢。」
　春夫環伺船內。
「完全不像是有類似的人要過去咧，明明網路上還滿多人討論的呀。」
「正常的唄？畢竟要花錢。」
「也是呢。如果是真的非常熱情的神祕學愛好者，也許在好幾天前就已經在島上逗留了。」

「應該沒有那種傢伙的啦。」

春夫以有些奇妙的語調說出這句話，還刻意瞇著眼睛，然後皺起眉、扭曲著嘴角。雖然馬上就發現他是在模仿漫才師大木木靈，但宗作卻一臉目瞪口呆。

春夫轉回原先的表情，改口說著：「畢竟愛好者要去島上幹嘛，難道是要確認島上會不會跟預言一樣死人？有人死掉就開心、沒人死的話難道要很失望？這樣也太誇張——」

「的確是要去確認啊？」

這時突然傳來另一個說話聲。

那個打扮誇張搶眼的女子站在走道上，低頭看向他們這邊，手上還緊握著FENDI的手帕。

「但是各位也是一樣唄，明明很清楚那個預言卻還是要去？」

她的目光瞄向淳手上的《靈異照片大百科PART4》問道。

「欸，確實沒錯啦。」

春夫開朗地回答。在這種狀況下他也絲毫不覺得恐怖，真的很有他的風格，但他用如此客氣的方式說話也是很難得的事。

「但說老實話，要是真中獎了還是有點麻煩呢。畢竟主要是為了慰勞朋友才來的。我們這趟旅程是要一邊緬懷古早的神祕學文化、同時安慰心靈受傷的兒時玩伴。」他拍了拍宗作的肩膀。

「話說回來，你們還真是怪人集團呢。」

女子的臉上浮現出略帶諷刺的笑容。她將手放在椅背上，像是鑑價似地掃射過每一個人，然後刻意壓低嗓子：「不過非常遺憾——**預言一定會實現的**。」

被麻煩的人給纏上了。

重新梳理現在的狀況，總覺得非常不安又感疲倦。女子身上的香水氣味忽然衝進鼻腔，那甜膩的廉價氣味刺激著肺部，逐漸引發嘔吐感。

用敷衍的笑容結束對話吧，總之先讓她離開。正想開口的同時，宗作卻先一步問道：「一定？」真是多嘴。

「難道說，先前的預言也都有實現嗎？」

「當然。」

女子滿臉得意地回答。

「網路上就寫了很多啊，你可以去確認一下。不管是地下鐵沙林毒氣事件、關西大地震、911還有311，她的預言可都完全命中了呢。還有，**她自己的死亡**也是哪。沒有其他靈能者能比幽子大人更偉大了。我虛靈子——也是在幽子大人的引導下出師的占卜師，因此關於這點我絕對能夠斷言。像上岡龍太郎那種人根本是笨蛋，所以無法區別幽子大人與詐欺師的差別。」

「噢……」淳不禁脫口發出聲音。

看來是想起了與話題無關的懷念記憶呢。

目前已經退休的藝人上岡龍太郎，在九〇年代時常在自己的節目中發表否定神祕學的理論，還會強烈批判來上節目的靈能者。印象中宇津木幽子也曾經上過一兩次他的節目。

「畢竟那裡面也真的存在騙子呢。」

春夫丟來同意的回應，臉上還浮現出曖昧的笑容。

「像那個『沙丁魚占卜』的時髦女郎根本就是來搞笑的。不過真的超有趣，呀——地尖叫一聲後就把小魚乾咬成碎片，然後從碎片看運勢……」

「不要跟那種人相提並論！」

女子——靈子非常認真地反駁，雙眼瞪得跟車輪一樣大。

「是真的會**發生大事**哩，別開玩笑！」

「喔、好害怕喔。」春夫聳了聳肩。

看到靈子如此認真的表情就能確定了。

靈子肯定是宇津木幽子的超級支持者，因為太崇拜她而成為占卜師，並且打著她的旗號吧。因為讀過幽子的著作後得知了預言的事情，而且真心相信，所以才會在港口警告大家。

靈子非常不滿地用鼻子哼出一道氣，最後踩著高跟鞋離去。她靠在行李箱旁的牆邊，一臉不開心地雙手抱胸。

綁著丸子頭的女子則是面無表情地盯著她。

這個瞬間，女性的廣播聲響在船內響起，雖然實在聽不清楚到底在說些什麼，不過可以知道是告知大家即將抵達目的地。

窗外，在右前方有個小小的島嶼。

在照片中看過的「較高的山」有如城牆一般聳立著。

回想起事前看過的地圖，他們現在應該是位處霧久井島的東北方。這艘船接下來會繞過島嶼東側，從正南邊的港口靠岸。

天空不知何時已經轉陰，波浪也比剛上船時來得猛烈些。島嶼另一邊出現了小小的拖曳船，拖拉著已長滿鏽斑的長長平板船往北方前進。

眼前的景色一片陰暗，總覺得令人相當不安。

正如春夫說的，這實在非常「有氣氛」。

「霧久井丸」也開始減緩船速了。

二

「『無法提供住宿』是什麼意思？」

春夫將手肘靠在櫃台上一臉震驚地問。坐在桌前的豐滿中年女性搖晃著雙下巴說道：「應該就是那個意思唄。」同時放下了手中的電話話筒。

她那緊繃的夏威夷襯衫胸口上有著字體圓圓的「霧久井島」，應該是這兒的制服吧。

淳他們現在在棧橋旁掛著「服務處／船票售票處」看板的組合屋，裡面雖然寬敞，但工作人員就只有眼前這個女性。

房間一角，掛在靠天花板處的那台風扇，攪動著沉悶的空氣。
「等等、我說大姊啊。」
春夫臉上浮現出尷尬的笑容。
「我們可不是今天才說要投宿耶，我們有預約啊。是『霧久井莊』喔，是不是弄錯間了？」
「就說是那個『霧久井莊』的老闆須永先生，剛才在電話裡很清楚地這麼說的啊。說今天果然不行、不能讓你們住宿咧。」
「是什麼樣的人？聲音和語調之類的？」
「嗯就是……『喂，這霧久井莊的啦』。」
眼前的職員心不甘情不願地模仿對方的腔調。
「噢，確實是他。」春夫因此洩了氣。
抵達霧久井島之後，下了船的淳等人就在港口等著，因為原本旅館老闆應該會來接他們。淳沉浸在解放感中嗅著海風，眺望著往島內走去而遠離的其他乘客背影，宗作則是放空似地抬頭望著陰陰的天空。然而等了十五分鐘都沒有人來迎接，打電話也沒人接。春夫終於無法忍受了，才走進這棟建築物找眼前的女性職員商量，然後就是目前的狀況了。
「抱歉，大家可以在外面等我嗎？」
春夫一臉抱歉地說著，他抓起放在櫃台上的話筒。
「這樣事情沒法解決，我要試著直接交涉，應該會很大聲吧。」

他將話筒放到耳邊，櫃台那頭的職員則刻意誇張地晃了晃身體，嘆出一口大氣。

宗作不發一語地點了點頭，拉開了喀啦喀啦作響的拉門。

淳在小小的港口中來回踱步。

兩艘生了鏽的漁船並排在那兒搖搖晃晃，眼前的狹窄道路處處都是坑疤。幾棟建築物幾乎都拉下了鐵捲門，看來原先應該是商店。「哪有這種蠢事咧！」服務處裡傳來了春夫的聲音。

服務處的外頭擺了一台果汁自動販賣機，但整台機器都褪色了。玻璃也因為沙塵而顯得霧濛濛一片，根本看不清楚有什麼商品。

「裡面的東西倒是挺新的呢，還有新上市的可樂耶。」

宗作將臉靠近那朦朧的玻璃說道，他從口袋裡拿出了錢包、投了些零錢下去，硬幣滾落的聲音響徹周遭。

「……我突然想到，以前宇津木幽子還非常受歡迎的時候，罐裝果汁還是全蓋式的呢，就是必須一整圈都打開的那種。」

「對啊。」淳簡單地回答。

突然湧起的鄉愁讓整個身體顫抖起來。會沉浸在這樣的情緒中，也許是因為那棟古老的校舍吧？目光望向了港口東邊那小小的海角。

四層樓的白色校舍面朝西邊——也就是正面玄關對著這邊而建。時鐘下方裝設的是寫著「霧久井小中學校」的看板。旁邊那幾盡腐朽的木造建築物，大概是舊校舍吧。明明是平常日卻一片寂靜，前方的操場上一個孩子也沒有，校園角落的運動器材早已生鏽。

那是間廢校。聽說在八〇年代後半的時候，學生和兒童合計就只剩下不到十個人，到二〇〇二年的時候就廢校了。正如春夫所說，這座島上的人口正在減少。

現在港口這兒除了淳等人以外就沒有其他人，也沒有任何人要過來的樣子。

而且，現在不知為何旅館還拒絕客人入住。

就在他感受到被拋棄的寂寞與不安時，忽然聽見宗作發出一聲「嗯？」的聲音。

淳回過頭，只見宗作凝視著道路的另一頭。

多棟褪色的房屋沿著「較矮的山」側面，肩並肩地一路排列過去。氣氛非常符合聚落這種稱呼，寂靜、老舊又略帶著寂寞。

在那前方的低矮石牆邊，有一位老太太撐著手站在那兒。她穿著圓點圖案的和式工作寬褲及棕色罩衫，頭上綁著藍色毛巾。看得出來腰已直不起來、身體蜷縮著，也能清楚看見她手腳正發著抖。

但是最引人注目的，還是老婆婆的表情。

她睜大了雙眼凝視著這邊。口中已經沒有牙齒，就像魚類似地開闔著。

很明顯她是感到驚訝、而且恐懼。

「那是怎麼咧？」

「不知道……」

宗作拿了好幾瓶寶特瓶裝飲料過來，遞出一瓶綠茶表示「請用」。默默接下瓶子。因為實在非常在意老婆婆的樣子，沒有閒功夫道謝。

似乎能聽見老婆婆輕輕發出唉呀呀的聲音。

那張開來卻一片黑暗的口腔異樣地清晰，她痛苦地壓著胸口扭著身軀。

「糟糕哩。」

話才出口，淳就跑了起來，穿過整個港口，大步跨過道路。

「您沒事吧？」

聽見淳的呼喊，老婆婆緩緩舉起兩手，那宛如枯枝的手指抓住了淳的上臂。

「您、您怎麼啦？」

晚到一步的宗作問道。

老婆婆開了口。

「好久不見哩……又來拍攝了唄？」

「咦？」

「終於又來咧，身體已經康復了唄？」

那滿是皺紋的臉龐浮現了笑容，哈哈哈的笑聲從沒有牙齒的唇間漏了出來。

「真是抱歉，哈哈哈……實在太嚇人哩，差點喘不過氣。我都看到三途川咧，哈哈哈……」

老婆婆依然抓著淳的手笑著。

完全搞不懂意思。定睛凝視那像是壞掉的玩具般呵呵笑著的老婆婆，不禁感到背上竄過一陣寒意。

「那個，請問您是什麼意思咧？」

下定決心詢問，但老婆婆依然是「哈哈哈，抱歉、抱歉啦」笑個不停。

就在束手無策、與宗作面面相覷時，就感受到了另一股氣息。有個在堅硬地面上摩擦的聲響緩緩接近。

民宅前方有座略陡的狹窄石階梯，那是隨意將混凝土凝固之後做成的粗糙階梯。階梯在並排的房屋之間，朝「較矮的山」的山頂方向延伸而去。

有個衣衫襤褸的老人正緩緩從那石階走下來。

看得出來是個男性，是因為他那豪放不羈的鬍子，與他長及肩的頭髮一樣都是骯髒的灰色。那紅銅色的面孔滿是皺紋，纖細的雙腿踩著非常廉價的藍色海灘鞋。但是他的步子與外觀呈反比，是非常穩重的腳步。

周遭只響徹著老人的腳步聲、衣服的摩擦聲、海風的吹拂聲。

「……早苗太太。」

老人停下腳步，呼喚笑個不停的老婆婆。那宛如金屬摩擦般的沙啞嗓音，飄盪著奇特而沉重的威嚴感。

他對著終於冷靜下來的老婆婆沉穩地說道：「看清楚些……這些人不是攝影組哪。」

那名喚早苗的老婆婆，驚訝地睜大了眼睛、發出：「欸！」的一聲。

還在拚了命地思考這句話究竟是什麼意思，就聽見宗作搶先喊道：「啊，原來是這樣啊！」

「咦？怎麼回事？」

「她以為我們是電視節目的攝影人員啦。」

「啊？」

宗作用手拍拍自己穿的T恤、短褲和手上提的行李袋。

「這樣看起來有點像是電視節目的工作人員對吧。我穿這樣、淳也是，而且還有——」

「噢，也是……」淳語帶保留但表達同意。雖然顏色不太一樣，但他的服裝也與宗作十分相似，脖子上還纏了毛巾。確實好像曾在電視上看過，AD或者燈光組人員也都穿著類似這樣的服裝。

「真是非常抱歉呢。」

老人將兩手支著膝蓋、微微彎了彎腰。過了一會兒才能理解，他應該是在往這個方向欠身。

「竟然是這樣啊。哈哈、哈。」

淳的口中流洩出少了根筋的笑聲，宗作的表情也終於稍微放鬆了些。

淳向老婆婆說明我們是從伊丹來的、只是普通的觀光客，並非什麼工作人員，老婆婆邊聽邊睜開了細小的眼睛說著：「噢，這樣哪。」

「說得也是哩。畢竟都過了將近四分之一個世紀，怎麼可能又跑來咧。」

「是啊，就是說呢。」淳回道。

「還以為是經費削減，所以人數變少了。畢竟電視節目的景氣也不好哩，對唄？」

「呃，就跟您說我們不是電視節目的工作人員哪。」

「也是哩。」

早苗按著嘴角不住發笑。

不知何時，宗作的表情變得一臉認真。抬頭看著石階梯上的老人問道：「該不會……剛剛提到先前來的攝影組，是指宇津木幽子的那個節目？」

「是呢，所以才弄錯哩。」

老人回答。他的表情藏匿在頭髮、鬍鬚及深刻的皺紋下，難以看清。他只稍微扭了扭身子，指著階梯另一端的山頂。

「說是那兒的山上深處有怨靈咧。剛到這兒就說啦，還說看得很清楚哩。白天先去探勘、晚上才正式爬上去哪。」老人緩緩說道。

「然後……開始拍攝後就昏倒哩。之後就離開這裡回本島去咧。」

「咦，為什麼？」淳提出疑問。

老人側頭想了想，說：「是被疋田怨靈給作祟了唄。」他撫著長鬚、理所當然地表示。

話題也轉得太快了。一點準備都沒有，就忽然提到這種非科學的東西。

——殘留著罪人們的執念和怨念——

腦中忽然閃過春夫說過的話。

「不，怎麼會……」

「還打算拿去展示什麼的，當然會被作祟唄。是他們自找的咧。」

他的口吻既像嘲笑又好似憐憫他們，早苗也用力點了點頭。

「呃……是有那樣的傳說，或者應該說傳承，是嗎？」

宗作尷尬地開口問道。

「傳說……嗎？」

半開半闔的模糊目光自髮絲間窺視著。背後吹來一陣不合時節的冷風，讓老人的長髮在空中飄盪著。

老人就像是算計著風靜止的時間，開口說道：「這座山……疋田山，絕對不可以上去唷。」

他指指背後「較矮的山」。就在淳等人還愣著的時候，他又說了：「明天也不能出門。」

「為什麼呢？」宗作問道。老人則是一副受不了的無奈表情，輕輕搖著頭。

「因為會被疋田怨靈殺死呀。」

一清二楚地說完這句話，他便以緩慢的動作轉過身去。慢慢地一階階走上石階梯。而早苗下垂的嘴角則是扭曲著。

天空越來越陰暗了，風又再次吹了起來。

望著踏上陡峭石階梯的老人背影，就聽見春夫好奇地說著：「怎麼啦？」然後邊往這兒走的聲音。

抬頭看著石階梯，嘴角扭曲地說著：「那種人，還真像是村子裡的長老咧。」

「旅館如何？」淳問道。

「不行哪。」春夫皺起眉來。「而且還不告訴我理由！所以我也忍不住有點發火，結果他莫名其妙地說什麼——**怨靈就要下山咧**，所以沒有辦法招呼顧客。說是這裡有**這樣的習慣**，而且本來好像還不想提。」

真是搞不懂。春夫一臉厭惡地說著。

這樣就對上啦。方才那個老人說的，不也是這件事情嗎？

網路上盛傳這座島以前是個流放之地，而現在怨靈這類東西也還深植於居民們的生活之中嗎？

他們深信不移，因此比起做生意，風俗習慣還比較重要嗎？

早苗說著：「是呢，會出現的。」然後抬頭望向聚落。

宗作困惑地注視著淳。

「雖然覺得不太可能……但宇津木幽子該不會真的、是被怨靈……」

「怎麼可能哩。」

馬上反駁他。雖然內心也正胡思亂想著宗作脫口而出的想法，但如果贊同他的意見，實在也太愚蠢了。

「話說回來，現在該怎麼辦？拜託島上的人讓我們借住嗎？」

邊瞄著早苗邊問道，沒想到春夫一臉開朗地說：「哎呀，其實……」

三

和早苗道別後，一行人朝山谷間纖細且曲折的道路往深處——北方前進，帶頭的是春夫。

左手邊是許多家屋，右手邊則有能步行涉水而過的小河流，往前方就是「較高的山」的山腳，陡峭的山坡鬱鬱蒼蒼、山林茂盛。

他們正朝著另一間旅宿「民宿麻生」走去。在服務處的時候已經確認過了，非常幸運，那裡還有空房。

那是一間古民家改建而成的現代風格旅宿，據說是個上班族離職後先去了義大利餐廳學習，然後大概在三年前於此地開業。根據先前就在網路上搜尋相關資訊的春夫表示，因為「文字、照片和資訊都看起來太過矯揉造作了」，所以他連價格也沒看，直接排除在選項之外。

「……看來宇津木幽子輸了、遭到作祟的事情好像是真的耶。」春夫說道。宗作給他的寶特瓶裝可樂早就空空如也。

「我的給你，你渴了吧。」淳將喝了一些的汽水瓶遞了過去。

「謝啦！電話講太久了。」

春夫接下後仍然一口就喝乾了。

發現宗作莫名蒼白著一張臉，淳開了口。

「哎呀，只是島上的人是那樣想的唄。宇津木幽子來這裡取景、進了傳聞有怨靈棲息的山中，然後在拍攝的時候昏倒。畢竟島上的人到現在都還相信疋田怨靈的存在，那麼以前應該也是真的很害怕吧。」

「啊，嗯，這點道理我懂。」宗作用運動飲料潤了潤喉嚨。

「我並不是要倒果為因，只是覺得是否因為宇津木幽子倒下，才讓島上的人認真相信起原本只是傳聞的怨靈。也就是藝人靈能者——那些宛如通俗神祕學代表的人，在無意間強化了民間傳承之類的。」

「噢，有在動腦哩。」

春夫笑著插話，還打了個大嗝。在這當下他不知想到了什麼，又一臉若有所思地談了起來。

「也就是說，民間傳承勝過了通俗神祕學囉。怨靈打倒了靈能者，所以直到現今依然被島民們信仰。以這個觀點來看的話，宇津木幽子的確是輸啦。如何？這還算有道理唄。」

「確實，也是可以這麼說呢。」宗作似是進入深思。

已經不會害怕靈異照片了，對於靈能者的鑑定結果也不再感到顫慄畏懼。就算在電視上看到神祕學節目，更不會輕易相信。宗作所說的通俗神祕學，早就不是恐懼的對象。也沒有因為不可思議、奇妙而從中感受到魅力，只是覺得很懷念。

但是到了這個年紀，還是會受到風俗習慣或民間傳承吸引。覺得似乎能夠摸索到一些歷史的重量、或者日本人的心思之類的東西。至少和靈感、靈能者或者預言這些相比，是更為普遍的東西，而且這反而讓人覺得有些害怕。

疋田怨靈究竟是什麼？這座島上流傳的究竟是什麼樣的故事？

無論如何，霧久井島上現在依然「有」怨靈存在。

宇津木幽子輸了，而怨靈贏了——春夫所說的話確實很有說服力。

在並排房子的另一端，左前方有個小小的三角看板。是那種街上很常見、兩面都是黑板的看板。

〈WELCOME TO 民宿麻生 就在此處←〉

上頭用紅、白、黃的粉筆大大地寫下這些字。

這也太不合時宜了，和這座島上的氣氛完全不搭調。春夫用有些不耐煩的語氣說：「這種喔，後面絕對是工作人員的日記。什麼〈各位早安！雙魚座在本日占卜中的運勢不好，是第七名。好尷尬～〉之類的，誰想知道你是什麼星座啊。」

結果轉過去後面一看，只見老闆以小小的文字非常用心地寫下關於無農藥蔬菜的說明。

「居然是這種的。」春夫笑了出來。

「民宿麻生」的外觀看起來就像普通的古民家，但是大廳卻非常嶄新寬敞，櫃檯上擺著好幾個黑色小狗的擺飾。

老闆麻生和淳等人的年紀差不多，是個下巴突出的男性。他穿著寶藍色的甚平，頭上綁著圓點圖案的手巾。

春夫說：「真是抱歉，這麼突然就跑來住宿。」

「沒那回事哩。」麻生瞇起了眼睛表示：「我才應該要感謝各位的咧。」他在說這句話的時候，抑揚頓挫、音調都顯得有些不自在。

也許是察覺來者也不知道該如何應對，他帶著歉意搔了搔頭。

「真是抱歉，我也想趕快融入這裡，但畢竟出生在東京、也是在東京長大的。」

原來是想配合客人啊。雖然有點耍帥的感覺，但看來並不是個壞人。話說回來——

「我覺得您說標準語也沒關係的。」

淳有些畏縮地說。

「說的也是，不然有點反效果呢。」

接下鑰匙的春夫也老實回應。

「反效果？」麻生瞪大了眼睛。

「畢竟有很多關西人會覺得不舒服喔，如果在其他地方也就算啦，但是關西人在關西的時候，心胸可狹窄的咧。我自己有時也會這樣，該說是強烈的自我領域感嗎？」

春夫的說明簡潔而明確，麻生則誇張地仰天表示：「居然是這樣……」

房間在二樓深處，有著寬敞的陽台走道、約十疊榻榻米大。既不時髦也不特殊，不管怎麼看都只是典型的和式房間。雖然讓人感到安心，卻沒有任何特徵，窗外也只能看見鄰家的牆壁。

正這麼想著，就發現了擺在壁龕上的東西。

有個黑色棍棒杵在那兒。

那是高約五十公分左右的漆黑棒狀擺飾。

與其說是工藝品，看起來還比較像個普通擺設。看起來很像站立的狗、又或者是狐狸，不過只靠著有隆起鼻子、耳朵和前腳這樣的特徵，實在看不出個所以然。表面還有割傷般的幾條橫向花紋。

越看越認為實在是令人無法忽略的存在。似是正被它盯著看的感覺席捲而來，明明沒有類似眼睛或者臉部的雕刻，卻覺得是和它「面對面」。

想閃躲眼神卻無法將頭撇開。

不禁開始妄想起也許在沒看向這邊的時候，它就會開始動起來之類的。

在隨處可見的和式房間裡，就只有這東西特別詭異。

黑色擺飾的週遭——只有壁龕這一帶被一種奇怪的氛圍給籠罩著。

「是木炭呢。」

宗作靠向那個恐怖的面孔說著。他好像已經放好行李了，手上並沒有拿著行李袋。

「這麼說來，櫃台那邊也有黑狗的擺飾呢，不過那個看起來就是量販商品，感覺很容易買到。」

「這個應該就不是商品吧。」

春夫已經躺在榻榻米上伸展手腳了。淳坐在陽台走道的椅子上，遠遠眺望著那個擺飾，然後輕輕將鑰匙放在眼前的小桌上。

這時響起了敲門聲。

「打擾了。」

麻生拿來每人一份的毛巾和寶特瓶裝麥茶。毛巾已冰過，按在臉上後覺得清醒多了。

正想著這服務真周到呢，便聽見隨意坐在矮桌前的春夫向麻生問道：「那個黑色的東西是什麼啊？」

「這是『黑蟲』，是這座島的護身物。」站在門邊的麻生帶著微笑回答。

宗作驚愕地回問：「是蟲子嗎？」

「這座島上的確是如此稱呼沙蠶的，好像就是原型。據說擺放這個護身物的話，怨靈就不會找上門。就算怨靈從山上下來了，也只會過門而不入。噢，你們知道嗎，這座島上有怨靈的傳說喔。」

「疋田怨靈。」

淳一開口，麻生馬上開心地點頭回道：「沒錯，沒錯。」

「最有趣的是，黑蟲的形狀真的非常隨興。只要是用木炭當作材料製作成護身物，不管形狀是狗、貓，也不論是現成品還是自己製作的，全部都稱為黑蟲。不過在這方面如此彈性，反而讓人覺得更是深植人心呢。他們並沒有特別重視沙蠶，那不過就是魚餌而已，但是卻用相同的名字來稱呼沙蠶和護身物。這方面也是非常隨興呢。」

他開心地熱情分享，大概是很喜歡這類話題吧。又或者是稍早告訴他不必勉強自己講方言，所以他更能放開來談天了。

春夫和宗作對於他突然變得如此多話，也驚訝到頓時發愣。

「說到魚餌啊，」麻生還繼續說著。「聽說這座島上以前有養殖蚯蚓。但只有在八〇年代的一段時間，好像很快就沒做了，畢竟大家都不太擅長做生意呢。雖然我也沒什麼立場說這種話啦。」

「畢竟贏不了林太郎和熊太郎吧。」春夫說道。

那些都是用來作為釣餌的蚯蚓商品名稱。理解的同時，內心不禁感到煩燥了起來。那個男人——淳的父親，興趣正是釣魚。

「該不會這個『黑蟲』是老闆你自己做的吧？」春夫問道。

「不不，常有客人這麼問，但不是我做的。打扮成這個樣子，老是有人覺得我肯定有在玩陶藝或者某些藝術創作，大家都會先入為主這麼認為呢。還有人認為我應該自己會做蕎麥麵之類的。」

「咦，所以沒做嗎？」

「沒有。」麻生苦笑著說道：「那個壁龕裡擺的是島民古畑先生的作品。他雖然不是這裡的町長卻握有實際權力，該怎麼說呢……算是能夠指揮大家的人吧。我剛開始營業的第二天他就過來了，給了我好幾個。現在偶爾也還會送我幾個呢。」

「喔？是那樣的人啊。」

「是啊。沉默寡言、外貌看起來像個仙人一樣，讓人有點害怕就是了，但其實滿親切的。」

是那個老人。淳等人面面相覷。

別上疋田山、明天別外出。那衣衫襤褸的老人的確是這麼警告他們的。

「除了古畑先生和警察先生以外，我一直無法和大家變得融洽呢。」麻生喃喃說道。

「我來商量說想要在這裡營業的時候，也有很多人反對，但因為古畑先生的一句話，總算是讓我如願以償了。好像是他在島民會議中表示『應該要接受新血』的緣故。雖然在古畑先生面前，大家並不會特別疏遠我，不過應該有很多人覺得很不是滋味吧。」

「鄉下地區常會這樣。」春夫回應。

所以他才會想講這裡的地方腔調、想學會方言嗎？這是在煩惱許久之後想到的辦法吧。除了好感以外，不禁也對他感到同情與憐憫。

目光再次駐留在壁龕的「黑蟲」上。

這是島上的護身物、是用來驅離疋田怨靈的。因為非常隨興，所以也容易讓人覺得親切，絕對不是什麼會傷害人的東西。

但飄蕩在壁龕那裡的氣氛仍未改變，甚至還讓人覺得非常詭異。漆黑、巨大的沙蠶直起身子。將那粗短浮腫、宛如蚯蚓般的軀體緊縮起來，正向這兒擺出恫嚇的樣子

——正想掃去腦中莫名膨脹的妄想，麻生忽然「咦？」地一聲、穿過房間來到陽台走道，一臉不悅地抬臉望向外頭。

「哎呀，下雨了呢。」

窗外雨珠點點落下。

四

雨未曾停歇，淳他們只能待在房間裡閒聊，消磨時間。

春夫似乎有計畫要在島上散步，不過他也只失望了一下，馬上振作起來帶動話題。途中他們打開了電視，節目偶爾會穿插從沒見過的地方電視台廣告。

還是挺開心的，氣氛頗為熱烈。雖然不是特別明顯，但宗作也略略發出了幾次笑聲，這件事情本身就令人開心。

不過，總覺得心情很煩亂。

首先，壁龕那個「黑蟲」很令人在意。

另一個就是電視上播放的天氣預報。

有個突然形成的颱風逼近了四國南邊，電視畫面中出現波濤洶湧的室戶岬。颱風明天早上會從和歌山縣旁擦身而過，後天會登陸三重縣的樣子。也就是說，應該不會直接往這兒來。但是——

「哎呀，沒問題吧？」

聽著天氣預報的春夫輕鬆地說著。而宗作似乎想到了什麼。

「對了，你有告訴小藍這次的行程嗎？」

「有哩。她說你們幾個朋友自己好好玩個開心啊。」

春夫尷尬地笑著。「是不是該定下來啦，那傢伙也年過三十咧，也想要孩子呢。」春夫雖然看起來非常自在快活，但還是會有大家共通的煩惱和不安呢。

「也好唄？她是個好女孩哩。」打從心底同意這件事情。宗作也大大點了個頭。「這樣啊。」春夫則是一臉為難。

「淳也得趕快交個女朋友唄。」

「不，我不用啦。」

「為什麼一直都交不到女朋友哩？」

「誰知道。」淳冷淡地回應。

「真奇怪哩，還是你有什麼奇怪的興趣……」

「夠了！」

淳忽然大吼一聲，緊握的拳頭顫抖著。

宗作一臉驚訝地看著淳。

房間裡只剩下電視的聲音。

「……抱歉，我太大聲了。」

淳一臉歉意地向春夫道歉。春夫說：「別在意，我們差不多該去吃飯了吧。」同時站起身來。手機上的時鐘顯示現在是六點半。

步下階梯往一樓走去。大廳深處盡頭有扇非常大的門板，上頭掛了個寫著「餐廳　DINING ROOM」的木製看板，門內傳來非常開心的聲音。

春夫喀啦喀啦地拉開了門。

「哎呀，晚安。」

一個坐在前方兩人座、留著河童頭髮型的老婦人打了招呼。髮絲黑得不太自然，在那蒼白面孔的襯托下更為顯眼，簡直像是戴了個頭盔。身上穿著輕飄飄的黑色洋裝。

她闔上手中的紙本相簿，堆擠出一個笑容。

「我是遠藤晶子，這是我的兒子伸太郎。來，跟人打招呼啊。」

她喊了坐在自己對面的青年。二十歲，不、應該更年長一些吧。和他那面孔蒼白且纖瘦的母親非常相像。

「各、各位好！」他猛然站起身來。露出衣物的手腳白到簡直能看見靜脈，而且非常細瘦。

「我是、遠藤、伸太郎。」

搭配一個非常尷尬的行禮動作。他的大腿撞到了桌子，桌上那還有一半的啤酒瓶劇烈地晃了一下，晶子快手抓住了瓶子。她們的餐盤看來已經撤掉了。

「真是抱歉，我們先吃了。」

晶子呵呵笑著、用手按著嘴角。正困惑著不知該如何回答時，春夫便搶先說道：「沒有關係的。」

「稍早真是謝謝你了。」

站在那對母子身邊的女子對淳說道。

「噢！」春夫也發現了。

明亮的棕色丸子頭、體型有些圓潤、非常有特色的酒窩，喚起了幾個小時前的記憶。是那個差點趕不上船的女子。看來她並非島民的親戚，而是觀光客。

「不，你太客氣了。」淳露出微笑。

「我是江原數美，還請多多指教。」

她低下了頭。

淳說：「我是天宮淳，你可以輕鬆點、說話不必這麼嚴謹的。」

「喔！是要開始自我介紹嗎？」

春夫半開玩笑地問著。

「沒有錯！」

震撼人心的沙啞聲音響徹餐廳。春夫誇張地回以「什麼啊！」驚愕地轉向聲音源頭。

一個穿著警官制服的壯年男性，坐在窗邊的兩人座，雙手手肘都靠在桌面上。黑髮梳得非常整齊，只有鬢邊略白，寬廣的額頭上深深地刻劃著三條皺紋。

接著，目光停留在他腰間的手槍和警棍上。

老人放鬆了姿勢，露出潔白牙齒說道：「歡迎來到霧久井島。我是駐在所的橘昭二。」還高舉手上裝著冰咖啡的玻璃杯。

「為什麼警察先生會在這裡呢？」春夫直接問道。

「躲雨呀，而且這裡的咖啡很好喝。」

「這問題有點奇怪，不過你應該很常被人家叫成『老爹*』對吧？」

「當然。不然就是叫我『隊長』或是『村松隊長*』啦。」

「我就說吧，我是岬春夫。」

兩人相視而笑。雖然完全搞不懂他們在講什麼，但似乎是因此拉近了距離。

自我介紹結束後，淳張望室內。這二十疊大小的空間內，排列著幾組木製桌椅。中央的四人座已經備

＊《假面騎士》系列中對立花藤兵衛一角及其後系列中對類似角色的暱稱。此類角色通常是協助主角假面騎士的重要角色，最初的立花藤兵衛演員為小林昭二。

＊《超人力霸王》系列中的角色，與前述提到的「老爹」同為小林昭二演出的角色。後續此類角色一樣被泛稱為老爹。

好餐點，放了「岬先生一行人」的小牌子。數美就在旁邊的雙人座滑著手機。
餐廳深處的牆邊擺著四座大型的「黑蟲」。
和房間裡擺的那座形狀頗為相似，是又粗又黑、直立的沙蠶。
仔細瞧瞧，其實每張桌子上都擺了小型的「黑蟲」，但還不到五公分大。遠藤母子之間、數美面前及橘先生面前都有。當然，淳他們這桌也有。
感覺就像是擺了奇怪的東西當裝飾。
會有這種感受，是因為對島上的習俗沒有親近感吧。應該只是因為反射性地拒絕自己不習慣的東西，所以是自己的問題吧。
抱持彆扭的感受入座。
餐點是非常樸素的日式菜色。竹莢魚乾、加了許多材料熬煮的味噌湯、燉菜、醃漬蕪菁以及烤過的海苔片。雖然不覺得看板上大書特書的無農藥蔬菜特別美味，但筷子還是動得比平常快了些。
春夫向其他人搭話，一直都在聊天。已經用完餐的遠藤母子和數美似乎也沒有要離席的意思。橘先生則是用非常放鬆的表情，請麻生再給他一杯咖啡。
「我們真的是很隨興、什麼都不知道就來了呢。對吧，伸太郎？」
「嗯。」
遠藤母子是搭昨天中午的船來到霧久井島的。母子二人似乎是在隨興的暑期旅行中得知霧久井島的存在。據說她們住在東京的世田谷區。

春夫問：「怎麼會特地來『空無一物之島』呢？」

「就是因為空無一物啊，旅行的尾聲不就要去寧靜的場所嘛。對吧，伸太郎。」

「是啊，媽媽。」

伸太郎浮現出天真無邪的笑容。

「哎呀，伸太郎，你嘴角沾到烤魚的焦灰啦。」

晶子微微起身，用兩手輕輕捧起兒子的臉頰。她將臉靠了過去，用手指輕撫著伸太郎的嘴唇。伸太郎露出陶醉的表情閉著雙眼。看在旁人眼中，他們簡直就像是在接吻。

眼前的景象實在太過奇特了，餐廳剎那間充滿了尷尬的氣氛。

宗作和春夫還若有所思地對看了一眼。

「好了，拿掉了。」

「謝謝媽媽。」

晶子若無其事地坐下，手又按著嘴邊呵呵地笑著。

「這裡真的是個安靜的地方，但也不是真的什麼都沒有呢。」

她戳了戳眼前的「黑蟲」。

「這東西要是能當作伴手禮就好了。」

「畢竟不是多了不起的東西呀。」

橘先生泰然自若地回著。該說是見過世面嗎？他絲毫沒有感到困擾的樣子。

「離開這裡之後就完全沒有意義咧。等這座島上都沒人之後就會一起消失，也不會有人想起來，就只是這樣的東西。」

「這樣太可惜了呀。要不要鼓勵一下島上的人呢？」

對於晶子的提議，橘先生露出有些落寞的笑容，搖了搖頭。

「我嗎？只是一個人隨興旅行罷了。」

江原數美來到這裡的理由非常簡單。據說她目前長期休假中。是因為工作繁忙導致身心俱疲嗎？忍不住這樣想著。那稚氣的臉龐及天真無邪的表情，看來也像蒙上一層陰影。

她開朗地聊起先前去過的地方，宗作則是投以同情的目光。

「這裡應該非常適合靜養吧？對吧，伸太郎。」

「嗯，媽媽。」

「啊——也許吧。」數美隨口回應。「對了，遠藤女士，剛才那本相本可以再讓我看看嗎？我想看有錢人的豪宅。」

「不是那麼了不起的東西啦。」

晶子用有些竊喜的表情打開了相本，數美則站起來張望。不知是否覺得自己被丟下了，伸太郎尷尬地縮起身子。

「伸太郎、伸太郎。」

顯然已經吃飽的春夫，小小聲地呼喚著，對方則是畏畏縮縮地過來這邊。

「你母親總是去哪兒都帶著照片嗎？」

「嗯，是我小時候的照片。」

他似乎也覺得有些害羞。外觀看上去完全是個成年男性，一舉一動卻都像個孩子。就在他正不知該如何是好時，便聽見春夫一臉痛苦說道：「真辛苦哪。」接著又問：「對了，你有聽說過疋田怨靈嗎？」

「啊？那是什麼？」

「是霧久井島的傳聞，大叔我們也不是很清楚哪，好像說是住在山裡，偶爾就會跑到村子來。」

「喔？」伸太郎睜大了細長的眼睛。雙眼看來閃閃發亮。

「你喜歡這種話題啊？」

淳也加入對話。

「你知道宇津木幽子嗎？」

一說出口便想起了預言的事情，那彷彿在騙小孩似的拙劣詩文。和這個島上流傳的文化習俗與傳承相比，顯得毫無內容可言的語句，拿來閒聊倒是不錯。

「不認識。」

「那是大叔我們小時候一個很受歡迎的靈能者……」

淳把相關的事情說給伸太郎聽。

他也聽得津津有味，中間還會穿插「真的嗎？」、「有寫在書上？」之類的回應。淳越說越熱烈，還更加詳細，大談宇津木幽子與她的興盛期。春夫、接著是宗作也加入對話，加強細節內容讓對話更為豐富。

但卻沒有人提到預言的事情。大家並沒有事先講好，只是很自然地避開這個話題。

「哎呀……」

聽見晶子感嘆不已的聲音，淳等人暫時停下交談。

她雙目帶淚。

「真是抱歉，我已經好久沒有看到伸太郎和別人說話了。」

她說話的同時還吸著鼻涕，數美一臉擔心地遞出面紙。

在些許尷尬的沉默過後，晶子開始談起自己的事情。

伸太郎在進入小學沒多久以後就遇到霸凌，上二年級的時候馬上就搬家了。沒多久她的丈夫——也就是伸太郎的父親因病過世。雖然有丈夫留下的遺產讓兩人能夠過活。但兒子卻因為心靈受到重創而無法通學，現在也還無法出去工作。

伸太郎回到原先的座位上，又是一臉尷尬地縮著身子。

「所以我好擔心……就算他二十五歲了，我還是忍不住過度保護他。」

晶子低著頭嗚咽。

這實在有些令人同情，但還是覺得有點不對勁。雖然伸太郎那孩子氣的模樣令人在意，但晶子的舉動更讓人覺得怪異。

兩個人的關係會如此奇妙，並非是由於兒子生病了。也許那的確是契機，卻不是決定性的因素。倒不如說是晶子——母親不離開兒子。因為她不願意放手。

餐廳裡只迴盪著啜泣聲。

不知拿了第幾杯咖啡的麻生輕手輕腳地走著。

「即使死了，你也沒法放下呢，你的先生。」

橘先生平靜地說道。他扯了扯領口，拉出一條已經褪色的銀色相框墜鍊。

「我也是哩。要是我現在死了，一定會化為鬼跑去找分開的老婆和女兒。雖然已經三十年不見啦，但思念的心情是不會變的唄。」

他用自己粗短的手指打開相框，裡頭放了張已泛黃的照片。距離太遠，所以看得不是很清楚，但似乎是個女性抱著孩子的照片。

「不管什麼時候看，都是個可愛的孩子呢。」

麻生輕輕遞出咖啡。

「老爹，你離婚啦？」

「噢是哩，來這裡之後沒多久的事。話說在前頭，我和其他蠢蛋可不一樣，我有好好支付養育費，現在也都還有在付哩。」

「真了不起，和那男人真是差太多哩。」

忍不住插了嘴，語氣也尖銳許多，原先沉穩的氣氛又再次變得非常尷尬。

數美一臉好奇地盯著這兒看。淳低下頭，避開她的視線。

打破沉默的是春夫，他帶著憐憫的表情說道：

「欸，淳的老爸是——」

「這裡可真是聚集了許多有趣的人啊。」

淳等人同時轉向聲音來源。

靈子不知在何時直挺挺地站在敞開的出入口前，頭髮和肩膀都濕了。那厚重妝容上浮現無數的雨滴，長裙上也噴濺了許多泥巴之類的東西。

「那個，山田小姐。山田民江小姐。」

麻生畏縮地上前。

「由於先前您只訂了住宿，因此並沒有準備餐點……」

「我知道。還有，別用本名叫我咧。」

靈子豪氣干雲地抛出神戶腔，一臉自豪地說著。

「那邊的有趣團體應該知道吧，以前有個很偉大的靈能者老師，在過世之前留下了預言——明天這座島上會發生慘劇。」

尷尬的沉默第三度籠罩著餐廳。

窗外仍響徹悶悶的雨聲。

「……是那位叫宇津木什麼的嗎？」

伸太郎膽戰心驚似地開了口。

「哎呀，小哥你知道？」

「嗯，但我不知道預言的事。」

「伸太郎。」晶子露出客套的笑容，用最短的句子阻止兒子。

靈子冷冰冰地俯視著這對母子。

「有個性又有趣的大姊耶。」春夫諷刺地喊了對方。「你又是來做什麼的？」單方面地詢問。

靈子抬頭挺胸，露出信心十足的笑容。

「我命絕後二十年，彼島將有慘劇生──」

她開始朗誦起宇津木幽子的預言。

到底打算做什麼？現在是怎麼回事？

由於太過突然了，沒人能夠即時反應。大家只能一起凝視著靈子。麻生雖然打算插嘴，但被她瞪了一眼後便縮了回去。

「──靈混六條墮冥府」

口齒清晰地念到最後，她環視在座的所有人。

「單純一點解讀的話，就是會死六個人吧。」

沒人答話。春夫和宗作面面相覷，伸太郎眼神游移、看似非常不安。

數美則是皺起了眉頭。

靈子雙手抱胸，緩緩地走了起來。

「而且已經有事情開始應驗了唄？〈淚雨重重阻救贖〉這段啊，已經開始下雨了。」

「那雨停的話不就不準了？」春夫錯愕地問。捏起了手邊的「黑蟲」。

「不會停的。」靈子一口咬定，「幽子大人的預言絕對會應驗的。進房之後我就去島上繞了一圈，想說應該能夠得到一些感應哩。也大致上去聚落看了一下，還爬上那座比較矮的山——」

「什麼？」

有椅子發出喀登聲響。

是橘先生站了起來。他比預想的還要矮小些，但是胸腹厚實。

「這位大姊啊……你上了疋田山？」

他以不可置信的表情詰問著。由於事出突然，靈子也顯得有些驚訝，縮了縮身子表示：「我、我本來是打算上山的啦，但天色已經暗了，就沒上去了哩。我在山路前那間有藍色屋瓦的房子那兒就折返了，那裡的靈氣就已經很強——」

「那是我家前面哩，真的沒有再繼續往前走了嗎？」

「唔、嗯。畢竟我還穿著高跟鞋咧。明天穿運動鞋時再——」

「絕對不可以上山。」

橘先生打斷她的話。他一邊揮舞著不知其所以然的手勢，以快哭出來、又像是懇求的表情說著：「我說大姊啊，真的不可以小看疋田怨靈哩。要是太多事可能會往生的呀，真的不是開玩笑的。算我拜託你、拜託咧。」

他剛才還散發出的威嚴及力量感已經完全消失。明明渾身肌肉卻讓人覺得脆弱，成了一個畏縮的老人家。這太奇怪了。

是因為感到困擾嗎？又或者是——由於畏懼呢？

靈子一臉錯愕地看著他。

橘先生口中喃喃念著「六條的靈魂、嗎……」然後別過頭去，動作緩慢地回到椅子上。

「麻生先生。」

「是！」

「謝謝招待。抱歉打擾這麼久，真不好意思，驚擾大家哩。」

他臉上毫無笑容，只說了聲「抱歉」就離開餐廳。

不久後，玄關處傳來布料摩擦的聲響。橘先生正在穿雨衣嗎？

「……那是怎麼回事哩？突然那樣說。」

靈子側頭思索著。放棄了原先打算找個空位坐著的念頭，靠在牆邊。

「不知道耶。」春夫回道，「不過大姊你也差不多哩。告訴我們那個預言要幹嘛呢？想嚇嚇大家嗎？」

「人家只是想警告你們有危險。」

「警告有意義嗎？預言不是絕對會實現嗎？」

春夫一語道破。確實這點也很令人在意。

「當然會實現，所以要努力避免啊。如果集結大家的靈力一起祈禱，就算是幽子大人的預言，也有可能會排除的唄。」

門。

「原來如此，好像有點道理呢。」

宗作喃喃自語，好似感嘆又有些困擾。春夫則在一旁碎碎叨念著「搞不懂啦」。

伸太郎一臉憂心地望著晶子，而晶子則是回以溫柔的微笑。數美則帶著難以言喻的表情望著餐廳大門。

五

浴場只有一間，而且非常狹窄。如果想輕鬆一點，那就只能一個人進去浴槽，兩個人一起的話就連腳也伸不直。

麻生只表示「洗澡順序請客人們自行決定」。

大家雖然都吃完飯了，卻還是留在餐廳內。伸太郎喝水醒酒，其他人則是品嚐著麻生沖的咖啡。

最先入浴的是不可理喻地說什麼「我是敏感肌膚」而搶了第一的靈子，然後是數美、遠藤母子，剩下的人就自動決定好了。

正思索著是否該回房間，便聽見手拿托盤的麻生突然道歉。

「剛才真是抱歉……橘先生實在也太誇張了呢。要是我能好好介入，也不會讓大家這麼尷尬……」

「這不是麻生先生的錯。」數美說道，「誰都沒有錯，只是類似鈕扣扣錯洞的情況而已。」

「是嗎？」春夫撇了撇嘴角，「不管怎麼想，都是靈子小姐害的吧？說什麼預言之類的亂七八糟東西，還在島上亂跑亂踩，所以橘先生——這裡的人當然會不開心。」
「你們這個有趣團體不也是來確認預言的嗎？」靈子靠在牆邊微慍說著。
「對我們來說只是閒聊話題而已喔，真是抱歉哩。」淳回答。春夫點點頭，宗作也跟著回應。
「預言什麼的怎麼可能會實現呢。」數美冷冰冰地說著。
靈子馬上回嘴：「但你們也不要隨口說說咧。什麼亂跑亂踩，我只是稍微進了後山而已吧？」
「所以說，那裡很重要呢。」春夫說道。
「有相關的傳說嗎？」她回問。
「有喔。」麻生回道。所有人都看著他。不知為何晶子和伸太郎看起來也挺愉快的。相較之下，靈子一臉不悅地盯著麻生。宗作則是啜飲著冰咖啡，而春夫抓起了桌上的「黑蟲」。
「我向許多島民問過這件事。但是大家都不太願意談，所以我將大家提供的片段資訊集合起來之後再加上一點想像，還請大家見諒。」
麻生清了清嗓子便開始敘述。
「在鎌倉時代以前，這裡似乎是個流放犯人的地方，也就是執行流放刑罰的島嶼。某日，有個姓疋田的犯人來到此地，有陣子好像和島上的其他罪犯處得也還算融洽。因為他頗具智識，因此大家都很尊敬他。似乎還有傳聞——其實他身上流著高貴的血液。」
麻生的語氣平淡且安穩，也許是偶爾會停頓一下，總覺得餐廳裡的沉默令人相當在意。
「但就在某一天，疋田卻被趕進了山裡。」

「為什麼？」試著點出故事的癥結點。麻生吸了一口氣後繼續說下去。

「生了怪病。全身腫脹、關節扭曲得無法恢復原狀，據說臉上還長了無數的小疣、身體不斷滲出像油一般光亮的體液。舌頭也腫起來，還從口中吐出，沒辦法說話、也沒辦法吃東西。」

數美抬起頭盯著麻生。

「據說大概有一整個月的時間，從山中到村裡都能聽見他怨嘆著對夥伴們的恨意及痛苦。但那個時候的疋田已經虛弱到沒辦法自己下山了，詛咒聲最後也只剩下呻吟，到後來，聽起來就變成非常奇怪的聲音——噶呃呃、噶呃呃這樣。」

浮現在腦海中的是深山景色。

陰暗的樹木之間、潮濕的土壤上有個赤裸裸的男子在爬行著。

身體長滿疣、手腳扭曲，自皮膚下突起的骨骼彎曲得連旁觀者看著都覺得疼。

宛如腐爛葡萄般的舌頭從口中伸出、垂掛在下巴邊，反射著光芒的臉孔上沾滿泥土及枝葉、腫脹的眼瞼下流出了血淚。

腫脹的喉頭收縮了起來，舌頭顫抖著。

而那無法閉緊的口中，傳出了有如青蛙般的聲音。

噶呃呃、噶呃呃——

「據說現在山裡偶爾還能聽見那種聲音。」

麻生的聲音小到幾乎是自言自語。外頭的雨聲也已經小到幾乎可以無視，但現在卻能聽得一清二楚。

所有人不發一語、動彈不得，仔細聆聽著他的話語。

「疋田的怨念籠罩了整個山頭，入山的人都會被殺死。讓他們患上和自己相同的疾病，逐漸變得虛弱然後死去。據說有時候還會下山來，一直到現在都是如此。」

麻生以略為戲劇化的聲調收尾之後便沉默了下來。

靈子以手支著蒼白的臉龐。

淳不知何時挺直了駝著的背脊，將咖啡送入喉嚨。

「您真厲害，都聽入迷了哩。」

老實表達感想之後，他似乎有些害羞地摸摸後腦勺。

「好厲害。」伸太郎面無表情地輕輕拍著手，臉色卻很蒼白。

「嚇到啦？」春夫咧嘴一笑問道。

「唔嗯。」伸太郎一副沉思的樣貌。「很有趣呢。該說是不可思議，還是奇妙呢……怎麼說呢……」

說到一半成了自言自語。

「有種浪漫感對吧。」晶子出言相助。「鄉下風俗習慣的浪漫。你是受到這種浪漫吸引了吧？對吧，伸太郎？」

「嗯，是這樣呢，媽媽。」

微笑的兩人對看著。

「我很害怕呢，自己說著都覺得恐怖。」麻生一臉認真地說著，隨即又轉為放鬆的表情。

「當然我不認為這是實際發生過的事情。名為疋田的罪犯變成蟾蜍*，這實在是太過巧合了。這很明顯是使用疋田山之名打造出來的創作，不可能有什麼怨靈的。」

他低頭望著雙眉緊皺的數美。

「如果分析過往歷史，也許會有紀錄顯示的確有病死的罪犯，說不定也有島民在山中以可疑的方式死去。但是用怨靈來說明這些事情的因果關係、賦予其意義，可以藉此輕鬆地讓人們不會輕易踏入山中。為了讓大家敬畏那並不是特別宏偉的疋田山，這是一種附加權威的方法。這樣一想，關於疋田的傳聞裡頭，會特別提到他的血緣也是理所當然的。」

「噢噢。」忍不住讚嘆了一下。雖然無法證實他說的是真是假，但是挺有說服力的。

「敬畏大自然的念頭。這座小島為了要維持這樣的念頭，因此以前的島民就編造出疋田怨靈這個概念——這是我的假設。最令人驚訝的就是霧久井島這兒直到現今，島民也都還能讓我體會到這件事情的真實感。雖然這是不太科學，但絕非愚蠢之事，反而是崇高且令人敬畏的。我覺得這種狀況非常令人感動。霧久井島絕非空無一物的島嶼。因為如此獨特的傳承與習俗現在也都還根深蒂固。」

麻生稍微含糊其辭了一會兒，又繼續說下去。

「也許大家會有不同的意見，不過我認為與其接受靈能者的預言，不如珍惜這類習俗還更為重要。因為我非常喜愛日本美麗的文化。」

他看著靈子，清清楚楚地表態。這很明顯與她的價值觀是對立的，但要說是挑撥或者宣戰，又過於誇張。

「哼。」靈子非常不滿地悶哼了一聲，只是別過眼，並沒有多說什麼。餐廳裡的氣氛又變得十分尷尬。
「原來如此呀。」淳連忙開口，然後一口氣喝乾了咖啡。
「您是在學校學到這些的嗎？」
「不是。不過我年輕的時候就對日本的傳承非常有興趣，也經常閱讀這類小說。只是喜歡民俗、風土習慣之類的東西啦。」麻生謙虛地回應。
數美「嗯嗯」一聲，將身體往椅背一靠。
「但我覺得差不多呢，都像騙人的。」接著打了個大大的呵欠。不管是風俗中極具深度的疋田怨靈，或者是隨時代潮流而起的藝人靈能者預言，對她來說似乎都是一樣的。
「哈哈，要說像也是挺像的呢，**從社會面來看**。」麻生以有些驕傲的口氣說著。
數美帶著曖昧的笑容，似乎陷入長考，但沒多久又開了口。
「畢竟如果是怨靈的話，應該會有人祭祀吧？」
「欸？」
「啊……不，抱歉，沒什麼。剛才真的聽得很盡興。」
數美揉著眼睛向麻生行個禮。「謝謝您的分享，我回房間了。」她推開椅子站了起來。
因為這個聲響，大家也順勢開始解散。遠藤母子在那之後也肩並肩地消失在門後。
「謝謝招待。故事真的非常有趣哪。」

＊疋田及蟾蜍在日文中的發音都是以「ひき」（hiki）開頭。

向麻生搭話，他非常開心地回了禮。
宗作站起來以後就喚著春夫，但春夫只是一臉呆滯地凝視著手中的「黑蟲」。
「春夫。」
宗作再次叫喚，但他還是沒抬起頭。
「春夫。」
叫到第三次，他才從椅子上跳了起來，笑著說：「哇！嚇我一跳。」

六

大家在房裡看著電視，聊些不著邊際的話題。綜藝節目結束之後就開始播放新聞節目。這時率先察覺到不對勁的是宗作。
「春夫，你怎麼啦？」
回到房間以後，春夫似乎一直心不在焉。好幾次隨口應話，不然就是沒在聽其他人說些什麼，最後只是回了好幾次「什麼？」
「不，沒什麼，只是有點累哩。」
躺在榻榻米上的春夫伸著懶腰，刻意敏捷地起身。
「抱歉，結果雨下成這樣，安排行程的失誤哪。」

「不會咧。」

「嗯，我沒有覺得不好啊。」

「走出去說不定會死掉就是咧。」

淳半開玩笑地說著，宗作也哈哈笑了起來。

「不過呢，還真不知道有這種島嶼耶。」

春夫自己開口聊了起來，看來是恢復了許多。

「說到瀨戶內海上的島嶼，我也只知道淡路島、小豆島和直島吧。」

「但也不會去那些地方呢。」淳回應。

「對了。你先前說直島很髒，是什麼意思啊？」宗作向春夫問道。

「喔。」春夫抱起胸，「直島旁邊的豐島，大概在三十年前左右被非法放置產業廢棄物哩。在九〇年代的時候曝光引發了騷動，結果不管三七二十一，就把那些垃圾先移到直島去。花了十五年好不容易全部運過去，最近才終於處理好。但這樣事情也不能說是結束，豐島的土壤要變乾淨還早的很勒。」

春夫的語調雖然輕鬆，但他說話時的眼神卻非常認真。

「那裡是曾引發現代社會扭曲問題的地方，不——現在也還持續著咧。在那種島上歌頌藝術還有文化之類的，感覺就是刻意視而不見。所以才說那邊整個就是很骯髒。」

內心不禁對春夫湧出敬意。他看來總是笑咪咪，但其實非常認真踏實，真是了不起。雖然覺得他的潔癖有點嚴重，但這並不奇怪。

宗作喝著瓶裝綠茶。春夫忽然表情放鬆了些，說：「不過呢，扭曲的還不一定只有直島和豐島。說不定——」

此時傳來咚咚敲門聲。

淳打開門，站在門口的是遠藤晶子。她穿著浴衣、表情頗為輕鬆，但臉上的皺紋卻非常顯眼，與在餐廳見到她時的印象大不相同。半乾的頭髮緊貼著頭部，都能看見頭皮了。

「我洗好了，你們可以去囉。」

站在她背後的是同樣穿著浴衣的伸太郎。

「伸太郎，熱水溫度如何呀？」春夫親暱地搭話，而他羞怯地笑著回道：「啊，很熱又很窄。」

「很熱啊。那我沖個澡就可以了吧。」

春夫拿起浴巾和替換衣物。

和宗作與春夫一起下到一樓之後，在大廳分道揚鑣。淳在櫃台旁邊的酒類販賣機買了罐裝啤酒，就回到房間裡鋪好棉被，躺著邊灌啤酒邊看著電視，最後打起了瞌睡。

大概是比想像中還要累的關係。

還沒洗澡呢，得醒著才行哪。正這麼想著，卻遭受到強烈的睡意侵襲。

「淳、淳！」

聽見呼喚聲後支吾呻吟著，淳張開了眼睛。宗作穿著輕便的 POLO 衫，臉色難看地站在身旁。

「……怎麼咧？」

「春夫不見了。」

宗作緊張地回答。

「我記得我們聊到過十二點左右，後來就睡著了。醒來後就沒見到人……他的手機和錢包都不見了。鞋子也不在，而且他還特地把浴衣給換掉了。」

宗作手上拿著皺巴巴的浴衣。

「我想他應該出去了。」

雨聲來到耳邊，窗外正轟隆隆地震響著。

豪大雨。實在是無法想到有什麼理由非得要在這種狀況下出去。

看了看手機，時間是早上六點。

春夫一定遇到了什麼狀況了，或者是——

靈子所說的**大事**發生了。

淳從棉被裡跳了起來。

腳步飛快地穿過走廊，走下一樓。在櫃台不管按了幾次服務鈴，麻生都沒有出現。傘桶裡插著幾支塑膠傘。

一打開大門就有無數雨滴噴到臉上，流竄進大廳的雨聲比想像中還要大。如宗作所說，這裡沒看見春夫的鞋子。

宗作小跑步奔向外頭。淳也慌張地抓了把塑膠傘，套上外出用的拖鞋。

河流水位變高了。環顧四周都沒有發現春夫的身影，從港口吹來的風撫遍全身。

宗作往聚落方向、淳則是朝著港口去。

在雨水與臭氧的氣味中，竄進鼻腔的空氣裡混雜了一絲味噌湯的香氣。是附近的人家在做早餐嗎？由於安穩的日常氣息趁虛而入，淳猛然停下腳步。

氣喘吁吁、滑過臉上的汗珠異常冰冷。

膝蓋以下很快就被雨淋濕了，浴衣的衣襬也因為雨水濡濕而變色。除了感到不舒服之外，不安的感受也持續高漲。

來到港口，只見海象狂暴、洶湧的波濤揚起白浪花。

附近完全沒有人，並排的漁船發出嘎吱聲響、在港邊搖晃著。

剛走到棧橋旁，眼角便掃到港中漂浮的影子，定睛一瞧的瞬間，忍不住驚呼一聲。

翻倒的塑膠傘保持著尷尬的平衡在海浪中搖擺。

春夫就浮在旁邊。

仰躺在漁船旁邊的海面上。

發青的方臉及嘴唇，睜開的雙目已毫無神采。

他身上穿的藍色T恤在混濁的海水中漂蕩著，胸口處大大地印著毛筆字體的「海人」。這肯定是什麼玩笑，一定是開玩笑的。

「春……」

想喊春夫的名字卻瞬間失去氣力，淳當場跪了下來。

得拉上來才行、得救他才行。得把他從冰冷的海裡拉出來、帶他到不會淋著冰冷雨水的地方才行。現在要連絡宗作，但在那之前得先報警。

雖然馬上想到許多該做、必須做的事情，身體卻像痲痺似地動彈不得。只能定睛望著春夫那載浮載沉的遺體。

「淳！怎麼了！」

聽見宗作的聲音從遠方傳來，然而淳仍然低頭凝視著春夫的遺骸。

第三章

慘劇

一

一看見春夫的遺體，宗作也不禁僵住了。塑膠傘因為鬆了手而在港邊飛舞，但他和淳都沒有去撿。

宗作頹然跪下。

嘩啦一聲水花四濺，噴濕了淳的身體。

淳這時才回過神來，往聚落裡最近的屋子奔去。屋外沒有門鈴、也沒有門牌，或許在這種鄉下地方並不需要吧。

雖然試著拍打毛玻璃叫人，卻沒有人回應、大門也鎖著。

是不在家嗎？

才這麼想著，眼前光線忽然一暗。過了一會兒才理解，這是因為毛玻璃另一邊的電燈被關掉了。

裡面明明有人。他們是沒注意到外面的人，或者——

「抱歉打擾了，請開個門！有人死了啊！」

淳一直拍打著各家各戶大門，卻沒有人來應門，甚至沒有半點聲響。隔壁家、還有再過去的住家也都一樣。

無論怎麼猛力拍打大門、用多大的聲音呼喊，就是沒有居民願意出來。甚至有的屋子還飄出味噌湯和飯菜的香氣，卻始終沒有人應門。

是被無視嗎？是被他們拒於千里之外，放著不管嗎？

我們被這座島嶼排除在外嗎？

「到底是怎樣啊！」

來到第五家前面，淳忍不住怒吼。

好不容易才壓下踹破大門或破壞東西的衝動。

正用手抹著濕淋淋的臉，便聽見一聲呼喊。

「淳。」

宗作就站在背後，他的雙唇發白，但是眼中綻放出理性的光芒。

「抱歉，我冷靜下來了。總之我先報警了，橘先生會過來一趟。」

「……真抱歉。」淳好不容易才擠出這幾個字。

「完全沒有人應門嗎？」

默默地點了個頭，只見宗作深呼吸一口氣。

「先把春夫拉上來吧，有三個大男人應該行的。」

他轉個身子便往港口走去，或許是不在意被雨淋濕，又或是並沒有發現正在下雨，他的腳步穩定到讓人不禁如此認為。

看著宗作的背影，淳也遠離了那些屋子。

回到港口幾分鐘以後，披著雨衣的橘從石階梯上走了下來，低頭看著春夫的同時，嘴裡喃喃說著：「這可大條啦。」不過他只沉默了幾秒鐘，便迅速地指揮起淳他們兩人。雖然他這樣讓人覺得過於職務性且機械式，但這種狀況下實在也令人感到安心。

橘在旁邊停泊的漁船上拿著短勾向春夫伸去，勾住他的 T 恤以後再緩緩拉近。淳和宗作在橘兩側抓住了遺體，三個人一起使力才將春夫拉了上來。

淳面無表情地低頭看著那咕咚一聲滾落甲板的濕淋淋遺體。好沒有真實感。

心裡完全沒辦法認定這是一具遺體。忍不住想像起他可能馬上就會崩毀、溶解，然後在甲板上化為一灘什麼之後消失。明明還沒開始腐壞，內心卻忍不住這麼想。

死亡、生命活動停止，給人的印象會有決定性的不同。

「總之先去服務處吧，柚惠小姐還沒來，但那兒沒上鎖。」

聽見橘的指示，淳馬上在遺體旁蹲下。

「我說岬先生，請讓我調查一下吧。」

搬開服務處的沙發空出一個角落，將春夫的遺體安置好以後，橘平靜地說著。他將雨衣放在一邊，跪在仰躺的春夫身旁，輕輕雙手合十。

淳用洗手間裡的毛巾擦拭著濕淋淋的頭。

無法湧現任何的情緒。春夫死了、橘在檢查他的遺體，雖然對於這樣的情境有所認知，卻無法有更進一步的想法。

「喂喂。」
站在窗邊的宗作拿著手機，告知對方房間號碼和姓名，看來是在連絡麻生。
「因為發生了一些問題，春……岬他死了，所以少一個人，可以取消一份早餐嗎？是的，不好意思現在才跟您說。」
還以為自己聽錯了。
宗作就像是理所當然的那樣，用平淡的口吻告知。
「不，不是的，還不知道原因，但這的確是我方的問題。是的，確定好連絡事項以後，會請岬的家人也向您知會一聲——」
「喂，宗作！」
淳跑過去拍拍他的肩膀，橘也停下手邊的工作，一臉錯愕地看過來。
宗作的眼睛睜得大到不能再大，視線完全不知道是在看哪裡，嘴角則硬扯出笑容。
電話另一頭傳來麻生萬分困惑的：「啊？什麼？」雖然對方的反應有如愚蠢的喜劇角色，但這樣說起來，宗作的行為還更蠢。不，根本就脫離常軌。
「不，您不需要太過費心。之後的守靈、告別式和埋葬手續等，我們會依序進行——」
「宗作！」
淳搶過他手上的手機。
宗作的表情逐漸平穩、然後消失，張開的嘴巴也只吐出零散而沙啞的文字。

「淳……春夫死了喔。」

「我知道，你先冷靜點。」

「嗯，所以要幫他收拾善後、處理後續的事啊，我會好好告訴春夫的——」

「喂！」

淳的咆哮讓宗作嚇得抖了一下。抓住他的衣領、用力搖晃。

「你醒醒！春夫不知道為什麼死了啊！在來旅行的島上、晚上不知道去了哪裡、早上就浮在海面上了！根本搞不懂啊？對唄？」

面對搖晃著腦袋的宗作，只好告訴他：「你要先接受這件事！而且春夫，他、他已經不會再活過來咧！」

話說出口才感到胸口刺痛。

雖然這是理所當然的事，但現在好像才終於意識到這點。春夫死了，無論是什麼原因，他都不會復活了，無法再開口說話了。

宗作的雙唇開開闔闔地顫抖，最後人靠向窗戶，他的手雖然遮住了臉龐，啜泣聲和呢喃聲卻從指尖流洩而出。

「春夫……」

淳放開宗作，將視線轉往橘。

橘默默地點了點頭，再次開始驗屍。

子。

風吹著服務處的牆壁，室內只有宗作的嗚咽聲和橘的腳步聲。淳一直靜靜地看著橘檢驗春夫遺體的樣

已經過了十分鐘吧。正開始覺得悶熱，便聽見橘說：「是溺死吧。沒有看到外傷、也不像是中毒，所以是意外啊。」

他輕輕將春夫的頭放在地板上。

「等等，他有可能是被推下去的吧？這樣的話，這個溺死的狀況也……」

「你們最後看到岬先生是什麼時候咧？」

銳利的目光看向了這邊。

「……十二點半左右，之後我就睡著了。」宗作陰沉地回答。

橘的表情有些遺憾、又有些放心的樣子，「這座島上沒有人在那種時間還醒著哪，老人家都早睡啊。我五十七歲哩，不過可是這島上最年輕的呢。」

「可是，這裡的員工勒？」

「柚惠小姐嗎？她是坊勢島的人呀，是老公開漁船接送她的。」

「那麼麻生先生呢？」

「我倒是沒算他。」

橘緩緩站了起來。

「但是再怎麼說，麻生先生為什麼要把岬先生推下去哩？難道他爽快地答應讓你們住宿，就為了要在

半夜把他帶出去殺掉嗎？也太莫名其妙了吧。」

「這就要請警察……」

「我說你呀，」橘一臉無奈地打斷話頭，「事情還是想簡單點比較好，更何況是這種島，也不可能有人潛入吧。搞不好是他半夜口渴了，想喝點果汁之類的，那他會怎麼做？」

還沒能回答，橘便指著出入口繼續說：「會去那裡買吧？這座島上有賣飲料的地方，就外頭那台販賣機而已啦。而且岬先生不太會喝酒吧？我記得晚餐的時候有聊到，他又喜歡汽水。」

宗作略為困惑地點點頭：「沒錯。」

「他的口袋裡有錢包，來買可樂什麼的時候探頭出去看了一下海面，結果腳一滑掉下去——這樣是最自然的吧。這樣他三更半夜出來、還特地換好衣服就很合理了，不用想得太複雜。」

橘清了清喉嚨，彷彿是要結束話題。

是這樣嗎？春夫會因為這種事情就死掉嗎？

面對這平凡無奇卻可能性最高的推論，淳什麼話也說不出來。

「太蠢了……」宗作抱頭呢喃。

「我懂你的心情，大原先生。昨天雖然只聊了一下，但馬上能理解岬先生實在是個很棒的人，對於這樣的人離開我也覺得很懊悔、很難過哪。」

橘一臉沉痛地說著，他抓起掛在附近辦公室椅子上的毛毯，走向春夫的腳邊。調整好遺體的姿勢以後，他穩重地打開毛毯，輕輕蓋在春夫的遺體上。接著微微深呼吸了一口氣，兩手「啪」地一聲輕輕一拍。

每個動作都像是儀式一般。旁人看來或許甚為怪異，但很明顯這是橘對春夫——死者懷抱著敬意。

想來是這個島的風俗吧？他正依循霧久井島的文化習俗，哀悼春夫的死。

橘從書桌一角拿起了高約十公分左右的「黑蟲」，那個木炭擺飾似乎是仿照圖騰柱製作的，前後兩面都雕刻著誇張的人臉，或許原本不是這裡的東西，而是某個地方的禮品吧。

橘再次蹲在春夫身旁，將「黑蟲」隔著毛毯立在遺體的胸口。

淳和宗作都定睛凝視著他一連串的動作，服務處中的空氣也逐漸轉變為平穩、甚至是有些靜穆的氛圍。

「這樣就好了。」

橘站了起來，抓起雨衣。

「在這裡的傳說中，疋田怨靈是會附身的，所以只要有人死了，就要這樣做才能保護遺體。接下來能碰遺體的只有僧侶或葬儀社的人。除此之外都是嚴禁碰觸，就算是親人也不行哪。」

他環視在場的人，平靜又有力地說：「當然，這沒辦法強迫你們。但忍一小段時間就好，可以配合我們的習慣嗎？拜託咧。」

淳和宗作對看了一眼，回答：「明白了。」雖然說當下的氣氛是非答應不可，但也是因為被橘那種認真的態度所感動。

「太感謝啦，我會連絡本土的警察署。」

說完後，橘便離開了服務處。他一路往聚落方向走去，快速上了石階梯、消失在視野中。

過了好一會兒，宗作才開口。

「……我們要負責聯絡春夫的家人吧。」

「還有小藍。」淳回道。

宗作忽然「嗚！」一聲哽咽，靠向了牆壁，抓著頭髮又哭了起來。

無法動彈、也說不出什麼話語，光是瞥見那隆起的毛毯，就覺得悲傷湧上心頭。雖然知道應該要做些什麼事情，卻無法起身行動。失去春夫的痛苦刺痛著全身，那個從小學時代開始，就和淳待在一起的春夫。

正想開口喊春夫的名字，門就喀啦喀啦地打開了。外頭的空氣流了進來、吹拂著肌膚。

「不、不會吧。」

是靈子。她張大了嘴巴，輕手輕腳地踩了進來。她穿著紅色球鞋和牛仔褲，緊身黑色 T 恤上大大印著香奈兒的商標。

她的背後還露出了數美的臉龐，正在收折傘。除了條紋換成藍白色以外，裝扮都和昨天一樣，提著黑色的側背包。

靈子愣愣地低頭看著那隆起的毛毯。

「那位大哥怎麼啦？」

「其實……」

說明以後，她摀著嘴巴發起抖來。

「怎麼會！」

聲音從指縫中流出。

靈子在所有人的視線注目下，拉高了嗓子說道。

「這不是〈海底自有手伸起〉嗎——**幽子大人的預言，這不就完全說中**了嗎！」

二

碰！巨大的聲音在室內迴響。

是淳敲打桌子的聲音，他的拳頭在桌面上顫抖。

「這、這是有人死掉的時候該說的話嗎？」淳咬牙切齒地問著。

用盛怒的視線瞪著靈子，「橘先生可是有好好憑弔呢，雖然是這個島上很特殊的神祕方法。但是看來對你來說，偉大的宇津木幽子大人的大預言還比較重要是唄！靈還是靈能力之類的，不就是這個時候要派上用場的嗎？不是要用來幫、幫助痛苦的人嗎！」

不斷地碎念著。

「抱歉。」靈子抽搐地扯出笑容道歉。

「正如你所說的。對不起，是我亂了手腳……」

她不斷地碎步後退。宗作則是像鯉魚那樣嘴巴一張一闔的。

「淳，你冷靜點，不是講那種事情的時候。」

但是淳沒有回答，現在他全身都繃得緊緊的。

空氣悶熱且緊張，甚至令人覺得快要窒息。

淳深呼吸了一口氣。

「來，這個。」

有隻手輕輕伸向了他的胸口。

是數美。

她不經意地站在淳和靈子之間，正面露微笑、抬頭看向淳。

手掌心上是一顆有包裝的糖果，那是「泡泡糖*」，是淳小時候常去超市或者零食店買的一個十元的糖果。他總是和宗作與春夫一起去。

「這種時候最重要的還是補充糖分，只要含著就能讓心情穩定了，請用。」

「不、不要開玩笑了。」淳面無表情地回答。「這種事情一點都不科學吧，就跟什麼靈還是預言的差不多——」

「我可是護理師喔。」

數美仍面帶笑容地說道：「嚴格來說是前護理師啦，我學過營養學、也有經歷過臨床學習，所以我知道呀。這種時候糖果真的很有效。」

雖然她的口吻並沒有改變，但是每個字、每句話都非常有說服力，她的臉龐和站姿也都令人感受到魄力。

淳總算稍微鬆懈了些，輕輕捏起數美手上的糖果。

「大家都請用吧。」

數美拉開了隨身小包的拉鍊，裡面塞滿了各式各樣大大小小的糖果，除了泡泡糖以外，還有牛奶糖、鳳梨糖、佐久間草莓牛奶糖。那個金色小包裝的應該是鮪魚糖吧？其實就是一小塊鮪魚肉，根本是下酒菜而不是糖果，但確實也是能令人勾起回憶的東西。

所有人都拿到了糖果。宗作、靈子、淳都默默地拆開包裝，放入口中。

「……確實，稍微平靜了點。」最先開口的是淳。

讓鳳梨糖在嘴裡咕嘟咕嘟滾來滾去，然後說道：「或許只是安慰劑效果吧？」

「我想那也是有可能，不過，」數美邊拉上拉鍊邊說：「只是單純因為含著糖果時要哭或是怒吼都很困難罷了，其實這得讓意識集中在嘴巴呢。」

就和幼兒吸東西是一樣的嗎？

淳忍不住苦笑了起來，宗作的雙頰也微微抖動。服務處中的氣氛逐漸轉變得稍微舒緩平穩些。

數美的手腕真是令人佩服。

＊商品原文為「あわ玉」，由 Pine 株式會社從 1988 年開始推出的糖果。原料中加入蘇打粉，吃的時候會在口中出現類似喝碳酸飲料時的彈跳口感。有汽水、多種水果等口味。

她沒有強出頭、也沒有過於謙卑，只是憑藉邏輯和幽默，以最簡單的動作就輕巧明快地改善了狀況。這是她做護理師的經驗嗎？想必她的能力非常強。

她在狹窄的室內走動，將傘放在角落以後，來到了春夫的身邊。

數美彎著上身，凝視著擺在春夫胸口的「黑蟲」。

想必這是她身為護理師的習慣吧？就是會忍不住想確認遺體。但是——

「橘先生說不可以碰喔，是島上的習慣。」

出聲喊住她後，數美說道：「這樣啊。」

她將手放在下巴，瞄了瞄淳，然後又像是在苦思什麼似地，抬頭望著天花板。

不知從何時開始，所有人都看著她，或許是覺得悶熱，靈子開了電風扇。扇葉旋轉的聲音低沉地響起。

「……唔，還是確認一下好了。」

說著說著，數美便拿起了「黑蟲」，接著以迅雷不及掩耳的速度、「啪沙」一聲掀開了毯子。

春夫那已顯土色的面容再次出現。微開的雙眼望著正上方、嘴唇也沒有闔上，呈現半開。那是失去靈魂、已死之人的表情。

數美一臉認真地蹲下。

「不、不行哩！」慌張地喊她。

「你想要做什麼咧？不是說不行嗎？」

「誰說的？」數美的聲音忽地拔尖。

「——呃，是橘先生……」

「其他人呢？他判斷是溺死對吧？」數美抬起臉來。

「嗯，說是意外。」

「那可就奇怪了。」

數美一口咬定。

她抬頭望向錯愕且呆滯的淳和宗作。

「溺死的屍體會沉下去。如果肺部積水，沒有空氣，人體是沒辦法浮在海水上的。真要浮起來已經是屍體腐敗、體內產生氣體以後的事情。這是比重的問題，和體重無關，也不是專業知識。所以橘先生的判斷非常奇怪、很不自然。而且……」

數美將手上的「黑蟲」與毯子放在地板上。

「還有更奇怪的事——**二十二年前根本沒有這種風俗**。」

「欸？」錯愕的宗作忍不住出聲。

「我來的時候剛好是一位老人家的葬禮結束後，聽很多島民提到相關的事情，但完全沒有任何獨特的喪葬習慣。甚至我根本就不記得有『黑蟲』這種東西。而且至少沒有任何一個人告訴過我不可以碰觸遺體。」

「等等……咳！」差點將鳳梨糖直接吞下去，淳用力地咳了幾聲。宗作連忙拍拍他的背。

靈子接下去說道：「我來問吧。你為什麼會知道霧久井島二十二年前的情況？」

靈子雖然感到困惑，表情卻迫力十足。大概是因為嘴裡還有糖果，說話的聲音混入了一些空氣聲。

數美沒有回答，轉回遺體的方向。她從隨身包裡拉出了淡紫色有如布片般的東西。

那似乎是醫療用手套，她用最簡潔的動作戴好以後，摸著春夫的雙頰。撐開眼瞼檢查，然後打開嘴巴，動作沒有一絲猶豫。

「那個警察為什麼會做出那麼奇怪的判斷呢？」

數美默默地摸著春夫的頭，接著兩手環抱著，然後停下動作。

「仔細想想，你的名字也很像假名哪。姓氏江原、名字數子，用棒球來比喻的話就好比是松井一朗了吧＊。」

「我叫數美。」

「刻意改個小地方更奇怪吧，年紀不詳這點也很可疑哪。」

「我三十歲。」

「意外地有點年紀哪，欸，算啦，還有另一件事。」

靈子氣勢洶洶地瞇著眼睛、低頭看向數美。

「人家可是看得見唷——你的守護靈可厲害啦，我還沒見過地位這麼高的靈呢。是從神界……不，菩薩界降臨的吧？這樣的話，你就跟德蕾莎修女沒兩樣了。」

那抹著厚重妝容的臉上浮現了神情恍惚的笑容。

這話題也太莫名其妙了吧，還以為她要繼續提出有邏輯性的問題，結果毫無預警地就講起了心靈還是靈界什麼的事。淳翻了個白眼看著兩個女子，還有躺在一邊的友人遺體。

「……靈子小姐能看見呢。」

數美喃喃自語，聽起來不像在挖苦、也不像是真的接受那種說法。

「所以對靈子小姐來說，靈是存在的。有守護靈也有怨靈，靈感、靈界、幽界、神界和菩薩界都是存在的，當然也有阿卡夏紀錄，所以肯定也存在著預言。」

她的表情和語氣看起來充滿了無奈，就像是這類話題已經聽得太多而感到厭煩。

「沒錯，那又如何？」

靈子冷靜地表示同意，並把問題丟回去。

數美臉上浮現出帶著寂寞的微笑，卻什麼也沒說，只是靜靜地仰望靈子。

正覺得沉默令人煩悶的瞬間，便聽見她再次開口。

「淳先生。」

「咦？怎麼哩？」

「淳先生。」

＊這裡提到的江原和數子分指日本知名靈能者「江原啓之」和「細木數子」，而松井一朗之名則是源自日本棒球界的傳奇選手「松井秀喜」和「鈴木一朗」。意指數美之名也是擷取相關名人組成的假名。

數美又重複了一次，然後抬頭望向這邊，那稚氣的臉龐上寫滿了不信任。

「……怎麼啦？」

淳膽戰心驚地問道。

「春夫先生後腦勺的骨頭碎了。」

「啊？」

數美抱起春夫的頭，語氣平淡地繼續說下去。

「就算從那個高度掉到海裡，也不可能會這樣吧，摔倒也不至於如此。雖然這只是經驗談，但我覺得應該是被人從後方以硬物毆打造成的。春夫先生被某個人毆打致死，然後丟進海裡——我是這麼認為的。」

這時不知是誰倒抽了一口氣。

「而且橘先生應該也是這麼判斷的，或者說他很清楚。他明明知情，卻隱瞞淳先生你們，還騙你們說這是意外造成的溺死。為了避免穿幫，還演了一場假的儀式。」

數美停了下來，整個房間裡只迴響著電風扇的聲音和所有人的呼吸聲。

淳慢慢靠近她、在一旁蹲下，看了她一眼之後就將手伸向春夫的頭。

「……這、是什麼。」

「碎掉的頭蓋骨，一摸就知道非常奇怪對吧。」

數美一臉理所當然地說明。

淳無言以對，將手抽離春夫的後腦勺，一語不發地跌坐在地。

試著在腦袋裡整理一下連續發生的難以理解之事。

春夫死了。他在三更半夜從旅館裡跑出去，早上被發現浮在港裡。駐在所的橘先生判斷春夫是溺死，還以島上的風俗憑弔他。江原數美對此抱持疑問，表示她推測春夫可能是被殺害的，而且認為橘先生可能知道些什麼。推測的根據是與這座島嶼相關的知識，看來她似乎在很久以前就來過霧久井島。

仔細想想這座島嶼實在非常奇怪，剛剛不管怎麼敲門，都沒有島民回應。

另外，還有另一件事。

春夫的死正如同靈子所說的，符合預言的描述——

不，這件事情應該撇開來說，只不過是湊巧罷了，不用那麼認真思考。那並非什麼「無法理解的事情」，甚至不是「發生的事情」。

「還是應該先跟你道謝呢，謝謝你。」

淳向數美說道。

「要是只有我們，肯定會茫然地相信橘先生的說辭吧。雖然不知道他打算做什麼，但看來確實是向我們說了與事實不符的話。」

「嗯。」

「但實在搞不懂咧，現在到底該怎麼做才好？」

坦率地說出心中所想，因為不管怎麼梳理，腦海中還是一片混亂。向數美道謝以後，接下來又該怎麼做呢？

數美歪了歪頭，「我覺得……」

此時「啪滋」一聲，響起某個東西破碎的聲音，淳抬起頭來。

只見宗作一臉咬牙切齒。

花了點時間，才意識到剛才那是他咬碎糖果的聲音。

「淳，這不是理所當然的嗎！」

宗作呢喃著，「呸」地一聲吐出糖果碎片。

「就從最奇怪的人問起啊！不，也不能說是奇怪了，完全就是有問題的人。他住在聚落最上面對吧？我們當然要報仇了！」

「宗作你等等，雖然我明白你的意思，但不能這麼衝動。」

「春夫被殺了啊！」

宗作口沫橫飛地怒吼，髮絲凌亂、雙目圓睜，正想著他怎麼會用字遣詞如此粗暴，才發現是哪裡不對勁。

宗作正在哭泣，那銅鈴般的雙眼流下了大滴的淚珠，鼻涕也毫不客氣地沾濕了雙唇和鬍渣。他隨手用力擦了擦眼睛、含糊地想開口說些什麼，好不容易才一口氣講完。

「要是我沒回來，春夫就不會計畫這趟旅行了。要是我自殺成功、春夫也不用被殺，都是我的錯！」

他奪門而出，連拉門都沒關上。在淳站起來以前，他就出了服務處，傘也不拿就直奔聚落方向，踩踏在水上的啪沙啪沙聲漸行漸遠。

淳愣愣地看著宗作逐漸離去的背影。

靈子一臉擔心地望向淳問道：「該怎麼辦哩？他說要報仇耶，應該不會只問問話就能了事唄？」

「呃，的確是。」

看著張口結舌的淳，靈子又冷冷地說：「都這種時候了，你還打算依靠守護靈大人的判斷嗎？」

「快追上去吧。」就在淳還在啞口無言時，數美開口，同時輕輕闔上春夫的眼睛。

「我也一起去。我很擔心宗作先生，也有事情想直接問橘先生。」

她為遺體蓋上毯子以後，抬頭望著靈子。

「可以請你幫忙打電話給警察嗎？不要打報警電話，要直接撥去本土的警察署，我想橘先生應該還沒有連絡那邊。不，他肯定沒有連絡。」

「呃，好，我知道了。」

「然後麻煩你回去旅館，最好也告訴大家這件事。還有，我們交換一下連絡方式吧，這裡的所有人都要。」

數美迅速地下了指示，那沉穩的態度和語氣，與昨天在港口遇見她時判若兩人。大家交換電話號碼後，數美將手指伸入隨身包的外袋裡，拉出一個東西。

纏繞在她指尖上的是土耳其藍的念珠，還掛著褪色的藍白流蘇。

靈子那雙大眼睛睜得更大了。

數美將念珠繞成兩圈握住，雙手輕輕合十。她閉上眼睛彎身，好像在向春夫說些什麼，但聲音太小了，所以完全聽不到隻字片語。

她的動作毫無猶豫，一舉手一投足都相當有威嚴，甚至讓人覺得美麗。這也是護理師的工作範疇嗎？心中忍不住如此想著。

「噢……噢！」

靈子發出了詭異的聲音靠在牆壁上，以不可置信的表情凝視著數美。

「久等了，我們走吧。」

數美一臉淡然地站了起來，念珠也隨之發出嘩啦響聲。

淳不知該如何回答。

很明顯地，他在意態度詭異的靈子，但更在意數美本人。難以理解的事情不斷在眼前發生，謎團接踵而至。

「你……」顫抖的靈子指著那串念珠，「那該不會是……」

「要確認看看嗎？」

數美將念珠纏繞在左手，往靈子面前伸去。

「你看得到，也感覺得到吧？」

她的表情雖然相當平淡，語氣卻十分挑釁，話語中完全滲出一股對於這個領域、以及靈子這類人的不信任感。

靈子一臉狼狽，好不容易才擠出一句：「那、那不是幽子大人的念珠嗎？」

這實在太令人驚訝了，嘴裡的糖果差點噴了出去，連忙用手擋著。

「東、東西本身是很普通，但是氛圍完全不一樣哪。」

「氛圍？」

數美露出苦笑，仍馬上回答。

「嗯，確實沒錯啦。靈子小姐說的沒錯，這是宇津木幽子慣用的念珠。對我來說是**外婆的遺物**。」

「咦！」淳和靈子同時驚呼出聲。

數美輕輕撫摸著手腕上的念珠。

「我叫宇津木沙千花，是宇津木幽子的孫女。」

三

「我可能有在電視上看過你呢。」

在通往聚落的石階梯上向數美搭話。雨勢變得比早上還要強了，邊說還得一邊調整雨傘的角度，以免傘被那由背後往上吹來的強風吹走。

「應該是星期四的特別節目？穿著挺漂亮的輕飄飄服裝、感覺有點圓嘟嘟的可愛孩子，但只是剛好被鏡頭帶過，節目並沒有特別說明哩。」

「那個是我沒錯，衣服是那個人的興趣。」

走在前頭的數美，也就是沙千花答道，她已經開始氣喘吁吁了。

「我經常陪她去拍攝現場，有好幾本書裡面都有我的照片。」

「哪一本啊？」

「我忘了。比起這件事……」

沙千花停下腳步，抬頭看著整排的房屋。

「真的不管怎麼叫，他們都不應門嗎？怎麼會這樣？」她向淳確認。

「是真的。」

淳轉進旁邊的岔路，直接敲了最近的一間民宅大門，還叫了好幾次門。窗戶雖然透出燈光，卻完全沒有人出來應門。

「你看吧。」

淳扯著嘴角笑了笑，遇上如此莫名其妙的事情，也只能笑了。

「實在搞不懂對吧？不管叫得多大聲，就是沒有哪一家肯開門。」

沙千花一臉難以置信地再次看著淳，想來也是，沒有人能想像如此不可思議的事情就在眼前發生了。

在這個鄉下島嶼，從外頭來的人，被年邁的島民們如字面的意思那樣拒於千里之外。

「發生什麼事了……？」

沙千花開口說出極為單純的疑問。

「不知道，我也想問哩。」

淳擦了擦臉。

身上穿的浴衣雖然濕了，卻不想特地回到旅館去換衣服。腦中始終盤旋著對於春夫之死的痛苦、悲傷和無數的疑問，也忍不住想著還放在那邊的遺體。

前方遠遠地能望見唯一的道路。

「快走吧，跟剛才說的一樣，先去找宗作。」

聽了淳的話，沙千花大大點了個頭。

一起回到石階梯再次往上前進，坡度非常傾斜而且沒有扶手，地面到處都坑坑巴巴的，積了雨水，用力踩下去的同時也濺起了水花。

或許是因為冰冷的雨水，情緒也慢慢變得比較穩定了些。總算能冷靜地掌握目前的狀況。這時嘴裡的糖果也已經融化了。

「沙千花小姐。」

喊了她之後，她微微揚起傘，轉過半身。

「你為什麼會來這裡？用了假名，還說了謊。」

她沒有回答，只是默默前進，雨傘遮住了她的表情。是不想回答嗎？

「呃，你不用勉強自己回答啦。」

淳畏畏縮縮地說。

當然，這並不是第一優先要解決的事情，只是很在意而已。雖然非常感謝她揭穿橘的謊言，但要說能否信任她又感覺不太對。

沉默了一陣子，沙千花終於開了口。

「那個人——宇津木幽子，」她並未停下腳步，「在二十二年前的夏天來到這裡，拍攝主題是巡迴瀨戶內海的島嶼，針對島上的靈還是神之類的進行靈視以及對話，一個個『攻略』。」

淳說：「好像角色扮演遊戲呢。」

「嗯，當時我們也覺得很無聊，宇津木幽子自己也不太喜歡，但還是勉強接受了。不知道節目方向是製作人還是腳本家決定的，總之不是宇津木幽子。他們會一直說什麼現在要開朗快樂些啊，下各種指令。」

「喲？」

忍不住笑了出來。這種避免節目無聊的方式也太糟糕了吧，不過也覺得能夠理解。二十二年前正是一九九五年，也就是發生地下鐵沙林毒氣事件的那年。這和宗作在來這裡的路上時所說的事情相符合。

「有正式申請採訪的只有小豆島的神社，其他都沒有先約好。我記得還和某個島上的人發生衝突。詳細的狀況記得不是很清楚了，但就是不太開心。攝影組每個人都很尖銳，一股自暴自棄的氣氛。」

沙千花看向自己的腳邊，「原本大家都把宇津木幽子當成女王一樣看待，他們也非常疼愛我，攝影現場還算開朗。所以就更……」

她忽然閉口不言。淳沉思了一下。

「蜜月期過了嗎？」

「嗯。」她輕輕點了點頭，「現在我也能明白了，而且那時我只是個孩子，隨便哄哄就很開心。」

接下來是好長一段沉默。淳和沙千花都一語不發，朝著應該在聚落最上方的橘家前進。她的寬褲褲腳被雨水打濕而顯得一片黑。

在大腿開始痠痛的同時，沙千花再次開口。

「我們是中午到這座島上的，然後真的很快，就在工作人員還在港口和島上的人交涉時，那個人突然開口說——左邊的山上有怨靈。」

那指的是疋田山，正是我們現在前往的山頭。

「然後啊，」她邊大口喘氣邊說道：「島上的人忽然臉色大變，接著全都躲進了服務處裡，還叫我們絕對不可以進去。」

走在前頭的淳稍微放慢腳步。

「然後呢？」

「島上的人答應讓我們拍攝，但是有很多細節要注意，工作人員都覺得很麻煩，不過至少是可以拍了。宇津木幽子好像一直很在意山上那邊。不管是帶我們到旅館的時候、還是在討論行程的時候都一樣。因為她常這樣，所以我沒、沒有、特別覺得奇怪。」

「常這樣哪？」

沙千花沒有回答，她終於停下腳步，大口喘著氣。淳也停下來說了聲「抱歉」，等待她的呼吸恢復正常。

「我問個奇怪的問題，你相信那種事情嗎？」

盤算著差不多了，淳開口問了重要的問題。

她和虛靈子是同一種人嗎？也就是崇拜宇津木幽子、開口閉口就談心靈或守護靈之類東西的人。她是完全相信預言的信徒嗎？

「一點也不。」

沙千花一口咬定，同時再次向上走去。

「我從小時候就不相信了，靈什麼的根本就不存在。只是有人深信自己看到了、相信能和它們對話、深信這個世界上不好的事情都是靈造成的。宇津木幽子也是這種人。」

我也是呢。正覺得安心，又聽見她繼續說道：「不過那個人真的在乭田山倒下了。我在旅館裡所以沒有看見，但是工作人員把她抬回來的時候，她一臉蒼白、意識朦朧。」

沙千花語氣沉重地說著。

「攝影就因此中斷了，而外婆在兩年後過世。直接的死因是胃癌，不過她在那次倒下後，身體就變得很差。完全沒辦法接電視台的工作和演講，連在家裡靈視都沒辦法。」

她用傘遮著臉。

「**外婆被詛咒了，被疋田怨靈殺死了。**」

聲音愈發陰暗。

這讓人不知道該怎麼回話。

「當然我知道那是不可能的，卻一直非常在意這件事。因為那天發生的事情真的很奇怪，所以我才會來這裡。」

「是為了……找出她死亡的真相？」

「嗯，我會使用假名就是因為不想被靈子那類對這些事情很清楚的人發現，雖然我還是自己坦承了。」

長長的說明結束後，淳以小小聲的「謝謝」表達感謝。

事情總算是搞清楚了，也能夠接受她使用假名的理由。事實上從她說出自己的真實身分以後、到走出服務處的這段時間，靈子一直都是以一種沉醉其中的表情看著沙千花。也不是不能理解啦。畢竟看見了那個不僅僅是憧憬、而是崇拜的對象所遺留下來的東西呢。

淳將目光從沙千花移開，默默地前進。

終於來到石階梯盡頭，淳和沙千花都停下腳步，等呼吸恢復正常。

眼前有間屋子，是被黑色矮磚牆包圍的兩層樓老舊獨棟住宅。門上沒有掛門牌，但這肯定就是橘家了吧。瓦片屋頂是藍色的。

那樸素的門板隨風晃動，發出嘎吱聲。

有把塑膠傘被丟在路擋上，拉門半開，從外頭就能看見土間。

宗作的鞋子就在那兒，看來是隨意脫下的。有一隻翻了過來、還有一隻躺在大概是橘的拖鞋上。是因為雨聲嗎？聽不見裡面有沒有聲音，也感覺不到有人的氣息。

淳和沙千花對看了一眼，向門板伸手。

橘家裡的空調開得很強，一進門就覺得雞皮疙瘩都站了起來。沙千花把傘收起來的同時還在顫抖著，將身子縮得小小的。

鞋櫃上擠滿了大大小小的「黑蟲」。

牆邊放了和旅館裡非常相似的動物樣式雕刻，還有七福神和十二生肖。菸灰缸和盆栽那邊也有，這比旅館裡的多了很多，或許該說是太多了？看一看至少也有三十個以上。有幾個小的還倒下來，滾落在玄關地板上。

或許是光線陰暗，每個都看不清細節。

那些沒有眼睛也沒有口鼻的黑色物體，一語不發地聚集在一起。

「打擾了！」

呼喊的時候盡可能不要去在意「黑蟲」，但不管等了多久都沒有回應。

「橘先生！」

沙千花拉高了聲音。但仔細聆聽依然沒有任何回應，根本完全沒有聲音。正當她打算再喊一次的時候……

碰咚！

屋子深處傳出東西倒下的聲音。

聽起來是很硬又很重、但並沒有很大的東西。

碰咚、碰咚、匡啷啷——裡頭不斷傳來這種聲音。腦中浮現的是一整排空瓶倒下來的樣子，就像是骨牌一樣在地板上滾動。還浮現出一個混亂且地板積滿灰塵的房間。

淳脫下鞋子進了屋裡。就在彎過走廊的那一瞬間……

「唔！」

忍不住驚叫了一聲、呆立當場。

橘就俯臥在走廊盡頭的串珠門簾下。

絲毫沒有動靜，兩手向前伸出。

他的周遭有好幾尊「黑蟲」，另外……

就像是為了擋住兩邊的牆壁，排了滿滿的「黑蟲」，就連釘在牆上的架子上都放了。有高有矮、有細長的也有粗壯的，無數的黑色影子俯瞰著被包圍的橘。

太詭異了，這東西明明應該是用來驅邪的，卻散發出一種不祥的氣氛。該不會等一下就會動起來吧？不，這裡面是不是有些傢伙已經在蠢動了？耽溺於妄想之中，背後忽然傳來砰咚砰咚的跑步聲。

下個瞬間便看見沙千花奔向橘。她蹲了下來靠近橘的耳邊，用更大的聲音問著：「您還好嗎！」然後又拍了拍他的肩膀。

「橘先生！」

她將單手伸往橘的腹部下方，巧妙地用最小的力量將整個人翻了過來。

淳忍不住驚呼。

地板上有一灘血跡，橘的頭髮已經被染成了紅黑色，蒼白的臉上流著幾行血，眼睛和嘴巴都是半開。沙千花迅速地戴起手套拍了拍橘的臉頰，但他完全沒有反應。又將耳朵靠近他的臉、以指尖摸著喉頭。

「……沒有呼吸、也沒有脈搏。」

她撥了撥橘的頭髮，手套瞬間染滿血，淳忍不住別過頭去。

染血的「黑蟲」就躺在橘的腳邊，和旅館房間裡的那個大小、形狀都差不多，約略是頭部的地方閃爍著濕淋淋的光芒。

這就是「凶器」嗎？

沙千花抬起頭來望向這裡，輕輕地搖了搖頭。

淳只能呆站在那兒，低頭看著橘和沙千花，什麼也做不了。

此刻有件事情占據了腦袋。

宗作的精神非常不穩定，而且現在應該相當激動，所以用「黑蟲」把橘……

就算想打消這個念頭也無濟於事，越是不去想，腦海裡的畫面就越是鮮明。

風兒輕輕撫過臉頰。

空氣從客廳那裡流了過來。

「宗作？」

淳彎身探看客廳，但實在太暗了，什麼都看不見。沙千花一臉沉重地輕輕將橘的頭放到地上，淳從「黑蟲」和遺體旁邊繞了過去，穿過門簾。

客廳亂成一團，應該說是被人弄得很亂。椅子倒了、桌子也翻了個面，餐具櫃的玻璃破了。地板上零星的紅色點狀物應該是血跡吧。

很容易便能想見這裡曾經發生過爭執，也大概能想像橘的動線。大概是打算逃走的時候，被人從背後毆打頭部，活生生的暴力氣息仍殘留在房間當中。

但是……

內心卻被更加難以理解的奇怪狀況給緊緊揪住，說不出任何話來。

客廳也擠滿了「黑蟲」。

大的擋住了幾乎和淳一樣高的窗戶；小的則擺滿廚房吧檯。插在電視旁邊那巨大的盆栽裡的也是「黑蟲」。那蜿蜒曲折的木炭尖端，雕刻著像是眼睛的東西。

避開滾落在地板上有如木芥子*形狀的「黑蟲」，回過頭來，對正在張望客廳的沙千花輕聲問道：

「這……是什麼啊？」

＊日本東北地區的木製傳統工藝品，外觀為碩大的球型頭部、沒有四肢、軀幹呈現直筒狀的人偶。

「我不知道。」沙千花脫下手套，小小聲地回應：「『黑蟲』在我來的時候就有了，不過每家每戶都只會放幾個而已，旅館也是。雖然我只有看過幾戶人家裡的狀況，但絕對沒有現在這種情景。」

「那就表示……」

「這間屋子相當奇怪。住在這裡的人……本來住在這裡的人。」

她瞥了瞥走廊的方向。

假裝春夫的死是場意外的駐在所員警橘，他的家裡擺滿了驅魔用的木炭人偶，怎麼想都很奇怪。昨天晚上在餐廳裡，他忽然面露驚懼的樣子也很不對勁，感覺跟這件事並非毫無關係。

但現在也沒辦法直接詢問本人來確認了。

嗶嗶嗶、嗶嗶嗶。

猛然聽見機械發出的聲響，淳嚇得跳了起來。原來是手機響了，連忙慌張地從包包裡翻出手機。液晶螢幕上顯示著「大原宗作」。

「……宗作？」

切換成擴音模式後，淳以顫抖的聲音確認著。

電話另一頭傳來沉重的呼吸聲，轟隆隆的應該是風雨聲吧，還能聽見啪沙啪沙踩在泥巴上的聲音。聽起來他人在外頭。

正打算再喊一次，便聽見一聲「淳」。

那是宗作的聲音。他馬上又接著說：「現在立刻逃走，這座島很危險。」

宗作說話的聲音聽來是硬擠出來的。

搞不懂他的意思。

「咦？」

「馬上離開這座島，我已經來不及了。」

「你、你在說什麼？」

「**是疋田怨靈，預言一定會實現的**。」

他一口斷言。

完全不知道該怎麼回答，又聽見手機裡傳來嘻嘻呵呵的笑聲。

「不，或許不會只死六個人就結束呢，會死更多人。唔、嗚、對、對不起，淳……」

那不是笑聲，是啜泣聲哪，宗作不知為何邊哭邊反覆說著道歉的話語。

「對不起，都是我的錯，我只能這麼說，真的很對不起。」

「宗作……」

「大家都是被我捲進來的。」

他開始嚎啕大哭。

「冷靜點，你現在在哪裡？」

沙千花將臉靠近淳的手機。

「你和橘先生發生什麼事了？為什麼要逃？」

她快速地詢問。但一個大男人就算在電話另一頭哭泣、聽見如此難以理解的問題，也依然沒有任何動搖。

「啊啊，一切都結束了。」

宗作仍然口出不算回答的話語。

「快點逃走，就快要……」

在一個巨大聲響之後，就再也沒聽見宗作的聲音了，只能隱約聽見雨聲。他是倒下了，或者是手機掉了呢？

「宗作！你怎麼啦！」

不管淳呼喊了幾次，都沒能聽見宗作有所回應。

束手無策地看向沙千花，她正若有所思地看著廚房，髮尾微微飄動著。

有風，從廚房那個方向有暖暖的風流進客廳。

淳繞過了吧檯。

地板上到處都是玻璃和盤子的碎片，而那一頭有個敞開的小門。

四

折返玄關拿了鞋子和雨傘回到廚房、穿過那扇門。從後門離開，來到鋪滿砂石的空地。

左手邊的樹木搖晃著，前方立了一個大大的手寫看板。

〈疋田山　入口
危險　作祟　死亡
禁止進入　別進去　別進去
霧久井島島民有志者敬上〉

那是用紅色和黃色油漆撇成的看板，文字雖然非常稚氣，但可以看出書寫者的真心誠意。是非常認真地要警告大家「怨靈會作祟」，讀起來就是這種感覺。

看板下方有四個三角錐，再過去則是一條山林獸道。濕淋淋的地面上還留有幾個新踩下的腳印。足跡看起來是往山上走去，有人無視警告上了疋田山。

恐怕就是宗作吧。

回頭發現沙千花正一臉嚴肅地凝視著看板，脖子縮進了肩膀、握著雨傘的手也十分蒼白。大概是因為風從背後吹來的關係，她的丸子頭顯得有些零亂。

「沒事吧？」

聽見淳的詢問，她像是驚醒般地後退了幾步。

「你要不要先回去？我打算追宗作所以要上去一趟，但沙千花小姐沒有上山的義務哪。」

「有。」她立即回應，「我有，我本來就打算在這裡停留的期間要上山，而且我也很擔心宗作先生。」

她的眼神充滿了決心和覺悟的光芒。

淳朝著看板走了過去。跨過三角椎、踏上那平時只有動物會走的獸道。嘩啦一響，踩踏過去時，泥水淹沒了穿著拖鞋的腳丫。

雖然比想像中的獸道還要平緩，卻非常狹窄。只要附近有什麼風吹草動就會停下腳步，確認一下狀況，偶爾也會喊幾聲「宗作」。雨傘不斷被樹木勾住、溼答答的地面也非常難走，不知是第三次還是第四次險些跌倒，淳忍不住咒罵了聲「可惡！」

走在前頭的淳拿著長長的樹枝當成拐杖用，那是在通過看板以後走了一小段路時撿到的東西，粗細和硬度都剛好。會拿著走並不單純只是用來當成拐杖，也是為了防身。

才沒多久就死了兩個人，不——是有兩個人被殺害了，實在不可能漫不經心、毫無防備。

「喂喂！」

突然聽見沙千花說話的聲音。一回頭發現她正在講手機，朝著前面張嘴說些什麼，能聽見她說著「靈子小姐」之類的。

「是的。好……這樣啊，噢……」

接連回應之後她的語氣也愈發沉重。

「橘先生過世了。」

沙千花輕聲告知以後，馬上聽見手機另一頭傳來靈子「欸欸！」的驚呼。但那聲音聽來不像是驚訝，反倒是有些開心的感覺。

掛掉電話以後，沙千花一臉陰沉地說：「因為颱風接近，海面狀況非常糟，所以警察、救護隊和海上保安廳都沒辦法過來。」

此時腦中浮現的是昨晚在餐廳裡，靈子她朗誦著宇津木幽子預言的樣子。

〈淚雨重重阻救贖〉

確實是這個樣子沒錯。

〈海底自有手伸起〉

回想起浮身於港口的春夫遺體。沙千花表示他是被殺害以後才丟進海裡的，所以並不是完全符合預言。只是剛好有點相關、稍微扯上點關係而已。

正這麼想著，又想起了下一句〈啜飲生血黑長蟲〉，還有剛才看到的橘的遺體。

凶器是長長的「黑蟲」。正是那掉落在遺體旁，沾滿血跡的木炭裝飾品。嚴格來說這也不符合。「黑蟲」只不過是沾到血，並沒有啜飲血液，這完全是牽強附會，並沒有真的說中。

即使如此，腦中還是有些混亂，心跳加快或許不單純只是正走在獸道上往山上走的緣故。

前方會有什麼呢？就算找到宗作，情況又會如何？聽他在電話裡的語氣，很明顯是意識到自己就要死去了。

〈死之手撫山而下　黑影手持血之刃〉

該不會——

心中不安的預感越來越強烈，就在此時，沙千花突然喚了聲：「淳先生。」

「怎麼哩？」

她有些迷惘地沉默了下來，不知為何就是不肯繼續說下去。

「沙千花小姐。」

聽見淳喊她的名字，沙千花才終於開口：「你發現了嗎？足跡。」

「咦？」

視線轉往地面，很明顯有全新的足跡，這在入山前就發現了。

「那又如……」

「有兩個人的，一個直直走、一個蛇行前進。」

沙千花焦躁地說著，視線仍盯著淳。

仔細一看，確實除了在道路接近中央位置所留下的腳印以外，還有一個蛇行的足跡，而且兩者都很新，怎麼看都像是剛剛才留下的。

「也就是有某個人在追另一個人對唄。」

雖然開口說出了自己的推理，但沙千花卻沒有回答。

「怎麼回事哩。怎麼會有人在追人？其中一個應該是宗作，但另一個人……」

「不知道。」

沙千花打斷了這句話，皺起了眉，臉頰上還沾到些許泥巴。她的反應令人難以理解，但這確實是很難釐清的事情。不管是宗作在追某個人、又或者是他被某個人追。

邊盯著兩組足跡邊追，盡可能地豎起耳朵。只聽見遠方傳來風雨聲，以及樹木搖動的聲音。

唉唉、唉……

啊啊啊、啊……

是人的聲音，浮現在腦海中的是有個男性抱著頭、跪下來痛哭的畫面。

唉、唉……

還有一個人，是個壓低聲音嘆著氣的男性。

「宗作？」

仔細思考前便喊了出來，因為他在電話中的話語，很容易就讓人聯想到現在聽見的聲音。

淳加快了腳步。左手拿著傘、右手拿著樹枝邁開大步往前走。沙千花則是上氣不接下氣地跟在後頭。

坡度越來越陡，腳下踩的堅硬樹根如同階梯，爬上去之後忽然來到一片寬敞之處、眼前一亮。

是片墓地。

不確定那是挖開地面，還是直接在周遭堆疊土石做成的，在一個比周遭低了約兩公尺的窪地中，林立著墓碑與卒塔婆。裡頭大概有二十幾座墳，全都長滿了青苔、墓碑上的字也磨損到無法辨識。在這片直徑大約十公尺的圓形土地上，墳墓各自朝著不同的方向。
卒塔婆全都變得灰撲撲，有些折斷、有些已經倒下。
中間站了一個人，是個衣衫襤褸、打著赤腳有如仙人般的老人。
是古畑。
他仰望著天空，像是要飲用雨水般張開嘴巴，濡濕的長髮和鬍鬚都黏在臉上。
「唉唉、唉……你、你做了什麼呀……」
古畑老人叫喊著。
「幾十年了，我……怨靈、怨靈……」
他單手抓著頭髮和鬍鬚，雨水也嘩啦嘩啦地向周邊飛散。
往他另一手抓的東西看過去，淳忍不住「啊」地驚叫一聲。
那是宗作。
他全身無力地癱坐在地上，雙眼發直、臉色蒼白。要是古畑老人沒拎著他的領子，肯定就會撲倒在地。
從這個距離無法確定他的生死，但狀況非常不尋常。
「宗作先生！」
就在沙千花蹲下、正打算跳下去的同時，古畑發出宛如野獸般的吼叫聲：「啊啊啊、不要過來！」
「別過來、別過來、別過來！不要過來！」
他在喊叫的同時邁開步子，硬生生地拉著宗作、穿過墳墓之間的道路，往右手邊的階梯走。還咬牙切齒地回頭對蹲在坑邊的沙千花說：「我說不准過來！」

「別靠過來啊臭小子！別碰他啊老太婆！臭小子！」

他只用單手就把宗作拖過來拉過去，泥水往四周飛散，看來他的腕力和體力並不像外表那樣虛弱、聲音也非常有張力。這些念頭正疑惑地閃過腦袋，古畑已經踏上石階梯。他發出呻吟、跑上階梯，把宗作也拉了上來。放開宗作的領子以後，咒罵了一聲：「啊啊，該死！」

發生了什麼事？到底為什麼會變成這樣？淳跑了起來，雖然雨傘和樹枝都落在一旁，但實在沒那閒工夫多想了。

淳三步併作兩步跑到倒地不起的宗作身旁，沙千花跟在後頭，一邊警戒呆站在那、眼神不知看向哪兒的古畑，同時蹲在宗作身旁。

淳拍著宗作的臉，大聲呼喊著。這時想起沙千花發現橘時的舉動，因此也將耳朵靠近他的口鼻。微弱的空氣流動讓耳朵感到癢癢的。

「有脈搏，雖然很微弱。」

沙千花將手放在宗作的喉頭上說道。視線瞥向古畑，他一樣半開著口，直挺挺地低頭看著大家。他的牙齒整齊清潔沒有短缺，衣襟下露出的胸口也意外的結實。

圓睜的大眼眨了幾下後，他丟了個東西給淳。東西就掉在淳的腳邊。

那是宗作的手機。

「……是怨靈做的。」

他大大嘆了口氣。
這話在預料之內，想來他應該就會這麼說，發現這點的同時也不禁愕然。
島上發生的怪事都是怨靈造成的，島民們也被迫要這樣接受。
不，或許他們都已經是這麼想的。
不對。正打算開口的同時，沙千花便一口咬定：「才沒有那種東西。」
接著她又指向古畑：「您胸口沾到的東西是血嗎？」
在那破破爛爛的服裝胸口周遭，染上一些紅色點狀痕跡。
沙千花抬頭以銳利的目光凝視一語不發的古畑。
「在橘先生家發生了什麼事？宗作先生又出了什麼問題？您都知道對吧？」
古畑愣愣地低頭看著她，沒多久後發出了「呵」地一聲。
「呵呵、呵呵。」
只有聲音在笑，好一會兒他才揚起嘴角，那濡濕的鬍子有如生物般扭動著。
「你明白吧，沙千花。」
「咦？」
雖然蹲著，但她還是後退了些，血色從那稚氣的臉上逐漸褪去。
「……您為什麼知道我的名字。」
「怨靈呀！這個、那個，都是呀！」

古畑猛然睜大眼睛。

「是**沙千花的外婆創造出來的**疋田怨靈在作祟哪！哈哈哈哈！」

他高聲尖笑、猛然奔了出去，一跨步踏往附近的草叢中，笑聲伴隨著草木的沙沙聲響，逐漸遠去。

「他是……什麼人？」

沙千花看著草叢的方向喃喃說著。

淳的身體略略顫抖，一回過神便環視周遭。

樹木、窪地、墳墓，遭人踩得亂七八糟的泥巴及落葉，還有棕色的積水。再也沒有半個人，除了和自己在一起的人以外，沒有其他人了。古畑已不知去向。

但還是感受到某種氣息。

周遭漂盪著些許氣息，總覺得到處都「有什麼」存在，而且正「看著這裡」。

這時想起了麻生所說的傳承，於是不禁開始確認墓碑，想仔細看看有沒有姓疋田的人。然而越看、渾身就越起雞皮疙瘩、身體也開始發冷。

竟然害怕起不可能存在的疋田怨靈。

咳、咳、咳。這時突然傳來咳嗽聲。

宗作在雨傘的陰影下扭曲著蒼白的臉龐，他還活著、還沒有死，這比脈搏還是呼吸什麼的都明確。

淳和沙千花大聲呼喊著他的名字。

五

打開「民宿麻生」的大門，麻生立即奔了過來。

「到、到底是怎麼回事？」

他雖然整張臉發青到都綠到脖子了，還是手忙腳亂地在地板上鋪了好幾條浴巾。

淳將背上的宗作放下來，馬上也跌坐在地。淳的身體激烈地打顫，畢竟他一直背著宗作發冷的身體，自己的體溫也被奪走不少。

雖然在橘家稍作休息，也吃了些沙千花給的糖果，體力仍然沒有恢復。宗作也沒有醒過來。

島民這次仍然緊閉大門，無論如何叫門或拍打，就是沒有人走出來。到民宿的路上也完全沒有與其他人錯身，甚至也沒有遠遠地瞧見任何人。

「淳先生。」麻生再次開口。

「不知道哪。」

勉強只能這樣回答，明明是夏天卻如此寒冷，身體都僵硬了。

「熱水已經燒好了，請用吧。」

麻生說完便遞出浴巾。

牆壁上的時鐘指著九點。早上九點，才這時間而已，卻已經有兩個人死亡、一個人失去意識。

「淳先生，拜託你再加油一下。」

沙千花邊擰著寬褲的褲腳邊說道。淳回了句「當然」，便伸手環起宗作的身體。遠藤母子和靈子則在階梯那兒一臉擔心地往下面這邊看。

早上十點半。

宗作躺在房間的墊被上睡覺，不，或許該說他正在鬼門關前徘徊吧。眼睛閉著、嘴唇乾燥，額頭右側貼著紗布。回到這裡之後雖然不斷地呼喊他，但他完全沒有要醒過來的樣子。呼吸也非常微弱，感覺隨時會停止。

只有臉色稍微好轉一些，因為沙千花幫他洗過澡了。她一個人脫了宗作的衣服、仔細清洗宗作的頭髮、臉龐和身體，然後幫他穿上衣服。淳能做的就只有從宗作的旅行袋裡找出他的內衣褲和衣物，然後拿到更衣室去，之後就是從更衣室把他搬到這裡。其他都交給沙千花了。

沙千花正坐在宗作的枕邊。已經換上褪色的粉紅 T 恤和胭脂色的運動服，大概是她的室內服或睡衣吧。她也剛洗了澡，所以臉頰略顯紅潤，表情認真到近乎冷酷，緊閉雙唇凝視著宗作。

「如何？」

在沙千花的建議下去洗了個澡的淳開口問道。隔著宗作在對面坐下，只見她一臉陰沉地回答。

「不知道。能做的我都做了。」

宗作為什麼會昏過去？又為何醒不過來？雖然問了沙千花，她卻沒有明確地回答這些問題，想來是她也不明白吧。額頭上的傷口看起來只是割傷，並沒有腫包或瘀青等狀況，骨頭看起來也沒有傷到。

束手無策，也只能將手伸向矮桌上的五目飯團，這是麻生拿來房間的。矮桌上除了飯糰以外，還放了幾種醃漬物和麥茶。

實在非常感謝麻生，客房服務完全是他的一片好意而已，因此真的打從心底感謝他。然而舌頭卻感覺不到什麼味道，雖然稍微洗了個澡驅走寒意，身心仍然無法放鬆。

「不用硬逼自己吃呀。」

待在房間一隅的麻生開口。他正一邊用手確認空調送風口、一邊操作遙控器。

「會熱還是會冷呢?這樣可以嗎?」

「不好意思，讓您如此費心。」

「別這麼說，這才是應該要費心的地方呀。」麻生尷尬地笑了。

「是呀，有沒有我能做的呢?」

遠藤晶子自陽台走廊那兒的椅子上直起身子說道，眼裡閃爍著不安的光芒。伸太郎就縮著身子靠在一旁的牆邊，一臉擔心地看著宗作。

「沒關係的。」

「不用客氣呀。對了，這種時候是不是應該喝點酒解解悶?」

「啊?」淳忍不住開口質疑。

晶子硬擠出笑容說：「轉換心情呀，我不能喝酒，但聽說這樣可以消除壓力吧?我下樓去買來，要喝什麼?啤酒好嗎?」

「媽媽。」

「對了伸太郎，你去買吧，畢竟我不太懂酒的種類什麼的。」

她動作誇張地比著樓下，伸太郎則一臉困惑地看著母親，然後又看向淳。正當晶子打算繼續說下去的時候，靈子開口了。

「這位小哥，你媽媽害怕得很哪。」

靈子以說教般的口氣說道。她靠在壁龕那邊的牆壁，雙手抱胸。螢光燈的光線打在她的臉上，更加強調出面部的線條陰影。

晶子瞪著靈子，而靈子則稍微抬起身子離開牆面。

「不是只有你媽媽而已，這裡的人都很害怕咧。保持冷靜的只有廚房裡的太太吧，平靜地在做自己的工作呢。」

「唉呀，不是我自誇，但我老婆確實讓我感到自豪。」

「要秀恩愛以後再秀。」靈子一口便打斷對方。

「大家都注意到了吧，有兩個人死了、一個人意識不清，島上的人全都關在家裡，怎麼想都很奇怪。」

環視現場一圈。

大家自然地在這裡聚集。一直到剛才為止，和沙千花兩人斷斷續續地把事情經過說給大家聽。難以理解的死亡、橘的神祕行為和「黑蟲」，還有宗作打來的電話、以及古畑老人的言行舉止。

說完以後，麻生便開了口。據說他打了幾通電話給島上的其他人，也都沒有人接電話，試著去敲鄰居的大門也無人回應。

「假裝有活力也沒辦法解決事情唄，還是得看看現實想想對策。」

靈子說得非常理所當然，但她的臉色十分陰沉、聲音也低低的，看來她也相當害怕，這個島上發生如此詭異的狀況，而自己也無法置身事外。

沙千花輕輕地將手放在宗作的喉頭，量著他的脈搏。

「現實是什麼？對策呢？」晶子開口問道。「要找出犯人嗎？還是要用占卜去找？」還刻意用上諷刺的語氣。

靈子鬆開抱在胸前的雙手。

「這位媽媽大人，你電視看太多了唄？大部分的人都覺得約瑟夫．麥克莫內格還是南希．邁爾那種人相當可信啦，就是那些連ＦＢＩ都掛保證、像是超能力搜查員的那些人。」

靈子也語帶嘲諷。在晶子開口反駁以前，她就繼續說下去了。

「那都是假的啦。他們做的事情就只是簡單的詐術，亂槍打鳥、曖昧模糊的話術還有巴納姆效應之類的，會相信的都是些無知天真的好人。」

好多聽不懂的詞彙，而且話題根本扯遠了。正感到遲疑時，旁邊傳來一聲：「不要說媽媽的壞話，醜八怪！」

伸太郎站了起來，憤怒地瞪著靈子，他那細瘦的身體也在顫抖著。

晶子一臉驚訝地抬頭看著兒子，臉龐有些扭曲、雙眼濕潤。

靈子皺著眉頭看向遠藤母子，好一會兒才一臉同情地說：「小少爺很喜歡媽媽呢。」

完全就是對小孩子說話的語氣。

伸太郎則哼了哼回答：「沒錯！」

靈子輕輕舉了舉手，做出「投降」的姿勢。

「抱歉啦，要是發生什麼事情，要保護媽媽唷。」

她從壁龕那兒輕輕走下。

「回到原本的話題吧，說老實話，人家也是很生氣，但還是得保持冷靜哪。」

「說的也是。」

晶子平靜地回答，伸太郎也慢慢放鬆了身子。評估房間裡的氣氛變得比較融洽了，靈子才再度開口。

「找犯人是警察的工作呀，不是我們該做的。那位開朗的小哥，呃……」

「他叫春夫，岬春夫。」

「那就叫春夫啦，春夫死掉的事情就充滿謎團了。理由就不用多說了，首先不能理解的，就是他為什麼要三更半夜出去。」

「不是為了買飲料嗎？」

剛開口發問，靈子便挑起眉毛。淳吞吞吐吐地說明：「那是橘先生說的啦，雖然掉到海裡絕對是騙人的，但他外出也可能真的是要買飲料啊。」

「看吧，」靈子百無聊賴地說道。「外行人要當偵探呢，就只能隨口說說這種或許可能、大概也許的事情呀。還有動機呢？如果是去買飲料又如何？根本沒辦法把話題繼續推導下去。」

「一起討論的話，可能會發現些什麼哩。」

「『可能』會發現，那也只是可能性而已呀，而且還是不負責任、靠不住的可能性耶。不過這是個好機會，我就先跟大家說勒。」

靈子撥了撥棕色的髮絲。

「這類談論是幫不上忙的唷。所見所聞所言的事情，不管是直接或間接成為唯一真相的線索——這種偶然的好事是不會在現實當中發生的。推理小說根本就是憑藉萬中選一的超高機率打造出來的謊言，隨作者捏造的故事。認真高談闊論那種東西究竟公不公平、是否真實的人，在我眼中還比較像是新興宗教或是通俗神祕學的信徒咧，噁心死了。」

靈子快言快語地說了這番話，過程中似乎還不太高興、感覺夾雜了些私人怨恨，但總算是能聽懂她在說什麼。總之她是想說，外行人沒辦法追根究柢找到真相，這太不現實了。

「那麼，關於對策，我們該怎麼做才好呢？」

麻生在一旁問道。靈子攤了攤手。

「那還不簡單，祈禱預言會失敗囉。」

整個房間瞬間陷入沉默，好像發出一點聲音都不行，現場就是這樣的氣氛。只有伸太郎睜大了眼睛。

靈子噗哧笑出聲。

「當然是開玩笑的啦。幽子大人的預言根本已經成真了，是吧？不是昨天、不是前天，偏偏就是今天，這個島上才有人死掉哪。而且還跟預言內容那麼像、照著上面的順序呢。警察因為大雨無法趕來這點也說中了，根本不可能是偶然唄。」

她一臉自信滿滿的神情。

「到明天早上為止還會死四個人，這無論如何——」

「那個，請別說了。」

插嘴的是麻生，他盡可能不和靈子對上視線。「這、這對客人您來說可能失禮了些，但是靈能力還是預言什麼的實在太蠢了，那才是您剛才所說的騙人東西。」

「幽子大人可是真正的預言者，證據就是她預言的精確度。她預言了自己的死亡呢，還有911、尼崎的鐵路意外、中越大地震和311。」

「那是……」

「不是只有預言，靈能力方面也是哩。我就簡單示範一下好了，比方說麻生先生，你年輕的時候當過小混混吧？」

靈子用斷定的口吻問道。

麻生愣了愣，馬上擠出笑容。

「您是指這個嗎？」

他伸出了左手腕，上頭有個淡淡的白色圓形痕跡，直徑不到一公分。那是菸蒂燙傷的痕跡，是小混混們經常用來表現自己的毅力而留下的疤痕。

「這只是普通的燙傷，我幼稚園的時候在老媽旁邊看她炸東西，結果被油噴到。很遺憾，這和不良份子並沒有關係。」

靈子絲毫沒有動搖的樣子。

「人家說的是你背上那個像是白斑的東西，在左肩胛骨一帶。那個是去除刺青的痕跡吧？圖案是……眼珠、鱗片、波浪、鬍鬚。還有鰭……噢，是鯉魚。」

她說的非常明確。

麻生的臉色越來越蒼白，嘴巴也像鯉魚一樣一張一闔的。

靈子臉上浮現勝利的笑容。

「接下來是媽媽大人——這趟旅行結束以後，你打算去工作對唄？」

「咦！」晶子從椅子上跳了起來。「真的嗎？」伸太郎也一臉驚訝。

「我第一次聽說，真的嗎？」

「……嗯。」晶子無力地點點頭，「我沒跟任何人說啊。」

「為什麼？媽媽，為什麼呢？你不是說還有錢嗎？」

「小少爺，這不是能在人前說的事情呀。我也沒打算追究，只是對個答案就好。」

靈子輕輕向含淚緊抓著母親的伸太郎說完以後，又轉而看向淳。瞇起了眼睛，沉默好一會兒才開口。

「死別，不、應該是離婚。淳先生非常想念父親，也很懷念過去吧。」

「抱歉，這可就猜錯了。」

似笑非笑地馬上回答。想來這是所謂的「靈視」，但關於這件事情的精密度可就相當不準確了，靈子說的可是與事實完全相反的事情。

淳一臉無奈地聳了聳肩。

想起了過去。就算不願意想起，那男人的事情還是會浮現在意識中。

懦弱又不可靠、不管哪份工作都做不久，假日總是一早就去釣魚、遲遲不回家。偶爾喝醉了還會發神經對母子兩人動粗——這種人根本沒有當父親的資格。他離開了真讓人神清氣爽，根本不想知道他現在在哪裡。所以才不會覺得「想念」，怎麼可能會呢。

毫無疑問，對淳來說，那個男人就是個輕蔑和憎恨的對象。

「哎呀，是這樣嗎，真遺憾。」

靈子刻意甩了甩頭髮。

「那麼就讓大家看看最大的證據吧，也就是她坐在這兒的孫女，江原數美，本名宇津木沙千花大人。」

她以兩手比著沙千花。

麻生和遠藤母子都目瞪口呆，沙千花仍看著宗作。

「現在孫女本人就在這裡，而且她還是一名護理師哩，這絕對不是偶然。是神界……不，位居菩薩界的偉大幽子大人的引導呀，沙千花大人就是幽子大人派來的。」

以陶醉的眼神看著大家，靈子高聲說道。

「都是為了防止慘劇。現下這位小哥——宗作就沒有成為第三位犧牲者，如此一來人家當然也無法無視幽子大人的意願囉。」

房間陷入一片沉默。

並非剛才那種尷尬的沉默，而是略帶一種緊張感。

靈子說的話很沒邏輯，什麼菩薩界、引導之類的，聽來就是胡說八道。但有些事情卻不得不接受。

宗作很可能會死，他或許會成為第三位犧牲者。

只有這點沒辦法完全否認，而且現在不清楚他昏睡的原因，更讓人覺得不安。所以當然會希望有所依靠、確實會想要祈禱，就算有護理師沙千花待在這裡，也無法安心。

心中確實想要仰仗老天或者神佛之類的。

那麼把這個對象換成宇津木幽子，又有何不同呢？前兩者是真實的、後者無憑無據，這種想法本身的根據又從何而來？因為上天或神佛能夠實現自己的願望，而宇津木幽子沒有辦法嗎？

「說的也是。」晶子開口說道。

「我不希望宗作先生死掉，雖然我們素不相識，但我還是這麼想的。」

麻生也點點頭表示：「是呀，這的確是。客人不能發生不幸呀。」

「說的真好，兩位真不好意思，剛才實在失禮了。」

靈子慇勤地回應，她那誇張的妝容洋溢出一種崇高的氣氛。

「我們一起祈禱吧。」

她平靜地向大家說道，淳直起身子坐好。

「雙手合十，將靈魂之手伸往菩薩界，往阿卡夏紀錄——」

「太愚蠢了！」

房裡響徹厲聲。

沙千花單膝跪在宗作枕邊，抬頭看著靈子。

「預言怎麼可能會說中，拜託別把我也捲入這種事情好嗎。」

靈子稍稍退縮了，又馬上恢復氣勢。

「不，我當然會尊重沙千花大人您的意思，但這是您的外婆大人在菩薩界的引導。」

「宇津木幽子只是個普通的老太婆。」

「天啊。」靈子睜大眼睛、啞口無言。

沙千花慢慢站了起來。

「她只是真誠地面對那些受苦之人，想要拯救他們。雖然服裝的品味很糟糕、又有點誇大妄想，不過在社會上還算是個好人。但她只是個普通人，並沒有特別的力量。她只是自認為自己看得見靈，其實根本沒有任何靈感，只不過是讓人相信她能預言，根本沒有預知能力。」

「您在說什麼傻話哪！」

靈子高聲尖叫。陽台和房間之間的紙門喀答喀答地震動，伸太郎也不禁縮起身子。
「就算您是幽子大人的孫女，也要知道什麼話該說、什麼不該說呀！您知道那位大人生前預言了幾百、不，有數量多麼龐大的預言嗎！」
「八千二百三十七個。」
沙千花不加思索地回答。
「畢竟是詩，所以或許應該用『篇』計算吧。包含沒有收在單本著作當中、只有投稿給雜誌或者電視的也算在內的話，是九千零二十七篇，簡單來說就是太多了。要是有這麼多內容，那麼猜中幾個也是理所當然。這是典型的亂槍打鳥，也就是以量取勝。」
她往靈子走近一步。
「說到底，你明白預言『準確』是什麼意思嗎？意思就是『順利牽強附會現實中發生的事情』喔。如果推理小說是順作者意的謊言，那麼預言就是順讀者意的暗號了。畢竟這根本就是不管讀者怎麼讀都能解釋的東西。」
「哪有那回事，幽子大人可是連自己的死亡都……」
「靈子小姐，那當然也是牽強附會。」
沙千花堅決地說著，她正視著靈子。
因為太過突然，淳等人都啞口無言。
「你記得那篇詩的內容嗎？記得是在哪本書的哪頁？」

「當、當然呀！」

靈子拉高了聲音。

與彼方水相關地　六九一數在眼前
吾之死亡乃既定　吾之身體伏彼地
屆時眾人地底深　鳥霧之中噤下氣

「……一九八九年的《宇津木幽子大預言2》七十一頁，那時候都還是寫成三行詩，你要一頁頁翻查嗎。」

她抬頭看著燈邊說道：「第一行很明顯是在說某個島嶼，數字可以讀作MU、KU、I也就是這裡，霧久井島。第二行就是說自己會死。然後最後——來，這位媽媽大人。」

靈子突然點名晶子，對方雖然有些狼狽，還是回答：「呃，地底深處、鳥霧……該不會是地下鐵沙林毒氣事件吧？＊」

「沒有錯。」

靈子反應誇張，彷彿這是自己的功績。

「自己會在霧久井島倒下、而且會因此而死，同年會發生地下鐵沙林毒氣事件。幽子大人可是留下了

＊奧姆真理教引發的事件。奧姆二字和「鸚鵡」日文發音相同，因此在本預言詩中，「鳥霧」被認為是在指稱該事件。

準確度如此之高的預言喔，這哪裡是牽強附會？」
靈子瞪著沙千花。
沙千花輕輕撥開嘴邊的鬢邊髮絲，平靜地敘述。
「水這個詞彙是這種預言方式中常用的詞彙，畢竟可以當成是海洋、河流、湖泊、池塘、自來水、水井、雨、洪水，都沒有問題，而且完全沒有水的土地也不多。數字也是一樣的情況，可能是地址、電話號碼、車牌、經緯度、陰曆陽曆、海拔標高等等，只要像靈子小姐這樣變換詞句，就能替代為其他的詞句。」
她毫不猶疑地繼續說下去。
「第二行就是靈子小姐您自己過於偏頗的解讀了。直接閱讀的話其實只寫了『我有大限』、『我會在那個地方倒下』，都是些理所當然、絕對不可能失誤的事情。這就像是那種半開玩笑的占卜籤上寫著『在死去之前都能保住性命』是一樣的。」
「可、可是第三行……」
「那只不過是偶然罷了，畢竟不管地底、鳥還是霧，都是可以為其另外加上意義的詞彙。」
沙千花臉上浮現出一絲同情。
「其他那些『實現』的預言也都是這種情況，不管是911、311還是其他的，那只是靈子小姐自己把現實的事情牽強附會加上去罷了。我可以一篇篇解說給你聽，但這不是什麼有趣的事情，說老實話我也不是很想這麼做。」

靈子雙頰抽搐著，滴下一滴冷汗。

「但、但是靈感和靈視又怎麼樣哩？不只是那位大人，我也辦到了啊。」

「**那種程度我也辦得到**。」

沙千花一口斷言，然後瞇起了眼睛，以手指點著太陽穴。

「靈子小姐，你的身體不太好吧？腹部……不，是腰，還有鼠蹊部那一帶吧。」

「怎、怎樣？」

「從去年秋天左右開始的吧？十月初前後。」

「……」

靈子完全陷入沉默。

「我不知道原因，但是影響了工作。雖然在網路上占卜沒有問題，但是無法面對面為人占卜。你來這裡並不是單純為了預言，而是因為這裡和宇津木幽子有淵源。對你來說這裡算是能量點，所以期望來這裡能把病給治好。」

沙千花那童稚的臉上完全沒有一絲遲疑，她相當有自信，認為自己絕對說得沒錯。

靈子大為震撼、腳步不穩，撞上了壁龕的柱子。臉上的表情交織了驚訝與陶醉，她喃喃自語起來。

「果……果然是幽子大人的孫女，您的靈感實在厲害。」

「不是的。」

沙千花一臉厭煩、輕輕嘆了口氣。

「這樣啊，原來靈子小姐是下意識做這件事情的，然後深信這就是自己的靈感，這和宇津木幽子一樣呢。」

「一樣？」靈子一臉歡欣，沙千花則是對她投去冷冷的眼神。

「講明白點，就是觀察以後再進行推理。這在占卜師和魔術師業界中稱為冷讀法。也就是利用自己說話的時候，觀察對方的言行舉止、表情等微小的反應。光是用這些來推理，資訊量就很大了，不過以你的情況來說，有個相當不自然的舉動。正確來說，就是絕對不做某個特定行為。」

「什、什麼？」靈子忍不住提問，而沙千花則是頓了一頓。

「**你不會在我們面前坐下過**。不管是在船上、又或者是在餐廳的時候都避免坐下。現在也是這樣，明明有那麼多可以坐的地方。」

「我知道了！是痔瘡對吧！」

伸太郎一臉欣喜地說著。「這個我知道！坐下來會很痛對吧？」

靈子瞬間漲紅了臉。

「喂！」晶子拍了拍兒子的手。

「靈子小姐，真是抱歉。」沙千花道歉。「我沒想到會有這樣的情況。」

靈子沉默了一段時間，才嘆著氣說道。

「不是痔瘡啦。雖然一路這樣講下來，你們可能也不會相信哩，但其實是椎間盤突出。只要稍微彎點腰就痛到不行……不過你怎麼會連我是什麼時候發病的都知道？這不可能用看的就發現吧。」

「因為我調查了。」

沙千花簡潔地回答，同時從口袋裡拿出手機。

「用你的名字搜尋了一下，就找到你在影片投稿網站上的占卜影片，從去年九月底起就沒有新影片了。從影片可以看出來你是坐在椅子上的，所以我推測大概就是那時候。這種搜尋資料的方式稱為熱讀法。靈子小姐你也是用了這兩種方法，讀取了沒有直接詢問的資訊，只是你過於深信自己有靈感，所以沒有這樣的自覺、沒有意識到自己在用這些方法。」

沙千花像是言盡於此，就此打住。

麻生不知何時微微舉起了手，膽戰心驚地開口。

「我們這裡有網站，上面有放這間民宿和我修繕屋子的照片。我想可能也有自己打赤膊在刷油漆的照片……不，我想應該是有放沒錯。」

房間第三次陷入靜默，但這次的寂靜充滿了原來如此以及困惑的氛圍。

事情定案了。

沙千花贏了靈子，這點大家都能理解。

但令人在意的一點，就是沙千花為何要突然戳破靈子呢？

很顯然地，她變得有些情緒化，雖然不至於大小聲或者說出輕蔑的話語，但很明顯是要起身否定靈子——或者該說是心靈、靈感這些概念。但她明明是那鼎鼎大名的靈能者宇津木幽子的孫女。

「……對不起。」

沙千花一臉尷尬，一邊摸摸自己的丸子頭一邊說道。

「靈子小姐，真是抱歉，還有對各位也是。宗作先生還在危急關頭，我卻為了這種無關緊要的事情生氣。」

她的口吻和動作都變得相當稚氣且不可靠，與先前完全不同，就連身材看起來也更嬌小了。

靈子則心不在焉地盯著沙千花瞧。

「哎呀，就、就別太在意了。對吧？各位。」

淳用不自然的開朗聲調說著，然後請大家享用矮桌上的飯糰。

六

過了晌午，宗作依舊沒有醒來。

淳煩躁地在房內踱步，一會兒在陽台走廊的椅子坐下、又馬上站了起來。麻生、沙千花、遠藤母子和靈子都已經離開這個房間。

現在這裡只有電視流洩出的新聞節目聲，據說颱風已經轉了個方向穿過四國，朝瀨戶內海的東北方前進。

視線轉往電視，畫面上出現放大的衛星照片，那是純白且宛如巨大漩渦的颱風，颱風眼目前正抵達霧久井島周邊一帶。這好像是一小時前的照片，往外頭一看，這才發現雨停了。

淳連忙拿出手機，打電話給Ｈ警察署。

「喂喂，那個，霧久井島上有人死了……對、呃……」

電話另一端的警察聲音，聽來相當冷酷無情，失望的感受在內心擴散開來。

「那麼，等到海象平穩以後就快來吧。好的，麻煩你們了。」

淳掛了電話以後垂下肩膀。

「也沒辦法哩，只有這裡風平浪靜呀。」

渾身無力地看著宗作，那有如死人般的面孔令人感到不安，但棉被明顯出現固定的上下節奏又令人鬆了口氣。在大家都離開以後，淳三番兩次地做這個「確認工作」，每次都覺得精神遭到磨損。

原本應該是開開心心的旅行，卻變成了這樣。身為被安慰對象的宗作在精神錯亂之後就意識不明，提議來玩的春夫還死了。不——是被殺了。對淳來說，最重要的兩位朋友就在這一天內……這不可能，太奇怪了！但這的確是無法動搖的事實。

淳起身踏出房間，走向洗手間。

共用的洗手間裡面有人。在走廊上等待的時候，聽見裡頭傳來流水聲，沒多久後門便打開了。是沙千花。

她換上了黑色運動服，把隨身包斜背著，左手腕上捲著那土耳其藍的念珠。

「要出去嗎？」

這麼一問後，她輕輕點了個頭。

「雨停了，我要再去一次疋田山。」

「很危險呀。」淳說道。

「是啊，路實在不好走，也不知道會有什麼東西。一個弄不好可能會死——」

剛要說出口的話硬是給吞了下去。

「可能會發生不好的事情呀，這座島實在太奇怪哩，一直發生怪事。」

「我知道。」

沙千花看著淳說道：「但這不是現在才發生的，二十二年前就已經發生了怪事。宇津木幽子和宗作先生一樣倒下，或許兩者之間有什麼關連。不，我想一定有關連，所以我要去調查。」

「不不，不能隨便將事情都牽連在一塊兒呀。」

「這個我也明白。」

她的表情有些扭曲。

「原因大多相同、**真相只有一個**——這種原始的思考方式，就是讓那個人和靈子這類人比比皆是的溫床。靈異景點就是很好的例子，那並非真的有什麼靈體、又或者是靈體引發了奇怪的現象。只是因為人類想把多次不同的奇妙經驗用同一個原因、單一的理由去解釋，所以只能認定是超自然的意志或者存在造成。就像是古時候的人認為天地變異、政治混亂都是由神明或者天命所造成的，所以一起祈禱也是非常原始的對策，而且……」

「呃，沙千花小姐。」

淳試著要打斷她，而沙千花卻別過視線、陷入沉默。

「你怎麼了？剛才靈子小姐那件事的時候也是這樣。」

淳畏縮地問。

「……我討厭。」沙千花開口。「靈啦、靈能力還是靈感之類的，我都討厭，還有隨便使用這些詞彙的人我也討厭。」

「怎麼會……」

淳閉上了嘴。

思考了好一會兒，才開口問她：「為什麼？」

沙千花臉上浮現略帶寂寞的微笑。

「因為我最討厭外婆了。」

她手腕上的念珠反射著窗外射進的微弱光線，沙千花輕輕捏起流蘇。

「她老是說什麼要拍攝了、要演講了，你也來吧，然後就把我從學校帶走，身上所有穿戴的東西和髮型都隨她喜好。好不容易交到朋友，她也會說什麼『那孩子被惡靈附身了』或者『那個人前世是壞蛋，這輩子一定也會做什麼壞事』就硬是把我和朋友分開。從小我就受到那老太婆的束縛，所以……」

說著說著，她也尷尬地陷入沉默，好一會兒才轉向正面看著淳。

「但我還是得要調查，宇津木幽子會倒下、會死掉才不是因為怨靈，根本就不是什麼詛咒作祟。沒有人會因為那種愚蠢的理由死去，我就是要證明這一點。」

她從一旁走過、往樓梯那邊邁步。
淳對著她的背影喊了聲：「等等，我也一起去。」
讓她一個人出去外面太危險了，雖然沒什麼證據，但本能是這麼告訴自己的。心中不祥的預感不斷擴大。
「不行，得有人顧著宗作先生呀。」
「也不一定要我在吧。」
「留在他身邊、偶爾叫他的名字，就能讓情況出現很大的轉變。」
「可是！」
「拜託了。」
沙千花緊繃的表情稍微放鬆了些。
「很高興你有這份心，但這是我的問題。」
她的聲音充滿了決心，全身上下散發出不容反對的魄力。在一片沉默中，她拉開了隨身包的拉鍊、將手指伸了進去。
從中拿出的是幾顆糖果。
「……我又不是在鬧脾氣。」
聽淳這麼說，沙千花忍不住揚起嘴角。
「這是謝禮，謝謝你關心我。」

她將糖果交給淳，就踏步往樓梯走去，那大大的丸子頭往低處移動，消失在視線範圍內。

正打算回到房間，樓下卻傳來尼龍布料啪沙摩擦的聲響，接著「咚」地一聲巨大聲響，地板也稍微震動了一下。

淳馬上奔了過去，從扶手處往下看。

沙千花跌坐在一樓地板上。

「怎麼了！」

聽見淳喊她，沙千花眼帶淚光地看向上方。

「好痛喔……滑、滑倒了。」

幸好她只是在最後一階失足而跌坐在地，並無大礙——沙千花解釋完之後，便離開民宿麻生。淳好幾次說要一起去，還是被頑強拒絕了。

在大門口目送她離去以後，呆立在那兒好一會兒。望著只販售酒類的自動販賣機。淳將沙千花給他的牛奶糖丟進口中。

因為背後傳來聲音，轉過頭一看，是麻生從櫃台探出頭來。

「午餐要怎麼辦呢？如果想吃的話我馬上去準備，不過現在只有飯糰和冷凍烏龍麵……」

「不，不用了。」

房間裡還有一些飯糰，就算沒有，現在實在也不是很想吃東西。

「這座島上有其它吃飯的地方嗎？」

突然想起這件事，便開口詢問，麻生則一臉為難。

「沒有餐廳，先前好像有的樣子。服務處那裡也有賣麵包和泡麵，不過現在因為颱風的關係，所以柚惠小姐應該沒過來吧，又不好直接過去拿。」

「她來了的話應該會嚇壞吧，畢竟一打開門就會看到遺體。」

「也是呢。」

麻生沒再多說什麼。

再次回想起旅行的規劃都交給了春夫，想來他應該有訂立行程吧？說不定還打算去坊勢島或家島呢。因為他很會照顧人，結果把事情都丟給他，就算想道歉，也永遠見不到他、沒辦法和他說話了。

想起他就躺在服務處裡，實在心痛欲裂。

「那個……」

聽見麻生呼喚，抬起頭來就看到他正摸著自己綁著頭巾的頭。

「靈子小姐也說了吧，外行人模仿偵探一點意義都沒有。」

「是呀。」

「祈禱的話，至少是很重要的態度。不管跟預言有沒有關係，我是不希望客人再被捲入麻煩了。我真的打從心底如此希望，所以能做的事情我也會做。」

麻生在這裡換了口氣。「不過還是開始推理了呢，畢竟這種狀況下就是會想要理解經過。而且我喜歡推理小說，所以忍不住……」

他的話越說越小聲，感覺是兜著圈子想說些什麼。

淳確認周遭狀況，沒有其他人，二樓也沒有傳來任何聲音。

「……您有什麼想法呢？」

麻生也看了看四周，「大家都回來以後，我聽了事情的來龍去脈，接著一開始就這麼想了。春夫先生是不是因為破壞了島上的禁忌所以才被殺害的呢？橘先生的行為給了我這個想法。刻意說他不是被殺的，因為他知道是島民做的，所以才說謊包庇他們。」

「等等、等一下。」慌張地打斷了麻生。

「島上的禁忌是什麼？」

「就是疋田怨靈呀。」麻生的表情非常認真。

「當然怨靈是不存在的，正確來說，**春夫先生是因為進了疋田山所以才被殺的**。請回想一下昨天晚上橘先生說的話。愚蠢的外來者進入怨靈棲息的山上，所以島民……」

「等等、等等。」再次打斷麻生。

「都這個年代了，不會發生那種事情唄？不，以前也沒有吧，只是因為上山這種事就被殺了嗎？」這是把鄉下地方當成什麼了？難道對於東京出身的人來說，鄉下就等同秘境嗎？忍不住要對眼前這個下巴突出的男子略感憤慨。

「又不是說其它地方，但這座島上就是有可能啊。雖然令人難以置信。但民俗風土就是這樣的東西，在狹窄的共同體之中會醞釀出獨特的習慣、習俗、信仰，以及用來表達那些東西的各種詞彙。共同體的存在優先於個人，因此可以平心靜氣地做出現代倫理觀念無法接受的事情，而且會持續下去。」

麻生的雙眼閃閃發光。

「宇津木幽子會在疋田山上倒下，大概也是島民造成的。比方說在草叢中從背後悄悄掐住她的脖子、或者事先下毒之類的。不過既然工作人員也出事，我想應該不是後者。宗作先生也一樣，根據他的狀況來看，我認為下手的就是古畑先生。」

麻生始終像是耳語般地說著這些話。

一股寒意竄過頸部，腹部飄起空虛感，雙腳也僵硬了。明明人就站在櫃檯前面對著麻生，這個事實卻幾乎沒有現實感。就好像下一秒會發現自己其實在做夢，就是那種被拋在虛空中的感受。

「山裡有什麼呢？」

淳開口問道。

「不知道，但我想應該什麼都沒有。應該不是有什麼寶藏、也沒有獨自發展出的宗教的御神體之類的。規則的意義與目的會隨著時間過去而被遺忘，只有規則本身被傳承下來——這也是民俗風土的形式。非常具備日本風格、瀰漫令人膽寒風俗氣息的土地，這就是霧久井島。我一直都很憧憬這種地方，給人感覺就像是三津田、或者是京極、還有橫溝的獄門島*。」

「啊？」

「抱歉，這是我的興趣。」

麻生擺了擺手，「當然，剛才說的只是我的推測，不過我也是有根據的喔。島上的人從今天早上就關在家裡對吧，其實伊豆諸島裡的神津島現在也保留著類似的習俗。他們在陰曆一月二十四日的晚上不可以工作、也不能從家中踏出一步，還不可以說話。這是因為海神「二十五日大人」會來到島上徘徊，看見祂的人就會死去。」

不是怨靈，是海神呀？

也不是從山上下來，而是從海裡上來。

「當然海神大人什麼的只是個藉口，有研究認為其實是漁夫們想要公然在那天休假而捏造的理由。在沒有國定假日的時代，島民為了不和島上的在地信仰發生衝突，所以才編造出這個習慣，說穿了就是公休日。我不知道霧久井島上的習俗規範是什麼，但推測可能和颱風或者暴風雨有關。我也是第一次看到島上的人這樣，當然也是第一次看到這麼強的風雨。」

「唔嗯……」

雖然道理上是說得通，但具體來說還是缺乏證據，讓人無法接受殺人的理由。能讓整座島聯合起來殺人，如此頑強又不人道的習俗怎麼可能殘留在這資訊爆炸又法規完善的二十一世紀日本呢。而且——

「橘先生又為什麼會被殺呢？」

「問題就在這裡。」麻生一臉遺憾地嘆了口氣。

「我不知道，就只有橘先生的事情對不上，真讓人不甘心。」

他煩躁地扯下了頭巾，露出圓圓的光頭。

＊這裡指的是擅長將民俗傳承與在地風土融入作品中的三位推理懸疑作家——三津田信三、京極夏彥、橫溝正史。

「雖、雖然對兩位來說很抱歉，但就我的心情來說，會比較想知道橘先生被殺的真相。他真的非常親切，完全沒有把我當成外來人士，還說我的咖啡很好喝……所以說老實話，我不願意相信他會故意混淆春夫先生的死因，我也不希望推斷是他殺了春夫先生。」

他擺在櫃台上的拳頭顫抖著。

「他是個好人哪。」

淳脫口而出。麻生原先咬著嘴唇，忽然用毛巾掩住了臉。

隱約能聽見毛巾下傳來壓低的嗚咽聲。

他哭泣的時候，淳只能呆站在櫃台前。陰暗的大廳裡響徹啜泣聲。

感覺麻生稍微冷靜了些，淳便將手上的糖果放在櫃台上。

麻生用毛巾擦著鼻子，一臉疑惑。

「是沙千花小姐給我的。我想她大概會偷偷拿給來醫院探病的小朋友、或者住院的小朋友吧，真是個糟糕的護理師。」

聽到淳這麼說，麻生笑了出來。

將鳳梨糖丟進嘴裡，品嚐了好一會兒，他才冷靜地開口說話。

「橘先生的部分還是個謎，不過我們還是有能做的事情。」

請他繼續說下去，他才繼續說道：「總之別上山。雖然不一定會被殺，但這是為了保護自己，畢竟君子不近危嘛。」

咦！淳驚愕地抬頭看了看時鐘。

「對哩，沙千花小姐上山了呀，十五分……不，已經是二十分鐘前的事情了。」

麻生丟下毛巾，「這樣很危險啊，不，太危險啦！」

他連忙拿出住宿登記本翻找著，用另一手拿起電話子機。

「宇津木、宇津木……欸，怎麼沒有。」

「不是登記江原數美嗎？」

「啊！」

麻生誇張地仰天吶喊，下一瞬間大門喀啦喀啦地被粗暴拉開。

膚色略深的老人們，一臉嚴肅地站在那兒。

第四章

怨靈

一

「須永先生。」麻生一臉緊張。

中間那個穿著雨衣的老人就像是要回應他的呼喊而走進門來，緩緩地脫下長靴，「嘿咻」了一聲踏上玄關。

那是個身材高挑、眼睛碩大的禿頭老人，脖子以上相當黝黑。

他就是我們原先要住宿的旅館「霧久井莊」的老闆，此時猛然想起了春夫的話，正是這個男人拒絕了淳等人投宿，而理由正是——

怨靈就要下山了。

須永臉上浮現令人不舒服的笑容。

「麻生先生，村松隊長今早被殺咧，你知道吧？」

見麻生一臉困惑，淳小聲向他說明：「是指橘先生，那是特攝片的角色。」

「還有今天一早，住在這兒的人好像到處拍打別人家的大門，大吵大鬧哪。」

須永說話時一臉不耐，銀色的補牙材料，在笑咧開的嘴裡閃爍著。

「也就是說，這裡的客人裡有嫌犯。」

麻生疑惑地回問：「您指的是……」

「那個沒刮鬍子的小哥呀。好幾個人見著他往港口旁那石階奔上去哪，聽見腳步聲的人可更多哩，他去的方向是巡查家吧。」

是指宗作，他懷疑宗作是殺了橘的犯人。不——從須永說話的語氣聽來，他幾乎肯定宗作就是犯人。

淳因為緊張而全身緊繃。

其他島民也接連走了進來，加上須永共有五個人，都是些年邁的男性。

在須永右後方的，正是在H港對靈子破口大罵的老人。

「伊庭呀，還是確認一下，不是這位小哥唄？」

須永問了那老人，而老人——伊庭皺著臉說：「不是咧，是更神經質的小哥，他們在船上是一起的。」

「喔？」

須永上下打量著淳。另外兩位老人「嘿唷」了一聲便在販賣機旁的椅子坐下，從口袋裡拿出香菸和打火機。

「抱歉，這裡禁菸。」

麻生開了口，抽搐的臉上勉強擠出笑容。坐下的老人們碎念著「別那樣死腦筋啦」、「太殘忍了」，還刻意笑嘻嘻地叼起了香菸、點起打火機。

「喂！」

伊庭壓低了聲音對那兩個人說話，彷彿野獸般齜牙裂嘴。

「你們有搞清楚現在的狀況嗎？」

兩人雖然僵持了好一會兒，最後還是收起香菸和打火機。

「非常感謝您的理解與幫忙。」

「客套話就不必了。」須永臉上依然掛著笑容，「把客人叫來唄，用內線也行，把這傢伙的朋友叫過來。」

「不。」麻生緊握著手上的毛巾。

「客人現在因為身體不適正在休息。不知道該說他是昏迷還是昏睡，總之現在沒辦法和各位見面說話。」

直勾勾地盯著須永。

「昏迷是怎麼回事？」

須永一問，麻生便連同春夫的死一起簡單地說明，之後他那黝黑的臉龐變得有些發青，嘴角也向下垂。其他老人則發出了微弱的呻吟、一臉陰鬱。

「……所以，應該要先詢問古畑先生吧。我認為客人應該是被害者。」

麻生簡單說明自己的意見和結論。

伊庭在一語不發的須永背後開了口：「就算要問，也不知道那傢伙去了哪兒呀。他又沒帶手機。」

「先前就一直叫他帶呀。」其中一位坐著的老人說道。

「這也沒法子哪。」、「身心都成了仙人，真慘哪。」、「他還越來越熱衷製作『黑蟲』呢！」這些談論古畑的話語聽起來有些悲傷、又很是擔心。

看來並不是尊敬他，卻又相當親密。雖然非常擔心，但態度又不像是面對長輩——他們的話語中滲出了與古畑之間的奇妙距離感。

在這吵鬧的大廳中，麻生忽然喊了聲：「實在抱歉！」

「我就直接問了，到底發生了什麼事？」

「不知道呢。」

須永冷淡地回答，伊庭則對著他說悄悄話。那大眼睛骨碌碌地轉了轉，大聲地回道：「不用啦。不用特地說吧。」

麻生問道：「什麼事呢？」

「我們的事，跟你們沒關係。快點讓我們見那個叫宗作的傢伙。」

「請、請回答我的問題。」

「煩死了。」

須永怒斥。那聲音雖然不是非常大，卻在腦中、整個空間轟隆作響。麻生的眼睛瞬間泛出淚光，隨即雙眼通紅，雙唇也微微發顫。

櫃檯後方傳來了女性的聲音問著：「怎麼啦？」

「沒事，沒什麼。」

麻生以略微沙啞的聲音回答，視線卻完全沒有離開須永。不，該說是過於警戒才完全無法轉開視線吧。

「是那個屁股很大的媳婦唄。」

站著的一個老人往麻生背後探頭探腦地說著，那沒了牙齒的嘴巴就這樣開開的。坐著的兩人則開心對笑，說什麼「是勒是勒」、「雖然沒奶子啦」。麻生則是默默忍耐著。

淳不知何時已緊握著自己的拳頭。

眼前的老人實在過於粗鄙，讓人錯愕又生氣，忍不住覺得他們就是些野蠻人。雖然伊丹也稱不上是什麼都會，但可比這座島好多了。至少住的人比這些傢伙來得世故些。

心頭怒氣瞬間就要爆發。

「……是你們殺的唄。」

下意識地脫口而出。

「啊？什麼啊。」

「是你們殺了春夫，再刻意弄暈宗作的吧。說什麼怨靈啦、作祟啦，其實是遵守自古以來傳承的風俗習慣，然後抹殺入山的人對唄。你們來這裡就是要解決沒被處理掉的宗作。」

一口氣把這些討人厭的話都給倒了出來。說完才發現，這其實就是把麻生那過於勉強的假說拿來現學現賣。與此同時也感到相當懊悔，覺得自己像個孩子似的，實在丟臉。

淳縮起了脖子。

呆滯的麻生連嘴巴都沒闔上。

老人們沉默了，臉上也完全失去了表情。伊庭銳利的視線令人感到疼痛。

須永搔著自己的下巴。

「欸，**差不多就是那樣啦**。」

那閃爍著黝黑亮光的臉龐，浮現出面具般的笑容。

二

「既然明白那就好說哩。」

伊庭一臉不悅地說道。外頭的風將窗戶吹得喀噠作響。

「是咧。」坐著的兩人站起身來，下流的笑容已經從他們的臉上褪去，銳利的目光就朝著這邊看過來。

「作祟是很可怕的。」

有個沒牙齒的人一臉認真地說。「很恐怖、很恐怖，真的很恐怖啊。」

「騙、騙人。」

淳忍不住後退了幾步。

「怎麼、怎麼可能有那麼愚蠢的風俗。」

「風俗嗎。」

嘻嘻，須永嘴裡漏出了笑聲。

「對我們來說是日常哪，和疋田怨靈共存是我們的生活，住在這島上，一天到晚都得畏懼它的作祟哩。」

事情已經變成這樣啦，雖然也曾覺得厭惡，想逃走……」

他緩緩拉近距離，「咚」地一聲將手放在櫃台上。

「回過神來都已經是個老頭子啦，我還有這些傢伙都是，也不能怎麼辦勒。」

他又發出了嘻嘻嘻的笑聲，身上的菸臭味衝進鼻腔。

麻生臉上浮現出相當奇妙的表情。明明很害怕卻似是有些高興；明明討厭但又覺得愉快。矛盾的情緒同時表現在臉上。

「風、風俗……」

還喃喃念著不太搭調的詞彙。

「麻生先生就是喜歡這種東西才來這兒的唄？你應該明白吧？」

伊庭發問的語氣有些瞧不起人。

彷彿這是某種指令，五個老人一起走向階梯。淳立即跑過去擋住他們，擺出了不讓他們通過的姿勢。

麻生從櫃檯後消失，又在走廊現身。瞪著站在淳身旁的老人們，但雙腿很明顯在發抖。

其中一個老人甚至噗哧失笑。

「春夫上山了嗎？所以才會被殺的嗎？」

淳臉色蒼白地問。

「是你們之中的誰殺的嗎？」

「誰都行唄。」

伊庭回嘴。

「那宗作……」

「也是誰都行，我們在意的是那傢伙是不是殺了橘，從狀況來看就是他殺的呀。你們跟他一起，總不可能沒留意到這點哪。」

「可是……」

話語卡在喉頭。

「怎麼了，發生什麼事啦？」

聽見高亢嗓音和腳步聲而回過頭去。

靈子正要走下樓梯，而遠藤母子則在二樓緊緊相擁，往下面這邊看。

「哎呀？」靈子瞇起眼睛。

「氣場是黑色的……那邊的各位，現在是打算動粗嗎？」

周遭又陷入沉寂，這次的沉默帶著煩躁和錯愕的氣氛。

「都是些怪客人哪。」

須永啐了一聲後說：「好咧！讓我過去！」又再次邁步。

唔唔哇啊啊啊啊啊啊啊……

外頭突然傳來高亢且充滿機械感的女性悲鳴聲。

不對，那不是什麼尖叫悲鳴，是警報聲。

聽起來是從港口那邊傳來的，是使用那間廢校的廣播嗎？

麻生慌慌張張連呼「欸？咦？」看來他也是第一次聽到。伸太郎則是皺起臉，用兩手摀住耳朵。

啊啊啊啊啊啊……噗嗯

警報停了。

走廊裡忽然響徹嘟嚕嚕、嘟嚕嚕的振動聲響，老人們一起從口袋裡拿出手機，默默地看著畫面。

他們抬頭後都露出同樣難看的臉色，眼神飄移不定、表情曖昧，連口大氣都不敢吸。

看起來像是在窺視周遭的樣子，但與其說是在尋找是否有什麼視線，更像是在仔細聆聽著什麼。動作看起來就像是怕被誰——不，怕被什麼給發現了。

「這樣啊，**要來啦**。」

須永盯著天花板說道。

「欸，雖然也知道時間差不多咧，哈哈。」

他雖然發出了笑聲，臉上卻完全沒有笑意。

「打擾啦。」

他邊說邊隨即轉過身去，快步走向玄關，粗暴地套回長靴。伊藤等人也隨後跟上。他們喃喃碎念著「沒問題嗎」、「不會弄錯唄」、「慎重點比較好哩」之類的話，爭先恐後地離開了。

外頭又開始下起了雨，風夾帶著冰冷的雨滴噴進走廊。

手還擱在拉門上的伊庭在瞬間往這兒投來一個憐憫的目光，接著「唰」地一聲把門拉上。

腳步聲漸行漸遠，就算完全聽不見了，也還是好一會兒都沒人開口說話，也沒人動彈。遠藤母子仍然抱在一起發抖。

「真是些沒禮貌的老頭呢。」

先開口的是靈子。

「你們不需要在意啦，感情太好的媽媽大人和少爺。」

淳無視靈子、爬上了樓梯。

回到房間，淳三步併作兩步來到宗作枕邊坐下。雖然事出緊急，但自己的確是沒好好看顧倒下的友人。

「抱歉哪。」

淳道著歉。當然還是沒有回答、也沒有任何反應。宗作依然一臉蒼白，繼續昏睡。激烈的風吹得窗戶陣陣作響。

這座島上究竟發生了什麼事？宗作又會如何呢？就在這不知該如何是好的時刻，手機卻響了起來。淳的手機發出收到簡訊的聲音。

淳從褲子後袋拿出了手機。

定睛往螢幕一瞧，中央顯示著〈有來自江原數美的簡訊〉。

淳立刻滑開螢幕，切換畫面之後出現一張大照片，上半段為白色、下半段為黑色。好一會兒才發現這是從山上比較高的位置，向下俯瞰山坡斜面的景象。白色部分是覆蓋在天空的雲層，黑色則是山坡地。

山坡地是黑色的岩石和泥土，草木不生，土壤上能看見零星的灰色和白色的物體，遠遠看過去還有藍色的布料邊緣，那是藍色防水布嗎？

「這是什麼？」

淳喃喃說著。

「搞不懂哩。」

就這樣拿著手機開始思索。這應該是從疋田山西邊或者北邊拍攝的照片吧？這個部分還能理解，但搞不清楚用意。沙千花為什麼要傳這個給淳呢？

還在訝異的同時，她又傳了簡訊過來。這次是文字，或許是過於慌張、一時手滑，內容只打到一半。

〈大家快逃、怨靈〉

三

傳了好幾封簡訊過去也沒收到回覆，試著打了幾通電話也沒接通。

「到底是怎麼回事咧……」

下意識脫口而出。因為內心充滿了各種不安與焦慮。

現在只要考慮宗作的事就好、祈禱淳的好朋友能夠恢復就行了，就算努力逼自己要這樣思考，還是忍不住胡思亂想起來。

宗作殺了人嗎？

腦海中浮現那個陰暗的橘家。在大量的「黑蟲」包圍下，橘打算從槍套中掏出手槍。然而宗作比他快了一步，用粗重的「黑蟲」毆打他的頭。發出哀嚎聲的橘逃往走廊，這時宗作又在背後補上一擊，於是他倒下了。

宗作跨坐在呻吟的橘身上。

（這是為春夫報仇！）

雙眼通紅的宗作吶喊著，舉起了「黑蟲」。先前思考的光景又在腦海中跑了一輪，雖然努力想要揮開這些念頭，卻又浮現了其他的事。

被風俗習慣束縛的島民們，對入山的春夫下手、然後害宗作變成這樣。

須永說「差不多就是那樣」，因為這是他們的風俗，是這座島上的日常生活。

（靈啦、靈能力還是靈感之類的，我都討厭，還有隨便使用這些詞彙的人我也討厭。）

想起了沙千花的話語。

（怎麼可能有怨靈）

這是麻生說的。

（是怨靈做的）（疋田怨靈在作祟哪）

古畑老人的聲音。

（這些算是閒談啦）

春夫的聲音。

〈快逃、怨靈〉

她傳來的簡訊。

（怨靈就要下山咧，所以沒有辦法招呼顧客）

這是春夫說的。

警報聲、須永和伊庭那些在畏懼著什麼的老人。

不可能。然而這幾乎就要令人相信、幾乎就要接受這一切。

懷疑逐漸轉變為確信。

這座島上，霧久井島真的有——

碰咚！樓下傳來了巨大聲響，接著是咚咚咚的腳步聲，連榻榻米都在震動。

腳步聲越來越大，奔上樓梯來到二樓走廊。東歪西拐地接近這房間，來到了門前。

下一秒，門被粗暴地打開。

全身濕淋淋的沙千花一進來就撲倒在榻榻米上，滿臉通紅、氣喘吁吁。

「為、為什麼、不逃走！」

她憤恨地瞪著淳，上氣不接下氣。

「我有、傳簡訊吧！」

「呃，內容只有一半，我打了好幾次電話給你……」

「囉唆！掉了啦！」

沙千花怒斥著，那聲音在耳裡轟隆作響、連腦袋都隨之震動。紙門也劇烈地喀噠顫抖、頂燈垂下的開關線正左右擺動。事發突然，當下無法思考任何事情、也不知道該怎麼回話。

淳愣愣地看著沙千花。她則努力擠出話語。

「**怨靈要下山了**，再不逃就死定了。島上的人都去避難，應該說正在避難，他們刻意丟下這裡的人等死。」

聽到這段話，忍不住直起身子。

這聽起來難以置信，更何況沙千花是最忌諱、又最討厭心靈還是靈感之類的事，實在沒想到會從她的口中聽到這種話。

麻生在走廊上窺視著，由半開的門縫間探頭，一臉擔心地問道：「沒、沒事吧？」靈子和遠藤母子也在他的背後。

「之後再說明。」

沙千花粗暴地擦了擦濕淋淋的臉龐，「淳先生，麻煩你背宗作先生。」

淳背著宗作，在沙千花的引領下來到外頭，其他住宿的客人也都跟在後頭。慢了一步的麻生手上拿著鑰匙現身，最後是一個有著木芥子般臉龐的女性走出大門，那是一直待在廚房的麻生妻子琹。她穿著孕婦用的寬鬆服裝，一臉憂心地抱著自己的大肚子。

「這是怎麼……」

開口的是麻生，其他人也都一臉錯愕地看著眼前的光景。

一群穿著雨衣的老人正在渡河。

有人按著彎曲的腰骨艱辛前行、有人牽著其他老人、也有人拄著拐杖走。將近二十名老爺爺、老婆婆拼了命地溜下那不到一公尺高的斜坡、步行越過淺灘河流。由於昨天就一直在下雨，河面寬度大概變成原先的三倍，但深度幾乎不變。穿過河川的老人們接二連三地往對岸那條獸道而去，搖搖晃晃地消失在樹林的深處。

就跟沙千花說的一樣。

島民們現在正在避難，他們要前往東邊那座「較高的山」。

「沙千花大人。」靈子語氣急切地喊著。

「實在非常抱歉，我完全沒有察覺到這座島上有如此可怕的靈。現在也還是沒能感受到，實在羞愧。」

她悔恨交加地咬著嘴唇，「我虛靈子竟因為踏上幽子大人曾涉足之地，就歡欣鼓舞到忘我，如此不純真又淺薄的態度蒙蔽了……」

「好啦，快點走！」

「是。」

靈子雖然馬上快步出發，但沒多久便扶著腰喊著「好痛！」，速度也慢了下來。她撐著整面都是Louis Vuitton圖樣的雨傘、晃動著PRADA的小肩包，快步追趕著老人們的背影。

「好了，大家都快走吧。」

沙千花回頭說道。

她的語氣和表情都與剛才不同，已經變得相當冷靜。

「不然就會死的喔。疋田怨靈會奪走大家的性命，這次連『黑蟲』都起不了作用。」

表情絲毫沒有變化，就好像她說的是簡單明瞭的事實，不需要再多加說明。左手腕的念珠也因為雨水而顯得閃閃發光。

沒有人表示反對。

沙千花全身散發出的魄力足以鎮壓所有人，只能默默看著她毫不猶豫地前進。那小小圓圓的背影令人感受到其他人絕對會跟上的自信。

就像是被她拉著走，不……像是被吸過去一樣，淳也邁出了腳步。

背後傳來腳步聲，回頭一看是遠藤母子手牽著手前進。再後頭的麻生似乎正在與妻子說些什麼，但兩人還是跟了上來。

「實在搞不懂。」晶子脫口而出內心疑惑：「但總覺得還是聽沙千花說的話比較好，雖然我沒有根據。」

「我們被拉著走呢。」伸太郎回答。「她的外婆是很厲害的人對吧？領袖魅力是會遺傳的呢。」

「好像真的是這樣。」

聽著在眼下這種情況還能進行的母子對話，同時踏進了河川。那帶些溫度的水瞬間滲進了鞋裡、打濕了腳。

「可惡！」

淳重新背好滑落的宗作，忍不住咒罵了一聲。

渡過河流、爬上斜坡、接著進入了獸道。

「宇津木小姐，您還是說明一下吧。」走在最後面的麻生問道，同時也放慢了腳步。

沙千花回頭嚴厲地叮囑：「不要停下來。」但麻生還是停下腳步，栞雖然有些困惑，卻也跟著停下。

「這也是風俗習慣對吧？是這座島上獨特的行為。現在除了這座島上的人之外，我們最好也要配合，是嗎？但我不懂為何一定要這麼做。」

一直走在前頭的老婆婆背影消失在草叢的陰影中。此時沙千花停了下來，淳也跟著停下。從聚落吹來的落山風撫過臉頰、讓樹林發出了聲響。

「沒關係啦，之後再問。」晶子說道。她雖然也喘著氣，但似乎挺開心的。

「很明顯她不是在開玩笑，現在就跟著走吧。」

「對啊，媽媽說的沒錯。」

麻生制止了想說些什麼的妻子，「我們並不是無知的人，沒辦法囫圇吞棗那些讓我們覺得奇怪的習慣或者咒語。更何況我太太的身體狀況就是這樣，剛才是因為您的氣勢，所以覺得還是照做比較好，但還是希望有個能讓我們接受的說法。」

「就是……」

正當沙千花感到煩躁、就要回答的同時。

她的眼睛突然睜到最大，雙唇也瞬間失去血色。

隨著她的視線轉過頭去，只見一個老人倒臥在河流正中央。

他勉強抬起滿是泥濘的臉，失去牙齒的嘴巴開開闔闔，雖然努力想撐著地面站起來，但只能撥動泥沙，連上半身都撐不起來。

想要出聲卻什麼都發不出來，看起來就是那個樣子。

他的後頭響起了水花聲，有個老婆婆雙膝跪地。手上的傘已經掉了，正用兩手按著胸口，是昨天在石牆邊見到的早苗。

兩個老人家全身都濕透了，痛苦地發出無聲的悲鳴。他們滿是皺紋的臉龐扭曲著，逐漸發紫。嘔嘔嗯，早苗嘔吐了起來，雙手撐在河裡。

氣氛瞬間一變。

周遭充滿了邪惡又詭異的空氣。

伸太郎發出一聲微弱的驚呼，緊緊抱住晶子。

「是、是真的嗎？」

麻生愣愣地喃喃自語，將渾身顫抖的妻子擁入懷中，「怎麼可能，怎麼會呢？」

「**是怨靈**。」

沙千花平靜地說著。

「這樣你就明白了吧？沒有祭祀的話，怨靈就會作祟；沒有鎮壓的話，它就會殺人。」

她的語氣平靜卻帶有些緊張感。

「快點，現在只能逃往山頂了。不能去救他們，否則會被捲進去陪葬的。」

沙千花冷酷地說完後再次踏出步伐，迅速地沿著獸道向上爬。

兩個老人俯臥在河中，開始微微痙攣著。

眼睛根本看不到怨靈的樣子、也聽不見它的聲音，卻能感受到它的氣息，空氣中隱約漂蕩著硫磺之類的惡臭。

一陣惡寒穿過全身。

山上傳來了聲音，是沙啞的男女們喊叫的聲音。

下來啦。
早苗倒下了。
還有與四郎，啊啊啊。
那是交織著悲傷、無奈的痛苦話語，還參雜著痛哭。
「我們走吧。」
淳向大家說完，便跟在沙千花身後走去。

四

大家一語不發地走在左右皆是尖銳岩石、長有大片茂盛羊齒蕨的獸道，遠藤母子和麻生夫妻也依序小心地前進。因為撐著傘的關係，視野很差，走起來不容易。

遠遠地看見一個老太太的背影，她正抓著身旁長在岩石上的樹木、搖搖晃晃地爬上山坡。再前面還有一個人，那沾了泥巴的黑色長靴清楚地映在眼底深處。

後面是伸太郎牽著母親的手，再更後頭是麻生支撐著栞，慎重地一步步往前走。栞還艱辛地喘著大氣。

沙千花不時回頭確認大家的狀況。她的表情和動作都非常冷靜，視線卻相當不安。看來是特別擔心年長的晶子和有孕在身的栞。她也不時窺看一下宗作的臉龐，確認有沒有變化。

幾度看向來時之路，抽動鼻子嗅聞著什麼。每當看到她那個樣子，就覺得全身發寒。幾乎要腳步不穩而滑倒。

腦海內浮現了剛才倒在河中的早苗和與四郎，實在揮不開這幅景象。他們站不起身、在泥水中掙扎的樣子、還有那發紫的臉龐。

周遭被類似黑色霧氣的東西給包圍，兩個人拚命地掙扎。當然這不是記憶、不是實際上看到的東西，只是心中擅自描繪出那雙眼所不能見的疋田怨靈姿態。

「大姊，它有爬上來嗎？追上來了嗎？」

伸太郎問沙千花，他的表情相當認真，牙齒也在發顫，看來是連怨靈兩字都不敢說出口。

「是啊。」

沙千花回答得理所當然。

「要是慢吞吞的話，肯定會被追上的。」

如此一口咬定的說法。這顯然不是單純說給伸太郎聽，而是對在場所有人說的話。伸太郎緊緊握住晶子的手。還能聽見琹對麻生說「我會加油的」。

雖然好幾次就要滑倒了，還是勉強撐住，同時為了避免宗作淋濕，也不斷地調整傘的角度，努力地追在沙千花身後。

大概爬了將近三十分鐘吧，就在覺得雙腳都要麻掉的時候，坡道終於變緩了。正這麼想著，眼前忽然出現開闊的視野。

山頂處是個大約兩百平方公尺左右的草地，到處都是岩石和樹頭。中央有個小小的祠堂，旁邊則蓋了一棟相當嶄新的建築物。那灰色的方形外觀和這座島的氣氛一點也不搭調。前方三扇窗戶裡出現人影，有一大群人就擠在這大約三十平方公尺左右的房間之中。

伊庭站在那巨大的玄關門前，一臉驚訝地往這邊看。拿下了雨衣的帽子。一旁累壞的靈子正按著自己的腰。

或許是因為沒有樹木遮掩，強烈的風雨聲在周遭響徹。

「你們沒事吧！」

伊庭大聲詢問。沙千花也拉起嗓子回應。

「對，我們從怨靈手中逃出來了，後面沒其他人了。」

同時朝著伊庭等人的方向走去，淳一行人也反射性地跟在她身後。

「有兩個島民在我們面前死去了，就在河邊。」

「噢，我有在聊天室裡掌握情況。」他晃了晃手機。同時一臉探問似地打量著沙千花。

「……看來這位大姊發現了呢。」

「當然，我去看過疋田山那一頭了。」

聽見沙千花的回答，伊庭臉色一沉，原先緊握的拳頭更加用力。察覺氣氛詭異的靈子雖然開口詢問：

「怎麼了嗎？」但沙千花無視這個問題，指了指門。

「大家都很累了，請讓我們進去，我很擔心麻生先生的太太。」

「這可不行咧。」

伊庭立即拒絕，用下巴指了指祠堂。

「要躲雨的話就去那邊，裡面應該能擠個一、兩個人吧。」

「怎麼這樣！」麻生一臉就要哭出來似地踏出一步，但馬上就腿軟跪下。看來是疲憊到了極限。就連琹搖著他的肩膀連問「你沒事吧？」也無力開口回答。

「負責人是誰？」

「問誰都一樣，這個避難所是島民專用的，你們這些外來人士進來只會添麻煩——」

「請讓大家進去。」

沙千花又說了一次。

聲音遠比剛才更低沉有魄力。空氣瞬間緊繃，幾乎連雨聲都要聽不見了。伊庭凝視著沙千花，忽然愣了一下。

「你是那時的孩子？穿得輕飄飄、像公主一樣的……」

「沒錯，」沙千花不情願地點點頭。馬上又開口說道：「現在繼續瞞下去也沒用了，都出現犧牲者了，繼續保護這座島又有什麼意義。」

看了眼下方的聚落，沙千花湊近伊庭的臉。

「所以，讓我們進去。」

伊庭像是想開口回些什麼，到頭來還是一臉無奈地從門前退開、讓出了路。

五

建築物裡安靜且整潔。空調的設定相當宜人，舒適到幾乎令人忘了有颱風來襲。一行人扶著走廊的扶手，往前方的房間前進。

地面上鋪滿了蓆子和毛巾被，島民們肩並肩坐在一起。有好幾個人看著手機或平板，另一群人則打起瞌睡。眾人都疲倦至極、一語不發，只能聽見風雨敲打著屋頂和牆壁的聲音。

須永坐在右前方，身體倚靠著牆壁。

脫下鞋子、跨越一堆長靴，沙千花出聲請附近幾個人空出一點位置。老人們一臉不耐地起身。麻生夫妻立刻在牆邊坐下，晶子也被伸太郎牽著，喘著大氣坐在兩人面前。小心翼翼放下宗作、讓他躺好後，淳就發出呻吟躺到一邊。差點踢到附近的老婆婆，連忙縮起身子。

「沒事吧？」

靈子用手扶著腰、搖搖晃晃地走了過來。她臉上的妝被大雨沖掉、兩眼的假睫毛都掉了，完全展露出原本的容貌。

「真抱歉，我完全沒發現。哎呀，畢竟我的腰有問題，就算發現了可能也不……」

隨即尷尬地閉上了嘴，那不自然的沉默幾乎讓人感覺到耳鳴。

回過頭來的島民們往這邊投來冰冷的目光，雖然因為昏暗的關係，看不清楚他們的表情，但絕對非常兇狠。

現場空氣甚至讓人覺得要窒息了，無數的視線重量壓在身上。琹的雙手緊握著麻生的手。
伊藤和須永說著悄悄話，之後須永喊著：「小姐！宇津木幽子的孫女！」
他嘿咻一聲起身，關掉了小型電風扇。
原先正在照看琹的沙千花抬起頭來。
「你知道多少？」
「疋田怨靈的真面目，包含誕生到產生的流程。」
她刻意相當仔細地回答，並且迅速站起身。
「雖然這只是我的推測，不過可以明白各位是什麼狀況。在這裡的人都是無法離開島上的人吧，也就是收取金錢接受這不合理的情況、想著總有辦法，結果卻被束縛在此的人……」
房間四下傳來呻吟聲和啐聲，還有布料的摩擦聲以及用手指敲打地板的聲音。令人感受到大量的錯愕、敵意都朝著這裡，尤其是對著沙千花而來。
「還真敢說哩，雖然是我問起的啦。」
須永撇撇嘴笑了，黑暗中浮現他大大的雙眼和發黃的牙齒。
「真面目……？」
聽見麻生小聲詢問，沙千花點點頭，眼神銳利且充滿力量。這與我們在H港見到她的時候完全不同。
她輕輕深呼吸之後就開始說了起來。
「二十二年前的夏天，有個女子來到這座島上。宇津木幽子——所謂的靈能者、靈能力者。她本人也自稱是心靈鑑定師，不過這並不重要。最重要的是那天她和攝影組來到這裡，拜託島上的居民讓他們拍攝靈異節目。」

沐浴在大量的視線中，她仍然不為所動地繼續說著：「島上的人不太想讓他們拍攝，畢竟剛剛辦完喪禮、還在哀悼期間，突然跑來這麼一大群人實在是令人困擾，大家都是這麼說的。你們兩位老人家當時也在港邊，和攝影組起了爭執。」

沙千花盯著須永和伊庭。

「沒錯。」回話的是伊庭。「實際上的確是一片混亂，忽然有什麼電視台的人跑來，還一臉神氣，所以大家有些吵起來勒。那時候的人除了我倆以外都死啦。」

「那時候，宇津木幽子突然開口，我記得內容應該是這樣……」

她以略帶戲劇感的動作指向窗外。

「矮的那座山上有怨靈，偶爾還會下山來對吧？——她是這麼說的。」

幾小時前剛聽過這件事情，就在追蹤宗作、爬上石階梯的時候。

房間一角傳出了咳嗽聲，其他地方還有清嗓子的聲音，另外還有刻意抓弄塑膠袋的聲音，聽起來就像是在反駁。大概是這些人生已經快走到盡頭的島民們發出的無言抗議吧。

淳擦了擦脖子上的汗水，沙千花則輕撫著念珠。

「我生下來沒多久就被宇津木幽子接走、一直待在她的身邊，所以見過很多大人因為恐懼而不安、害怕不幸的樣子。身邊之人接二連三死去是不是地縛靈害的……兒子生病不是丈夫前妻的生靈造成的……」

她環視現場後繼續說道：「她會怎麼面對那些人呢？利用事前調查和話術，想辦法挖出委託人和相關者的資訊，然後用彷彿是剛剛才用靈視能力看到的語氣說出內容。這樣一來大家就會又驚訝又害怕，然後覺得安心，認為能夠相信宇津木幽子。因為覺得自己眼前有能力更強大、更讓人畏懼的存在，而且對方還願意幫助自己。人類從以前就是用這樣的方法，來試圖跨越那些雙眼所不能見之物的不安與恐懼。」

讓人想起靈子在民宿時的樣子。冷讀法和熱讀法結合在一起，也就是說根本不是什麼靈感能力，但是大家被靈子的話語所震撼，因而畏懼她，同時也覺得要相信她。甚至還覺得沒錯，只要祈禱的話一定會有辦法的。

「宇津木幽子是能夠下意識做出這些事情的人，所以才會有很多人相信她。所以她說什麼怨靈之類的，當時我馬上就察覺了。開始了，這是一種詭計，接下來就要開始進行她相當自豪的『靈視』。在好幾天之前就已經收集到這座島上有人過世的資訊，她應該會巧妙地解釋那是怨靈造成的吧。這樣一來，島民會覺得很害怕，然後就會相信自己——我連這樣的劇本都預料到了。畢竟才剛辦完喪禮、也就是不久前才發生不幸，那個人怎麼可能放過這種大好機會。而且在狹隘的聚落裡，居民都和死者很熟悉，這樣一來『靈視』的精準度也會跟著提高。」

雨水咚咚敲打著窗戶。

「不過預測有些偏差。確實，大家都對這起頭的詭計驚訝不已、相當害怕，但卻用一種看髒東西的眼神看著宇津木幽子，而且馬上躲進服務處開會。我也嚇了一跳，但那個人更為驚訝。雖然我覺得她應該也滿開心的，因為靈視完全說中了，這個島上的人們真的被怨靈所困擾著。」

她稍微瞥了瞥宗作和栞的情況。

「獲得拍攝許可以後，大家的言行舉止都非常奇怪。幾乎不告訴我們這座島的任何事情，反而一直想從宇津木幽子那裡問出些什麼。你是什麼人、關於那座山你看到了什麼、你知道些什麼之類的。也向工作人員問了類似的問題，就連他們去勘查的時候、還有進入疋田山的時候都是。」

「咦……？」

發出疑問的是麻生，他環著妻子的肩膀說：「可以到山上去嗎？」

「對，以前沒有那個看板，小孩子也能上山。有個十歲、叫比呂的男孩也跟著我們一起拍攝，聽說他是霧久井小學最後一個學生。」

當時和現在顯然大不相同，這二十二年之間究竟發生了什麼變化呢？這時也回想起那幼稚卻又警告意義深重的看板文字。

「到了晚上要開始拍攝了，那個人上了山，卻在靈視的時候昏過去。就在爬上去沒多久的地方、已經變成窪地的墓地那裡。我記得工作人員……攝影師和收音師也一樣。」

「那個地方嗎？」淳立刻開口問道。古畑老人抓住昏迷的宗作之處，沒想到宇津木幽子也是在那裡出事的。

「沒錯，」沙千花點點頭，「他們被同行的島民拉了上來，宇津木幽子和攝影組就一起回到霧久井莊。

臉色都發紫了、手腳末端也是，而工作人員也是一樣的情況。還有意識的人則是暈眩、頭痛、嘔吐、一直流眼淚等，沒有人安然無事。」

腦海中再次浮現倒在河裡的那兩個人，太像了，幾乎完全一樣。

「島上的人們說這是因為怨靈作祟，前幾天過世的人也有相同的症狀，這裡真的有怨靈。你們的確是這麼說的，對吧？」

「沒錯，我也記得。」須永以手指點點自己的太陽穴。

「早知如此就不讓你們拍咧，實在抱歉……我記得那時候也是像這樣跟你們道歉，還建議你們還是早點離開的好。你們也沒特別苛責，第二天早上就離開島上了。」

「沒錯，因為除了年幼的我之外，就連攝影組也都相當害怕。他們只是一心害怕自己會死於非命，所以完全相信了島民所說的話，認為你們只是誠心如此建議。」

「什麼意思？其實不是這樣嗎？」晶子問道。

「不。」沙千花一口斷定，「島上的人只是希望我們快點離開而已。因為他們終於搞清楚了，這群奇怪的人真的只是普通的靈能者、還有靈異節目的工作人員而已。不是什麼紀錄性節目的潛入採訪、也不是什麼環境保護團體，是完全不知道這座島內情的人。」

「欸？」淳發出了疑問的聲音。

總覺得聽見了與眼下這個場合完全對不上的詞彙。是話題偏移了，還是聽漏了什麼？

沙千花瞥了淳一眼，「那個人死後我就稍微調查了一下，也做出了假設。昨天來到島上、今天早上看到宗作先生的樣子、爬上疋田山、看見倒在河裡的那兩個人，之後我就確定了。暈眩、頭痛、嘔吐、流淚、發紺、呼吸困難、全身痙攣、昏睡，這些全部都是**吸入硫化氫的症狀**。」

「啊？什、什麼？」麻生的聲調滿是錯愕。

沙千花站穩腳步，對著房間裡的所有人說道：「疋田山的西側，在八〇年代中期左右就開始有人非法傾倒產業廢棄物。」

「我們來的時候，島的另一邊有艘空的平板船對吧？那個就是用來棄置產業廢棄物之後要回本島的船。霧久井島的人們接受了那東西，我想應該是收了企業那邊的錢吧，當然其中還包含了封口費。產業廢棄物的種類也是五花八門，不過丟棄在疋田山裡的東西應該是混入了大量建材用的石膏板。而石膏板和水發生化學反應就會出現硫化氫，所以下雨天就會大量產生。平常是不會有事的，基本上會經過山本身往東邊洩出。最糟糕的情況，頂多就是沉積在山上的墓地那裡吧？因為硫化氫比平常的空氣重，只要不特別前往墓地，就不會有人受害。至於那令人感到不舒服的腐敗氣味，也就是所謂的『硫磺氣味』，你們就用木炭來吸附除臭。但是……」

沙千花提高音量，一口氣把話說完。

「若是下了大雨後有強風從西邊吹來，硫化氫就會**穿越疋田山散播到聚落裡**。霧久井島會在這種特定條件下被毒氣包圍。各位恐怕在宇津木幽子來之前，正是在煩惱這個問題。所以也訂立了幾個簡單的對策，像是大雨之日不要外出、如果西風過強造成毒氣可能飄散下山，橘巡查就會鳴響警報。然後大家就來到比疋田山更高的這座山頭避難。」

室內鴉雀無聲，寂靜到幾乎能聽見汗滴流過臉頰的聲音。

一片沉默當中，沙千花再度開口。

「然後就發生了宇津木幽子那件事。拼命追問她各種情報，再打造出這座島原本就流傳著怨靈出沒的傳說，先讓我們接受，接著再把人趕走的，就是這兩位。也就是說怨靈什麼的，不過是為了能度過當時難關所捏造出來的東西，到後來就成為整座島共用的藉口。疋田怨靈才不是什麼古老的傳承，只不過是借用藝人靈能者的詭計、被島上用來作為硫化氫和其被害狀況的隱喻罷了。看起來像是風俗習慣的行為，只是為了隱蔽非法丟棄廢棄物這件事，或者是要保護自己不受有毒氣體所害而已。不管是不讓外面的人登上疋田山、或者是在家裡擺放木炭製成的『黑蟲』、還有在雨天把自己關在家裡、以及現在大家待在這裡，這些全都是如此。」

影子們一動也不動、只是靜默。

「哎呀，小姐還真是清楚哪。」

須永呵呵笑了起來，伊庭則不服氣地嘖了一聲。

所以真的是這樣嗎？沙千花說的是真的？

「所、所以沒有怨靈嗎？」

靈子依然站著，目瞪口呆地看著沙千花。

「對。」她一臉抱歉地轉了過來，「對不起。我剛才說了謊。畢竟是生死交關的當下，就算這才是事實，突然說什麼其實是有毒氣湧出，反而不會有人相信我——」

「怎麼可能！」

麻生大喊，雙手撐著牆壁站了起來。

「當、當然，沒有怨靈也不是問題。可是產業廢棄物是怎麼回事？硫化氫？那種現代的無趣東西怎麼可能存在於這個霧久井島！鄉下地方就應該會有當地的習俗啊，偏鄉一定是充滿在地風俗的！疋田怨靈應該是令人畏懼而且崇高、這座島上值得誇耀的民俗才是啊！」

他一口氣說了這麼一大串。

嘻嘻、呵呵，四下傳來各種忍俊不禁的笑聲。還有人發出了嘆息，彷彿在表示「真受不了」。「這位小哥啊。」附近一個圓臉的老婆婆，用幼兒般的聲音喊著。

「你喜歡橫溝對唄？還有什麼京極、跟什麼三津田來著的作家是吧？這裡偶爾會出現像你這樣的人啦。我們就隨便講點怨靈的事、給他們看看『黑蟲』，他們就很高興咧。說什麼風俗**超棒**、習俗**好酷啊**之類的，大受感動，然後就心滿意足地離開了。」

「就是說哩，**這種話題拿來當煙霧彈正好勒**。」

旁邊的老婆婆點了點頭，斜後方的老人只轉過半身，「那種人根本沒打算好好看看霧久井島，只是追求一種似曾相識、其實根本不存在的島嶼還是鄉下情景哪。」

他口中僅存的銀色門牙閃爍著光芒。

「是哩，我們只是給了點他們想要的東西，滿足他們的需求啊。」

「小哥你也是吧？覺得**這就是**你理想中的島嶼，所以才會搬來的吧？」

「沒想到居然有人想住下來。」
「開會的時候也鬧了好一陣子哪。」
「是嗎。」
「噢噢對了，那時候的確是……」
麻生聽著老人們你一言、我一語的，感覺就像是快哭出來了，最後還是跌坐在地，縮起身子擋住自己的臉。淳默默看著某一臉悲傷地輕撫著麻生的頭。
沙千花又再次開口。
「害怕的對象明明是怨靈，卻絲毫沒有在祭祀的樣子。這裡完全沒有太宰府或者將門塚那種御靈信仰*的氣氛，所以我再次來到霧久井島的時候，對於這點就抱持疑問。搞清楚問題後，這個狀況就很容易理解了，畢竟不管是祭祀或者祈禱，H2S——氫與硫的化合物都不可能變成無害的東西，也不可能乖乖避開島民。」
「確實如此。」
須永開口回應，但他的嘴邊已經失去了笑意。
「怨靈……毒氣並不會那麼頻繁地下山，**偶爾發生而已**。從八六年產業廢棄物來到島上以後，狀況普通的大概四次，很嚴重的兩次。啊，加上這次是三次了。三十一年來，大小共計七次，算起來四年還不到一次呢。」
「比奧運還更不常來哪，哈哈。」

不知是哪個島民插進這句話，但誰都沒有笑出來。

「……畢竟也不是那麼常來，與其想辦法根絕、不如就隨它去唄。就算我們是被害者，要抗議也是挺累的呀。說老實話，還真不知道是誰出的錢、誰該負責這事。製造商？工廠？廢棄業者？還是政府？」

須永的臉龐在黑暗中浮起，看起來比先前蒼老許多，聲音也相當衰弱。

沙千花聳了聳肩，「看來留在這座島上的人，對於丟出產業廢棄物的那些人來說真的是挺適合的對象呢。」

以憐憫的心情環視在場的老人。肩並肩的影子們掀起了小小的騷動。

「怎麼說都好。」

須永大大嘆了口氣。

「那你打算怎樣咧？現在要來打倒我們、為你的外婆報仇嗎？我是沒關係啦，雖然我們沒有殺她的意思，但的確也沒有阻止那些人往墓地那裡去。」

「應該是兩三年後就過世了吧？我記得在訃文欄上有看到。」伊庭接著說。

「真是覺得做了件壞事哪。」

「那件事之後再說。」

＊古時候的日本人認為天災或疫病的發生是來自於懷抱怨恨或冤屈而死之人化成的怨靈作祟，因此將其視為御靈祭祀以求消災解難。九州的太宰府祭祀的是菅原道真，東京的將門塚祭祀的是平將門，兩者都是日本歷史上赫赫有名、最後在怨恨中離世的代表性人物。

沙千花回答。不知不覺間她又變得面無表情，語氣也相當冷靜。

「為、為什麼！」

這次喊叫的是靈子。或許是腰還在痛，她皺著眉頭轉向沙千花。

「害幽子大人無法振作的就是這些人呀！都產生毒氣了卻不去抗議，就只是蒙混過去，不就是島上這些人害的嗎！雖然他們也算是被害者，但既然是故意的就不能原諒哪！」

因為自己口出的話語而激動萬分，呼吸也跟著紊亂。

「靈子小姐，冷靜點。」

「我怎麼能冷靜！」

她尖聲高喊：「要是那位大人還活著，就能拯救更多的人啊！不該死去的孩子不知道有幾十、幾百個！人家也曾經直接向她道謝。」

那單眼皮的雙眼溢出了淚水。

「她可是親自回了『黴菌民江』用超難看的字寫得七零八落的信件哪！還一樣用大眼蛙的信籤回覆、說『你的靈氣相當澄澈』、『請你不要尋短』唷。那位像神明一樣的幽子大人，就是被這群人……」

靈子那粗糙的手掩住臉龐，雖然想蹲下，卻在一半就大喊「好痛」而僵住。

「好痛，煩死了，為什麼……嗚嗚、嗚……」

對於以不自然的姿勢崩潰哭泣的靈子，現場的所有人都投以同情的目光。

沙千花將手放在她的肩膀上，稍稍放鬆了表情、溫柔地向她搭話。

「靈子小姐，我是說之後再說，請你稍微等一等。」

然後輕輕撫著她的腰，花了些時間讓她重新站好。靈子一邊哭一邊隨她擺布。

沙千花重新轉向須永。

「有個人比我還要更早發現疋田怨靈的真面目，雖然他昨天才來到霧久井島，但是靠著所見所聞和一番思考就發現了，而且也注意到橘先生在負責監視。」

她一開口就說出令人意外的內容。這時淳看了看住宿的客人。

所以這裡面有人知道這件事嗎？

「是、是誰？」

忍不住開口詢問。

「是岬春夫先生。」

沙千花立刻回應。為了避免自己的聲音被靈子的哭泣聲蓋過，她還提高了音量。

「春夫先生為了確認這件事，所以特地在三更半夜前往橘先生的家。因為他推測在這種風雨天，橘先生應該會負責徹夜監視，結果完全猜中了。橘先生擔憂島上的秘密會被發現，於是趁隙毆打了春夫先生，並且把遺體拋棄到海中。我想島上的各位應該都知道這件事，畢竟這麼重要的事情，應該有在聊天室裡聽本人說吧。」

六

島民們就像是做出無聲的回答，身子全都僵在那兒。附近的老人們試著不與這邊對上眼。晶子這時也遞了條手帕給靈子。

「宇津木幽子的事情很難說完全都是各位造成的，而且那已經是將近四分之一個世紀以前的事了，不過春夫先生這件事是今天才發生的殺人事件。」

算起來應該是十三、四小時前的事吧？聽著沙千花所說的話，模糊地思考著春夫被殺害的時刻。總覺得不久之前才看到他的遺體，又覺得已經是好久以前的事了。不斷發生各種意外，對時間的感覺有些混亂。

伊庭與須永對看了幾眼，一臉不悅地拿出手機，邊滑著螢幕邊說：「他本人的確有聯絡過。大概半夜兩點的時候傳訊息告知你剛才說的事情。觀光客在半夜一點的時候過來，知道了產業廢棄物的事，所以就殺了他……」

他連咳了好幾聲。

「那個叫春夫的人，不知道是同情呢、還是太善良了，說什麼最好要提起告訴呀、自己有什麼能幫上忙的一定會做，肯定有能把這個島嶼變乾淨的方法——據說他是這麼說的勒。」

「咦！」

淳拉高了嗓音。

「橘先生還這樣寫著。〈要是引起騷動會給島上的人添麻煩，實在沒辦法，我只能殺了他〉……」

晶子一臉扭曲地擠出「好過分」的神情，用手掩住了嘴。伸太郎則是愣愣地看著伊庭。春夫的方臉在腦海中浮現。

他會三更半夜跑去找橘，是因為發現了島上的問題而感到痛心嗎？是因為想要幫助島民、成為他們的力量嗎？春夫的確是這種人，他可是會為了精神衰弱的幼年玩伴，特地回家鄉企劃安慰之旅的人。這樣的春夫竟然被橘從背後毆打致死，還被丟進陰暗冰冷的海裡。

就因為會給大家添麻煩，這種毫無意義的理由。

此時又想起了宗作說過的話。還記得在咖啡廳裡，他說自己對於前去幫助他的父親感到無比憤怒，吼著要父親別礙事、還揍了父親。

「你們……」

淳勉強擠出幾個字，怒視著島民們。鄰近的老人臉上抽搐了幾下，站起身來離開淳的身邊。室內頓時騷動起來，四下響起衣服沙沙的摩擦聲和喃喃低語聲。

「等等，淳先生。」

沙千花伸手制止了意欲起身的淳，手上掛的念珠嘩啦一響。

「我可以理解你現在非常情緒化，但是殺害春夫先生的人也已經死了。」

那冷酷的話語真不中聽，瞬間不禁腦袋充血，話語也直接脫口而出。

「你在說什麼哩！這整個島上都是一夥兒的，這裡的所有人——」

「閉嘴！」

沙千花發出怒吼，還瞪向這邊，用她那稚氣的臉龐盡可能表現出憤怒。這和面對靈子的態度完全不同，實在搞不懂是怎麼一回事。是因為說話被打斷太多次而開始煩躁了嗎？

心中充滿了各種困惑和疑問。

「春夫先生被殺的真相，在這裡的島民都很清楚，但你們並沒有掌握橘先生被殺的經緯。對嗎？」

沙千花問須永。須永的表情則微微一陰，像是想說什麼卻又沒開口。

「你們有察覺什麼對吧？」

「是咧，那邊那個叫宗作的小哥，有可能是兇手啦。」

「是、是嗎？」淳畏縮地插話。

沙千花的表情略顯悲傷。

「只是推測而已，因為資訊太少了，所以沒辦法提出可能性以外的說法。那通電話是什麼意思、他又為什麼會去墓地，要是能問本人就好了……」

但宗作還沒恢復意識，仰躺的他仍未睜開眼睛。

「還有一個人可能知道事情的經過。」

「誰？」

伸太郎下意識地發問。就連島民們也紛紛不安地扭動身軀，隨意坐在地上的影子們搖曳著身影。

「古畑先生。我們跑去墓地的時候，他邊哭邊吶喊著我們聽不懂的內容，還把宗作先生拉上來。」

「那是怎麼回事？」

遠遠有個影子開口，周遭的島民們也紛紛附和。

「欸，這也一樣要是能問本人就好囉。」

聽須永這麼說，伊庭點了點頭。

「古畑先生在哪裡？」

沙千花問道。淳也張望室內周遭，凝神細看卻沒有看見疑似古畑的身影。沒見到那獨具特徵、有著仙人般風貌的老人。

「沒過來哪。」

須永沉著聲音回答。他看著那因雨模糊的窗外，悲傷地喃喃說道：「他應該有聽到警報聲呀。」

他似乎還想說些什麼，卻又陷入沉默。不知道他是吞下了什麼話、究竟沒說出什麼，但總覺得能想像得到。

「……那傢伙也實在可憐哪。」

不知是哪個島民脫口而出，接著，老人們紛紛交頭接耳談了起來。

「到頭來還是那個樣子哪。」

「要是能改過來，也是很糟糕啊。」

「現在應該到了極樂世界，和他爸媽重逢了唄。」

「這樣的話，一家人都遭到怨靈作祟啦。」

大腦擅自撿拾起那些令人印象深刻的話語。

「也是因為有那傢伙，所以一直保持下去呢。」

「這次是三個人哪。」

「三個呢。」

「好久沒死人了。」

「欸，太難過哩。」

「雖然發了警報，還是太晚了點，聊天室也是哪。」

「沒辦法呀，突然得要做那種事情，根本搞不清楚前後左右。」

「而且橘先生的屍體就在旁邊啊。」

「沒有人怪你們啦。」

想起了古畑的身影。

他那詭異又像是刻意打造的樣貌。他也是為了要持續「偽裝」疋田怨靈的存在，所以才打扮成那副模樣的嗎？但第一次見面的時候，他真的很認真，看起來完全不像是在說謊。

「早苗太太還正高興她的曾孫出生了呢。」

「哪個孫子呀？和歌山還是奈良那個？」

「與四郎耳朵不行咧，怪不得逃得晚了。」

「最遺憾的還是**比呂**呀。」

「明明還那麼年輕。」

「某種意義來說，他像是大家的孩子呢，**比呂**啊。」

「**比呂**哪。」

「不知在哪兒，等怨靈走了以後，要找到他好好憑弔呀。」

「**比呂**，唉。」

耳邊傳來嘩啦啦、唰啦啦的硬物摩擦聲，隨即發現那是沙千花的念珠聲響。藍色念珠垂下的白色流蘇，在淳的臉前輕輕地晃呀晃的。

「……是那個人？」

就在她的話語說出口之際。

遠方響起了宛如鞭炮般的爆炸聲。

七

啪嚓，一個硬物裂開的聲音持續響著。

左邊角落的窗戶玻璃，出現了有如蜘蛛網般的龜裂，中央還開了個小小的洞。

裂開的玻璃外有個小小的人影，整張臉被灰色的長髮和鬍鬚給掩蓋，看不見他的表情。那濕答答的破爛衣服緊貼著他細瘦的身體。

是古畑。

他用雙手拿著手槍，將槍口對準了這個建築。
「比呂！你還活著嗎！」伊庭怒吼著。
「蠢蛋，快趴下啊！」須永抱著頭蹲下。靈子一邊喊著「好痛」，滾倒在蓆子上。麻生和栞、晶子和伸太郎都緊緊相擁躺下。影子們則緩慢地縮起了身子。
只有沙千花僵站在那兒。
無法動彈，以虛無的視線凝視著窗戶。
看見了古畑拇指那一帶在動，這是常在電視或電影裡看到的動作，是在拉開擊錘。他還打算再次開槍嗎？
心頭不禁一緊，感受到自己彷彿失去了體溫。
瞬間迷惘了一下，淳就朝著沙千花的背後飛撲過去。
下一秒響起了兩次槍聲。反射性地閉上了眼睛。
傳來窗戶玻璃碎裂的聲音。
唰啦唰啦如雨聲般響起的是玻璃碎片紛紛掉落的聲音，還能聽見四下傳來老人們虛弱的哀嚎。「到底是怎麼回事啦！」靈子邊哭邊叨念著。
睜開雙眼，就看到沙千花正在呻吟。或許是撞到地板的關係，她的額頭和鼻子都有些紅腫、眼睛泛淚。
淳連忙稍微撐起身子。
「抱歉。」

「我沒事。」沙千花微微抬起頭來，大聲詢問：「有沒有人受傷？自己附近有沒有很痛苦的人？」雖然到處都有呻吟聲，但沒有人清楚回答。或許有人中彈了、又或者是被玻璃割傷。

「麻生先生。」淳趴在地上呼喊，腳邊傳來「我和妻子都沒事。」

「我和媽媽也沒事。」

伸太郎顫抖地說。往旁邊看了一下，他正用纖細的手腕護住母親的頭。

「伸太郎，你沒事吧？」

「嗯，媽我沒事。」

在這種狀況下互相在意彼此、確認對方安全的母子，實在讓人忍不住盯著瞧。但馬上又驚覺，不是為了這種事情動搖的時候。

外頭的走廊傳來奔跑的聲音。

老人們全都屏住氣息。門開了，傳來啪噠啪噠踢走鞋子的聲音。

正聽見有人喘著大氣或低吼時，便傳來須永不自然的呼喊聲。

「比呂你等等，冷靜點。」

「……啊啊，我很冷靜。」

維持趴著的姿態，往聲音來源那邊偷偷望去。

那個老人站在那兒大喘著氣。腳尖到小腿都是泥濘，槍口朝著前方。想來手槍應該是橘的東西，感覺是警官會拿的那種老式左輪手槍。

「你是比呂哥？」

沙千花硬是推開淳的身體、直起身來。「沒事，我什麼都不會做的。」她將兩手稍微舉起，戰戰兢兢地試著站起來。

古畑從長髮間瞇著眼看向沙千花，終於放鬆全身的力氣。他的手緩緩落下、槍口也朝向了地面。屋子裡緊繃的氣氛稍微和緩了些。

那濕淋淋鬍鬚後的嘴，張口便是：「沙千花。」

他的聲音非常沙啞。馬上回答了沙千花的問題：「是啊，我是比呂，古畑比呂，那時候的男孩。」光是這樣就讓他呼吸紊亂、壓著胸口。

「……很痛苦嗎？」

「是啊，胸口和喉嚨都像在燒。」

他呼地吐出熱氣。是因為硫化氫的關係嗎？雖然成功逃走了，但還是受到傷害。

「糟糕，得趕快清洗。這裡有沒有熱水……」

「別碰我。」

古畑迅速舉起手槍，遠處有老人「咿！」地一聲發出慘叫。

「是怨靈呀，沙千花。」

他搖搖擺擺地說道，用沒拿槍的那隻手粗暴地擦著自己的臉。

「這是疋田怨靈作祟哪，才不是什麼毒氣。老爸老媽身體變差都是怨靈害的，大家都是這樣說的呀。

沙千花走了以後，他們都死了，那時候大家是這麼說的咧。」

「比呂哥。」

「大家都這樣說哩，所以我一直在保護大家呀。要是外面的人來到這裡、遭到作祟就慘咧，所以我拜託大家做了看板，還有『黑蟲』也是為了這個……」

沙千花默默地凝視古畑。全身顫抖不止。

「後來到底怎麼了哩。」

古畑嘖了一聲。

「比呂，你冷靜點呀。」

不知是哪個島民開口勸著。

四下還傳出「別這樣啊」、「表情別這麼恐怖」之類的話語。

古畑一臉憎恨地看著在場的人們。

「你們頂多再過十年左右就會死了、一切也都會結束，可是我還有幾十年啊！」

「等等比呂，你是聽誰說的？」

伊庭遠遠地開口問道。

「是誰告訴你真……我是說，其實這一切都和怨靈無關的事？」

「是橘伯父。」

古畑又抹了抹臉。老人們一起騷動了起來，須永和伊庭則面面相覷。

隨即古畑又默不作聲地將槍口指向宗作。忍不住「呀！」地叫了出來。

「那邊的客人，」古畑咳了好幾聲，「……今天早上我拿新的『黑蟲』過去的時候，那邊的客人正在和伯父爭論些什麼，真的吵得很兇咧。我在走廊上偷聽，結果伯父說什麼殺了你的朋友是因為島上的秘密。還說什麼產業廢棄物、為了島上所以無可奈何之類的，也講了疋田怨靈的事情。聽了以後我的腦袋好、好混亂，搞不懂哪。」

除了古畑以外的所有人都屏氣凝神，專注聆聽他的話語。安靜到幾乎能聽見從長髮和鬍鬚滴下的雨水落在地板上的聲音。

「等我回神，伯父已經頭流著血、倒在地上了。我拿著沾滿血的『黑蟲』站在一旁。那邊那位客人尖叫著、打算從後門逃走，所以我追了上去。」

這就是橘巡查死亡的真相嗎？犯人並不是宗作，而是古畑。

鬆了口氣，隨即全身無力，連忙又提高警戒，畢竟旁邊可是有個拿著手槍的男人呢。而且那男人——古畑根本快要失去理性了。實際上他已經開了三槍，現在還把槍指著大家，怎麼想他的精神都不正常。

古畑再次將槍口轉向呆立原地的沙千花。

「後來我看到那位客人倒在墓地裡，走過去就聞到硫磺的味道，覺得呼吸好難受……所以我才知道，伯父說的是真的。」

所以才會發生今天早上在墓地裡的那個狀況嗎？他之所以大哭，是因為知道真相而大受打擊。不讓我們進去，是因為不希望我們吸入硫化氫。

「沙千花，你能明白唄？我什麼都沒有，而且還殺了人。我、我不能留在島上，但，我只有這座島了。」

他吁出了長長一口氣。

「……所以我一直在找能赴死的地方，但就是扣不下扳機。怨靈下山的時候，我也心想這樣我就會死了吧，結果還是忍不住逃到這裡來。」

他用雙手握著槍，接著把槍柄轉向沙千花。

「你殺了我吧。」

古畑平靜地說道。

島上的老人們都倒抽了一口氣。

雖然在他說話的時候已經多少能預料到，但實際聽到的時候還是渾身起了雞皮疙瘩。

「比呂哥，你在說什麼傻話啊！」

沙千花開口。她勉強擠出笑容，以半開玩笑的語氣說：「二十二年不見，怎麼拜託我這種事？」

「殺了我。」

古畑仍然不帶情緒地重複那句話。沙千花的笑容也逐漸消失了。

「比呂，你胡說些什麼！」

須永忍不住插嘴喊他，聲音和先前並不相同，現在滿溢著哀傷。在他之後，老人們隨即有些為難地接連開口喊著比呂、比呂呀。

古畑沒有任何反應，依然維持雙手遞出手槍的姿勢。

「當然不可能啊！」

沙千花說道。

「我辦不到，在這裡的人也沒有人能辦到。」

「這樣的話，我就**殺人**。」

突然聽見這句話，沙千花倒抽了口氣。島民們也再次陷入沉默。那拿著手槍的雙手顫抖著，幾乎能聽見他發抖的聲音。

「我剛才就打算這麼做，我是認真的，我想殺了大家，因為這種島不如沒有哪。」

黑暗中，他的眼睛在髮絲後閃爍著妖異的光芒。

古畑現在非常危險，他的精神在崩潰的邊緣，在極限的狀況下維持均衡。沒有人知道下個瞬間會發生什麼事情。

「比呂哥，你、你這是在威脅我嗎？」

「我只是把事實說出來。」古畑氣喘吁吁，「而且馬上就能辦到。小學……六年級的時候有學過，**硫化氫很容易和氧結合**。」

啊？沙千花頓時愣住。淳挺起上半身，單膝跪在沙千花身旁。

忍不住妄想了起來，腦中也出現了這樣的景象。

比方說有一根點了火的菸，現在從山頂往底下的山谷、河川方向丟下去會發生什麼事？如果火沒有滅，就這樣直直掉下去，沉積在下面的有毒氣體會怎麼樣呢？容易與氧結合——非常容易燃燒的硫化氫又會如何？

會爆炸。

猛烈的暴風會吹走房子，熊熊燃燒的烈火會將聚落燃燒殆盡。當然，樹木也會燒起來，不管是高的山還是矮的那座山都會燒起來。就算現在有風雨，也不可能馬上澆熄山林大火。更重要的，就是待在山頂的人根本逃不掉。

要在現在的霧久井島上大量殺人實在太容易了。

「有確實關閉火源嗎？」

遠遠聽到有人低聲詢問，肯定是想到了相同的事情而開始擔心。原本聽起來很普通的話語如今卻非常危急。怨靈下山的時候，只要有任何人沒有處理好，整個村莊都會被燒掉，大家都會化為煙塵。就算與這樣的危險相伴，這些人卻還是一語不發。他們選擇將自己綁在這座島嶼上。

異常成為日常的島嶼，這不是用文化或風俗習慣的差異就可以解釋的情況，而是生死界線與外界截然不同的島嶼。當下再次受到震撼，自己的確身在這座島上，惡寒也竄遍全身。

聽到有人在啜泣的聲音，從方向判斷大概是棸吧。也有可能是麻生。

「殺了我。」

古畑第三次說出這句話。他的聲音平穩到不給人選擇的餘地，聽上去就是「你們明白了吧」。

「我希望是沙千花，拜託了。」

手槍在晃動，他的鬍鬚也在左右晃動，是因為他在笑嗎？

沙千花無法回話。

「我想起來了。你從船上下來的時候，我好驚訝啊，想說來了位公主哪。你那時還很小，圓圓的、穿著輕飄飄的衣服對吧？」

「比呂哥。」

「我第一次跟不認識的人說話，真的很需要勇氣呢。我花了好幾個小時，怎麼都忘記了呢？」

「比呂哥……」沙千花的聲音有些扭曲，她正吸著鼻涕。發抖的身體讓運動服發出沙沙聲響，右手手指正摸著左手腕上的念珠。

「快點啊，就是現在。」

他沮喪地聳聳肩，「拜託你，不然我會殺了大家、會燒了這裡。」

他略感煩躁地走向沙千花。

「拿著吧，然後開槍射我。」

古畑用單手遞出了手槍。

就在這個瞬間，腳邊傳來了震動。一個細長的身影遮住了眼前視線，只見長髮飄過。是宗作，他撲向了古畑的手。

他以全身抱過去的姿勢，抓住了古畑的手腕和他握著的槍。

嘎吱一聲。

古畑尖叫著往後跳，他的手上已經什麼都沒有了。

「我拿到了！我拿到槍了！」

撲倒在一群老人之間的宗作，用力擠出聲音大喊。在理解這句話的瞬間，便傳來一聲：「對不起！」

麻生一邊道歉、一邊撞向了古畑，兩人一起倒在散落四方的鞋子上。

淳晚了一步站起來。

「讓我死啊！拜託！殺了我啊！」

手伸向了一邊大喊、一邊試著推開麻生的古畑肩膀。

第五章

咒縛

一

古畑比呂被隔離在避難所旁邊的那間小祠堂裡。這地方看上去雖然古老，但是土牆還挺厚的、格子門也非常堅固。之後他不斷碎念著什麼，被淳和麻生給架著過去。須永、伊庭和沙千花則在外面等著。

祠堂沒有窗戶，裡面放著四個方形袋子，裝的都是防災用品。木頭地板上雖然有灰塵但並不厚，用毛巾被擦一擦就行了。聽說幾星期前剛好才有幾個人來打掃過、換上新的防災用品。但是這裡沒有看到佛像。

「以前這一帶是墓地、還是生活圈呢……」

麻生推開袋子的同時喃喃說著，他一臉認真地看著牆壁、將臉靠近地板。

「也不是什麼師傅做的，就我老爸隨便蓋蓋、只是用來放東西而已，大概是昭和三十年前後吧。」

須永一臉無奈地說著。

沙千花用放在袋子裡的瓶裝水沖洗古畑的臉龐，然後用裡面的毛巾擦拭。就連那長到打結的髮絲、恣意生長的鬍鬚，她也用手指仔細搓洗。在她的指示下，淳將所有寶特瓶都打開來遞給她。

和宗作那時候一樣。現在總算能理解，這是要把附著在體表的硫化氫都洗掉。那個時候沙千花已經有點頭緒了吧，只是還不能確信，所以沒有明說。

「還會痛嗎？沒事吧？」

對於沙千花的問題，古畑只用呻吟聲回答。在被麻生撲倒之後，他就越來越虛弱。喊叫的聲音越來越小、也不再抵抗，之後完全失去力氣。將他搬過來平躺在這裡的時候，已經比小嬰兒還更不會抵抗了。

「你說什麼？」

沙千花將耳朵貼近，古畑動著嘴、用微弱的聲音嘀咕：「……殺了我。」

讓古畑躺好，離開那祠堂——置物間，須永拉上門閂。雨還沒停，不過風變小了，正期待著說不定能夠找救援來了，看著遠方的伊庭卻嘖了一聲：「海象好糟糕啊。」

須永試著打電話給海上保安廳，但風浪還是太大，不管是船隻還是直升機都無法出發。回到避難所，宗作和靈子正在說話，遠藤母子和栞則在他的旁邊。喊了宗作，他有氣無力地露出微笑：「淳，謝謝你把我搬到這裡。」

宗作說明自己恢復意識的經過，他是因為槍聲而醒過來的。嚴格來說是到了第三聲才發現那是槍聲。因為不知道發生了什麼事，害怕到不敢隨便亂動，只能微微睜開眼睛偷看。當他看見古畑、發現槍口朝著這裡的時候，拚了命地忍住不要有任何反應。

「那個人……古畑先生的說明，和我知道的大致上是一樣的。」

宗作衝到橘家，逼問橘為何要對春夫死亡的事情說謊。橘一開始還不斷推託，最後還是說出了怨靈的真面目，說老實話他也沒辦法馬上就相信。

據說當時橘彷彿心一橫，就把這些事情都說了出來。

「那就表示……」靈子一臉狐疑地插嘴。因為腰痛惡化的關係，她現在只能橫躺著。

「是啊，我現在也明白了，他應該打算殺了我吧。」

宗作一臉蒼白地看著手上的手槍。須永和伊庭好幾次旁敲側擊、叫他把槍交出來，但他始終不願意。當然這是為了保護自己，而且不是只有宗作自己，這是為了確保自己以外的所有人的性命安全，很難說大家不會跟春夫一樣被殺死。雖然島民目前讓他們待在這裡，但還是無法令人安心。

宗作又繼續說下去。

他在客廳聽橘說那些事情的時候，古畑突然就從走廊那裡現身，用「黑蟲」毆打橘。橘略為遲疑地逃離房間、奔向走廊時摔倒了，這時古畑就衝上去接連打了他好幾次。當時宗作完全嚇傻了，等到呻吟聲停下來，他的腦袋才終於轉動，馬上從後門逃走。聽見背後傳來腳步聲，他連忙一心一意地爬上山去。

去到墓地的同時就聞到雞蛋腐臭的氣味、呼吸也變得困難，宗作馬上了解到橘說的就是事實。原本自己打算吸入硫化氫尋死，結果當時沒吸到，到頭來居然在出外旅行的時候吸入了，實在諷刺。心裡覺得對不起春夫、對不起淳，同時也覺得「唉，這或許就是命運」，自己的命就是要吸入硫化氫而死。

內心各種五味雜陳，結果宗作還是撥了電話給淳。坐在墓碑之間講電話的同時也逐漸陷入昏迷，據說他還有手機掉到地上的印象。

「你現在沒事了？」

聽淳這麼問，宗作虛弱地點點頭。沒有感覺哪裡疼痛，只是非常疲倦。意識相當清晰、情緒也很穩定，只是稍微有氣無力。就連他自己都還有點不敢相信，剛剛自己竟然在內心衡量著接近古畑的時機、還奪下了手槍。

「這是幽子大人的引導。」

靈子自信滿滿地說著：「自殺未遂的宗作阻止了想要自殺的古畑先生，這不是偶然，肯定是有超越個人意志和選擇的偉大力量在運作。不僅如此……」

靈子指指躺在一邊的沙千花。

「為了讓宗作能做出這件事、在那之前不能死掉，幽子大人還把自己那同時具備護理師技術和硫化氫處理知識的孫女給送了過來呀。」

她不斷點著頭，宗作則是用曖昧的態度回應。

偷偷瞥向沙千花，她一臉凝重地看向窗戶。破掉的玻璃上現在用膠帶貼著塑膠布。

靈子非常熱烈地談起宇津木幽子的豐功偉業，但沙千花毫無反應，也不躲避那些在她眼前走來走去的島民。

或許是風勢變得比較平穩，老人們開始頻繁地進出房間，都是去洗手間。在避難所後方、從獸道那邊看不到的位置設置有簡易的洗手間。

「那個老人……古畑先生是什麼人呢？」

聽見晶子喃喃自語，沙千花才回過神來。話講到累了的靈子有氣無力地回答：「沙千花大人應該很清楚吧。」

「他是這個島上的人，霧久井小學的最後一個學生。比我大兩歲，所以應該是三十二歲。」

「咦？」晶子一臉狐疑，「怎麼會變成那樣呢？」很單純的疑問。

「看起來像個老爺爺呢。」伸太郎說。關於他老邁的樣貌、錯亂的樣子，雖然剛才陸續聽到一些零碎的情報，但還是不明白確切的理由。

「不，這我就……」

沙千花一臉懊悔地垂下眼睛。

「爸媽死後他腦袋就變得怪怪啦。」

附近的老婆婆悲傷地說著，周遭的老人也都一臉無奈地表示沒錯，就是這樣。見時機正好，沙千花便開口詢問：「發生了什麼事呢？」

老人們一臉沉痛地開始訴說。

古畑的祖先代代都是負責保護霧久井島的一族，如果有什麼事情，就請古畑家下判斷，據說這是島上的慣例。

九〇年代初期，島上開始受到有毒氣體所害的時候，島民們理所當然地向古畑家求救。經過協議之後，古畑的父母推出的結論是「我們會負責監視有毒氣體，請大家繼續過著平常的生活」。

大多數島民都遵從這個指示，但是家裡有和古畑差不多年紀孩子的家族，之後接二連三地離開島嶼。家裡有孩子的爸媽，有時候行動起來就會很大膽，因為就算他們自己可以妥協，只要有孩子就沒辦法做到了。結果只有比呂留在這裡，他就這樣成為霧久井島上唯一的小孩子，在隔年遇見了沙千花。

比呂從霧久井中學畢業後雖然升學到家島的高中，但一年就休學了。因為他的父母接連身故，他也因此變得有些身心失調。

「他的爸媽晚年身子骨逐漸虛弱，是因為怨靈的關係哩。」

事到如今，老人們還是把硫化氫說成怨靈。

「不能送他們去本土的醫院住院嗎？沒有人這麼想過嗎？」

就算沙千花這麼問，大家也還是不明其所以然。或許就連他們本身也不明白，自己為何就是不會想那麼做。

果然很奇怪、太不對勁了。

留在這座島上的人，在某個方面完全扭曲了。

麻生夫妻臉色蒼白地靠在一起。

「應該就是葬禮之後吧，那孩子一直刻著去除氣味用的木炭，說那是『黑蟲』，還一臉認真地說那是會驅走怨靈的東西。」

「一開始還以為他在開玩笑，沒多久我們就明白了，比呂他是真心相信疋田怨靈的存在哪。」

「腦袋變得很奇怪咧。」

「我們也沒想到要跟他說明呀，大家都盡可能配合他，實在有點遺憾。」

「遺憾？」靈子忍不住插嘴。

「是哩。」一個老人開口。「他就像是這座島嶼的犧牲者啊，因為我們接受了那些。我不記得大家有特別討論過這件事情，就是順其自然。」

「畢竟平常生活也沒什麼問題。」

「後來我們覺得這樣也好哩。」

「就說是怨靈唄。」

「如果不是這個世界上的東西，那自然是沒辦法處理，就別多想咧。」

「我們只要盡可能過日子就好啦——大概是這樣。」

「那孩子也就變得越來越像是仙人的樣子哪。」

「還住在學校裡呢。」

「說是要當守護島嶼的警備員。」

「唉呀，他是大家的孩子哪。」

「是啊，比呂是我們的孩子、這整座島的孩子呢。」

「他還會幫我家裡的忙。」

「做的工作比橘先生還多哩。」

話題逐漸轉變為島民們自己的閒聊，把外人晾在一旁，淳等人完全插不上話。

沙千花一臉陰沉地盯著萧子。正想向她說點什麼，便聽見晶子語帶啜泣聲地說：「真可憐哪。」

她的眉間擠滿了無數皺紋、鼻孔撐開。

「那個人沒辦法離開這座島吧，完全不覺得自己可以選擇離開。」

晶子遮住了嗚咽的嘴角。

「所以才會要人殺了他，還說什麼要殺了大家，就算知道沒有什麼怨靈，但他失去了活在島上的意義。在他心中，自己只有死路一條了，真可憐，真的好可憐……」

晶子說不下去了，只能不斷啜泣著。

「那種恐怖的人很可憐嗎？」伸太郎一臉認真地詢問。

「不恐怖，是很可憐的人。是最應該要被拯救的人啊，這座島上最應該要救的。」

晶子雙眼含淚、瞪向島民。然而他們絲毫沒注意到、仍繼續聊著天。

沙千花咬著唇，宗作則緊抓蓆子。

伸太郎則是一臉認真地看向置物間所在的方向。

時間緩緩流動，大家也逐漸不說話了。人群密集的體溫提升了空間內的溫度，蒸騰的熱氣包裹著肌膚。

一回神才發現室內更昏暗了，手機的螢幕上顯示是下午六點。

「叫宗作的小哥呀。」

出入口那邊傳來聲音。從那隱約在黑暗中浮現的大眼睛來看，應該是須永吧。

「什麼事？」

「那把槍可以交出來了吧？就算你再警戒，我們也不會做什麼的啦。都有兩個人被打死哩，要繼續隱瞞下去也不可能咧。」

他用懇求的語氣說道。

「如果子彈讓我保管，那我就把槍交給你。」

宗作的回答，就跟擺明了完全不信任對方是一樣的意思。

黑暗中浮現一排黃色牙齒。須永咧嘴一笑，那假牙實在顯眼。

「太無情啦，你覺得我會做那種事情嗎？」

「我看的到喔，你的氣場可是黑色的呢。」

靈子在旁邊一口咬定。麻生擔心地看了看妻子，開口問道：「抱歉，請問大概什麼時候可以下山呢？」

「不是非常肯定。」須永凝視著窗外，「我想應該差不多了吧，沒有風但還在下雨，這樣應該會溶於水流走——」

「等等。」

這聲音聽來很緊張，須永馬上閉上嘴。

晶子跪起單膝，不安地環視四周。

「伸太郎不見了，他去了洗手間就沒回來。」

置物間的門門被拉開、丟在草叢裡。格子門雖然開著，但因為幾乎沒有風，所以裡頭的地板還是乾的。

伸太郎就倒在裡面。

「伸太郎！」

晶子跑了過去。抱起他、拍拍臉頰後，伸太郎呻吟著醒了過來。

「媽媽。」

他呼喊母親的聲音相當細微。

晶子「嗚哇」一聲、激動到哭了出來，緊緊抱住兒子。集合在置物間前的淳、宗作、須永和沙千花面面相覷。

古畑比呂不見了，他不在大家可以看到的範圍內。沒有躲在附近的草叢中或樹蔭下，也沒有躲在簡易洗手間裡面。

稍微走下山察看情況的伊庭回來後，也搖搖頭說：「沒有。」便關上手電筒。

「對不起，要是我跟著你就不會這樣了。」

晶子哭著摸摸伸太郎的額頭。

他似乎被人打了，右邊髮際有些紅腫。

「發生了什麼事？」

須永問道，但伸太郎沒有回答、只是兩眼空虛地望了過來。

「發生什麼事？」

被沙千花一問，伸太郎的眼睛閃出淚光。

「因為他說『放我出來』。」

「比呂哥嗎？」

「嗯。他喊了好幾次救救我，我實在沒辦法放著不管。」

「真是多管閒事！」

須永才剛吐出這句話，下一秒便聽見晶子高喊：「不是伸太郎的錯！」

她用力搖著那河童髮型的腦袋：「全部都是你們的錯！什麼整座島嶼的孩子！你們只是嫌事情麻煩就覺得都算了，隨便糊弄過去，結果害那孩子一輩子都沒了，你們這些鄉下人！」

須永睜大了雙眼。

「說什麼蠢話咧，就是有你這種母親，兒子才會這麼笨啦！」

「住口！」

沙千花聲音銳利地喊著，整個置物間的空氣驟然靜止，晶子和須永一語不發地瞪著彼此。

「欸。」

伊庭忽然出聲，他不知何時站在了稍遠的地方，正往下看著港口那邊、同時向大家招手。小跑步過去後，看向他的視線前方。

那是霧久井小中學校的校舍，從一樓和二樓的窗戶透出了螢光燈的光芒。

「是比呂，看來毒氣沒問題了。」

回頭看著一口咬定的伊庭，淳表示疑問。

「那傢伙住在學校裡啊。廢校以後，公所也一直都有幫忙支付電費和水費。畢竟表面上那裡也算是避難所，就以這個當成證明啦。」

他說話的同時還帶了點嘲諷的笑聲。

「為什麼他會去那裡？」宗作插嘴問道。

伊庭則有些痛苦地呢喃：「……可能是想要死在那裡吧，雖然我並不希望這麼想。」

伊庭和須永將現在的情況告知島民，徵詢他們的意見，但沒有人知道該如何是好。

他們一臉擔心地對望、口吐古畑的名字，發出了「呃唔……」這種稱不上是嘆息或者嘆氣的聲音。他們、她們都一臉苦惱與憐憫，但也帶著更多的疲憊。

「我們動不了啊。」

房間深處不知是誰說了這句話，周遭紛紛響起各種沙啞的「是呀」、「實在很累」、「比呂的事情真的很遺憾」。

當下瞬間雖然想抗議，卻又馬上失去這個念頭。

對島民們來說實在太勉強了。不管是肉體還是精神，他們都已經無法面對全新的困難。就連比較強健的伊庭和須永也都累壞了的樣子。

正打算要放棄，就聽見沙千花表示：「我去一趟。」

「畢竟能動的就剩我而已。」說完，視線還掃向所有的「外來者」。麻生、有孕在身的栞、剛剛恢復的宗作；臉色鐵青到像是幽靈的晶子，抱著一樣蒼白的伸太郎；靈子一臉抱歉地躺在一旁，看來腰痛似乎沒有恢復。

淳的臉上也是一臉疲倦。在這裡休息實在沒辦法恢復，就連當下都還在繼續消耗體力。就算擔心沙千花也無計可施，實在沒辦法陪她一起去。雖然內心是這麼想的。

「我也去。」淳還是開口了。

「一個人太危險了，不知道會不會又有風把毒氣吹過來。」

讓人意外的話就這樣接連脫口而出。根本不曉得為什麼會說出這些話。待在這裡非常安全，根本沒有義務要陪同沙千花的。

沙千花驚訝地看著淳。

「為什麼……？」

「哎，說老實話我也很怕，想到要是吸到毒氣就覺得很恐怖。但是……」

淳的臉上浮現自嘲的笑容。

「要是現在讓你一個人去，我一定會後悔的。」

就算周遭一片陰暗，也能看見沙千花的微笑。既然話都說出口了，淳就不能回頭。簡單打理一下便走向門口。

正打算穿鞋，這時淳停下腳步，回頭走向坐在地上的宗作。

「槍可以借我嗎？」他輕聲地問。

當然是護身用，真沒想到會在現實世界中聽到這種說法，不禁覺得現在實在過於異常。宗作點點頭，交出了手槍。淳正打算接下，卻有隻細瘦且浮出筋脈的手用力地打了下來。是靈子，她一臉畏懼地瞪著淳、又瞪了宗作。

「不、不行啦。」

「為什麼？這沒關係吧。」

「我數過啦，絕對不行咧。」

「咦？」

她抓住宗作的手腕拉近自己，用極小的音量說道。

「子彈還有兩發對唄？現在已經死了四個人，預言說會有六個人……這樣會**剛剛好**啊。」

二

淳走在沙千花後頭，慎重地從獸道下山。時不時就摸摸褲子後口袋裡的槍，確認東西沒掉。走在前頭的沙千花明顯地非常焦躁，這一路已經絆了好幾次，也滑了好幾次，真擔心她會不會跌倒。

突然想起在港口邊緩慢跑來的沙千花身影。淳讓船員們停下。沙千花好不容易才來到船邊。淳跑下去喊她。

「怎麼了？」

面朝前方的她面突然開口問話，忍不住「欸！」地驚呼一聲。

「不，就是……」

「淳先生。」

沙千花放慢步伐。

「你很在意預言嗎？我剛才有聽到靈子說了些什麼。」

淳結結巴巴、什麼話也說不出來。

差點因為泥巴滑倒，連忙降低重心，好不容易才踩穩腳步。

要說完全不在意是騙人的。

裝填在手槍裡的子彈還有兩發，而預言中會死亡的人數還剩下兩個。

因此，前往可能會發生事情的場所、去找那個可能會做什麼事情的人，或許一切就會照預言所說的發生。兩發子彈可能會讓兩個人死去——

靈子的擔憂化為言語，大概就是這樣吧。重新整理思緒，才發現這不過是杞人憂天。這只是將表面上的數字連結在一起，根本毫無根據。「因此」的前後段落實際上並不一定會連結，根本不需要害怕。

只是一旦有過那個念頭，就很容易揮之不去，最大的理由就是今天已經死了四個人，春夫、橘、島民早苗和與四郎。而且也因為風雨的關係而無法找人來救援。

預言正在實現。

宇津木幽子的記述，確實逐漸與現實重疊。

到「翌日天明時」之前——大概還有八小時左右，再死兩個人，預言就會「實現」了。

「……的確是哩。」

坦率地說出心中所想。因為說出口了，結果妄想更加擴大、不安也更加膨脹。

「實在很蠢呢。預言只不過是牽強附會，沙千花小姐也才剛跟大家說過的，真是沒辦法。」

淳慌張地說著、同時跨過凸起的岩石。但沒有聽見回答，沙千花仍然面朝前方、默默地走下山坡。正覺得這片沉默令人感到窒息……

「是詛咒。」

「咦？」

「……好奇怪、明知道很詭異卻又無法拋下的話語。就算想丟掉也揮之不去、雙眼所不能見的力量，那就是詛咒。如果放著不管，就會變得無法判斷。就像是這座島上的人們接受了毒氣。」

沙千花淡淡地說道。雨傘遮住了她的表情，所以搞不懂話題的方向性，但聽得出來她很認真，也能理解她說的意思。

「所以說，現在就是被預言束縛、詛咒囉？」

「對。」

「說起來宗作也像是被詛咒了呢。」

淳這麼說道。與其說是在對沙千花說話，口氣上反倒像是淳在對自己說明。

宗作遭受的權力霸凌，就是被人痛罵。那是使用言語行使的暴力和洗腦，結果把他逼到意圖自殺。如果這不是詛咒，又是什麼呢？要是不稱之為咒縛，難道還有其他說法嗎？

就算身在現代，也還是會有人受到詛咒。就像宗作那樣、就像這座島上的人一樣。

「沒有人不受到詛咒的。」

沙千花回答，一邊用手揮開那大大的羊齒葉。

「大家都會受到某個人——某個人的話語束縛、受其擺布而活，宗作先生也是這樣。我想麻生先生夫妻應該也是、還有遠藤母子。」

「那對母子的部分倒是很容易理解呢。」忍不住插嘴。「他們感覺就是互相束縛哪，不過並不是每個人都那樣吧。」

有些部分同意、一部分無法認同。說「大家」會不會太誇張了呢？

沙千花突然回過頭來，似乎想說些什麼卻又沒開口，最後一臉無奈地嘆了口氣，再次轉向前方。正覺得她舉止奇怪，又聽見她說：「春夫先生應該也是。當然，淳先生也是。」

「我也是？」

「沒錯。」

沙千花在這裡打住，等了一會兒似乎也沒有要繼續說下去的樣子。「淳先生也是」是什麼意思呢？是哪裡被詛咒了？疑問和詭異感在心中擴張。

淳默默地凝視著她的雨傘。

「……完全想不到呢。」

在隱約能看到樹林另一端的河流時，老實說出了心裡的想法。雖然邊走邊思考這件事，但還是一件也想不到。

沙千花半轉身，側臉看起來並不像是悲傷，反而該說是生氣。

「我想也是。」

沙千花冷冰冰地拋出這句話。目光轉往沉默的淳，再次開口。

「宇津木幽子雖然沒有靈能力，但是她的話語是有力量的。有很多人聽了她『靈視』之後說出來的話語就不再感到迷惘、又或者脫離了自己的煩惱和痛苦。我在事務所見過很多那樣的人，一臉神清氣爽地離開、或者是哭得像個嬰兒那樣感謝她。每天都收到好多致謝的信件，寫著讀了您的書我獲救了、聽了您的演講我終於能振作……」

「靈子小姐好像也是那樣呢。」

淳盯著沙千花的腳邊說著。就算沒有靈感、就算無法靈視，宇津木幽子的話語到現在都還是能夠影響人心。

「是啊。」沙千花轉回前方。

「不過，那也是很厲害的詛咒呢。」

「是嗎？不是相反嗎？靈子小姐被拯救了啊……不是該算是被解放嗎？」

淳直率地點出這點，沙千花稍微思考了一下。

「或許應該說，有成為詛咒的潛力吧。比方說要是在宇津木幽子的預言裡面發現了可以解讀成『快去自殺吧』的記述，靈子小姐應該馬上就會自殺吧。我想她應該也會覺得有些迷惘或掙扎，但絕對無法丟到一邊、無視那些文字。」

或許真是如此，正因為獲救所以才受到詛咒，也是會有這種情況的。並不只限於權力霸凌上司怒罵的話語、也不是只有帶著惡意的話才會成為詛咒。有時候人也會受困於所愛的家族或救命恩人的善意話語。

沙千花的話正中紅心、毫無錯誤，但是——

「但，那又如何呢？」

直接了當地詢問。因為實在看不出來這段對話的邏輯，以閒聊來說實在太過嚴肅了。而且這感覺也不像是要去見古畑的路上適合聊的話題。

「還不懂嗎？」沙千花瞥向這裡。

「預言馬上就要完成了，正如同偉大的宇津木幽子大人所說、不，希望能夠如她所說——這座島上有人是這麼想的。**還要再兩個人的話，自己下手也行吧**。」

淳摸了摸後袋裡的手槍，這只是下意識的動作。伸出口袋的槍柄能直接摸到、又隔著口袋布料確認槍身。轉頭回望一路下山的獸道，沒有人影、也不覺得有人下山來的樣子。

「……靈子小姐是那樣想的嗎？」

淳小聲地問道。馬上就接著說。

「不如說她看起來很害怕預言會成真呢，還說不要帶手槍去哩，因為算起來會剛剛好。」

「淳先生，那種人啊，通常都會覺得是偶然的大意志造成的結果，所以會大膽行動，會說這是天啟、天命、命運之類的。以靈子小姐來說，當然就是宇津木幽子大人的引導。」

「但是那個人的腰……」

「誰知道呢？」

沙千花聳聳肩。

「不過，現在有點放心了。畢竟手槍是淳先生拿著，順從引導的靈子小姐絕對無法在那邊開槍。」

仍在沉默時，便聽見：「也不可能朝栞太太的肚子一槍打去，有效率地奪走兩條性命。」

聽到的瞬間，渾身都起了雞皮疙瘩。不禁想像起兩眼充滿血絲的靈子握著手槍的樣子。

從槍口冒出了煙、腹部染血而倒臥在地的栞、一旁哭喊著的麻生、遲疑著該不該逃走的老人們。

「嗯，說不定她現在還在窺探著機會呢，或許會趁麻生去洗手間的時候，直接動手打也不一定啊。」

「沙千花小姐。」淳開口喊她。

「雖然想著就覺得不安，但我更擔心比呂哥。因為最有可能死的就是比呂哥了，他可以殺了我們之中的某個人、然後自己也自殺。」

「呃，沙千花小姐？」

「以可能性來說，擠在避難所裡的壓力可能會讓老人死掉。不過那應該不能算是慘劇吧？或者是他們在下山的時候，腳滑然後摔到底下之類的。」

「沙千花小姐。」

淳提高了音量。

她一臉驚訝地回頭，瞬間幾乎就要因為濕滑而跌倒。淳連忙跨出一步，拉住她的手腕。

見沙千花鬆了口氣，淳才問道：「你怎麼啦？」接著馬上說。

「你真是那樣想的哩？誰可能殺了誰、那些人可能會死掉，一邊想像這些事情一邊走路？」

她依然沉默、睜大眼睛看著淳。拉著沙千花的手、讓她站好之後，淳有些困惑但還是開口。

「這麼說很抱歉，不過沙千花小姐才是被預言束縛了吧？而且比靈子還要更嚴重對嗎？我聽起來是這樣的。」

一口氣說完這些。

眼前這矮小又有些圓嘟嘟、綁著丸子頭的女性，看起來就像是變了個人。自從在港邊第一次看見她以來，她給人的印象已經變過好多次，但這次更是奇怪。

吹過的風讓枝葉搖曳、大量的雨滴嘩啦啦地打在雨傘上。溫熱雨滴和草木的氣味籠罩了四周。

「……怎麼可能有那種事呢。」

她將貼在臉頰上的髮絲撥了開來，有些抽搐地笑著。

「那你為什麼要特地在這種時候來到島上？你也知道預言的事情吧？」

被淳這麼一問，沙千花的笑容馬上就消失了。

那是在一起追蹤宗作的時候，持續盤踞在腦袋一隅的疑問。

「我說過了吧？我是要來揭開疋田怨靈的真相，預言什麼的根本不重要。」
「這樣的話，上星期或下星期都可以啊，為什麼要選這時間？」
「預言不會成真的，不可能發生那麼不科學的事，比起這個我們要趕快去找比呂哥……」
「再問一次，為什麼——」
「**我是來確定它不會實現**。」
沙千花打斷這句話，連忙補充：「就是來調查怨靈，然後順便確認一下，真的只是順便，就把要做的事情排在同一天而已。」在淳要開口說什麼之前，她又繼續說下去。
「反正那個人說的事情不會實現的，所以我就試著在預言所說的那天、去到預言中的地點，當然這是能夠去確認的情況下才會這麼做。最後什麼都沒發生、知道沒實現的瞬間我就可以嘲笑她了。宇津木幽子不過是個普通人、是個服裝喜好惡劣、有誇大妄想病的老太婆而已。這一次也是這樣。」
她快速地說完，就算四下一片昏暗也能確定她的雙頰泛紅。
「取得護理師資格也是為了方便，因為這樣可以在任何地方工作，優先前去確認預言。這麼一來，我就可以證明那個人一點都不偉大、只是普通人。好啦，這個話題聊夠了吧？」
她沒有等候回應，就繼續往前走去。才邁出腳步就滑了一跤，一頭栽進羊齒植物叢中。枯萎的巨大葉片因此沙沙作響。
沙千花的上半身掩沒在羊齒植物叢裡、一動也不動，甚至沒發出任何呻吟。雖然濺起的泥巴讓 T 恤到處都染上了棕色斑點，但淳毫不在意、協助沙千花起身。丸子頭壓扁了、濕淋淋的臉龐黏著許多棕色的葉子碎片，但看上去應該是沒有受傷。

沙千花一臉尷尬地別過視線，喃喃自語：「這種事情倒是預言一下啊。」

「啊？」

「會摔倒啦、會遲到啦之類的，如果預言這種事情，我可就謝天謝地啦。就算沒說中也沒什麼關係。為什麼都說一些大意外、地震、還有隕石之類的……」

沙千花用袖子擦著臉龐，一邊不斷說著好像是抱怨的話。唉呀這是在使性子呢，已經有些年紀的孫子，在對早已死去的外婆鬧脾氣。

「……你很喜歡外婆啊？」

淳問道。撿起雨傘遞過去。

「要是討厭的話，就不會期待她做那些事情唄。」

「不，我討厭她。」

「沙千花小姐。」

「那**淳先生喜歡你父親嗎**？」

這唐突的問題讓人接不上話。沙千花看向淳的眼神非常認真，感覺不像是在開玩笑。

「……真難回答。」

淳嘆了口氣。

「抱歉，這問題太壞心眼了，我很清楚。」

她的表情相當微妙，像是在哭也像是在笑。

「我的確是受詛咒最嚴重的，相較於其他人，我更是受到宇津木幽子的話語束縛。」她說道。

「為什麼？」

淳簡單率直地詢問。

「母親在生下我的隔天就死了。」

沙千花抬頭、直勾勾地看著淳。

「據說是產後月子沒坐好，但外婆卻有那樣的預言。當然那只是偶然，只是剛好有留下可以解讀成那種意思的詞句。但是在她心中是不同的。宇津木沙千花如同預言所說的那樣殺了母親，這就是宇津木幽子力量的證明。我就是這樣被養大的。」

三

穿過獸道下了山，沙千花從隨身包中拿出筆燈。浮現在光線中的是橫躺在河流裡的兩具老人遺體。與四郎和早苗。他們的紫色臉龐痛苦扭曲。

剛聽見深呼吸一口氣的聲音，便看見沙千花往河川小跑步過去。她蹲在遺體身旁，回過頭來。露出了哀傷的表情，沉默不語

她無法丟著遺體不管。

淳學她憋氣，兩個人一起把與四郎和早苗從河裡拉起來，讓他們仰躺在一邊。沙千花默默為遺體闔上雙眼，拿起念珠、雙手合十。接著淳也雙手合十。

站在兩具遺體前、就要閉上雙眼的瞬間。

〈死之手撫山而下〉。

腦海中竄過預言的一節文字。隨即揮開念頭閉上眼睛。盡可能不去想什麼情節符合不符合的問題，專心為兩人祈求冥福。

走到民宿麻生前的道路，沙千花再次開始呼吸。「好像沒問題了。」對著這裡點點頭。淳戰戰兢兢地吸著氣。

沒有異臭。應該就像沙千花說的那樣，已經沒問題了。但還是不能完全放心，光是要讓空氣進到肺裡就覺得很緊張。

「真是糟糕。」

沙千花開口，將筆燈轉向河岸邊的兩具遺體，馬上又放下。

「避難的時候不管人家死活，現在又覺得不該把遺體丟在那邊。」

「沒辦法呀，現在我也理解了，要是一個不小心，自己也會被捲進去的。」淳這麼回答。

硫化氫比空氣重，所以會沉積在靠近地面的地方。如果彎下腰靠近倒地的人，很容易就吸進毒氣。但是在那種狀況下就算說什麼硫化氫之類的，大家肯定也不能理解的。所以沙千花威嚇大家，說那是怨念、是作祟，然後將淳一行人帶到山上，這個做法是正確的。

回想起她領頭走在獸道時威風凜凜的一舉一動、強烈的說服力，想來都是繼承了她的外婆吧，正確來說是「不想繼承卻也繼承了」的資質。

從跌進羊齒植物叢後到下山之前，沙千花斷斷續續地說起了自己的過往。

宇津木幽子在女兒死後，就將那孩子——對自己來說就是孫女的嬰兒接回家，自己養育。「沙千花」這個名字是幽子取的。知道沙千花的母親其實有打算取的名字這件事，是在宇津木幽子死後，整理遺物時發現的。據說在置物櫃的深處，找到了應該屬於母親的日記。那是本很像幼稚園孩子使用、畫著 Hello Kitty 的小筆記本。

「名字是數美。」

雖然向戶政事務所申請改名，但不被接受，因為並沒有明確的利益受損。至於父親，沙千花直到現在都還不知道他的樣貌、叫啥名誰、是什麼樣的人等等。據說沙千花的母親由於身為「知名靈能者的女兒」而暴露於世間的好奇心之下，所以非常痛苦地過著自暴自棄的生活。但這也是從宇津木幽子那裡聽來的，是真是假無法確定。母親的照片也都被幽子處理掉了，因此沙千花對自己的父母一無所知。

接受讀寫教育是在上幼稚園以前，兩歲的時候就開始了。進了小學馬上就被逼著閱讀困難的書籍。《天界與地獄》、《面紗下的伊西斯》、《心靈講座》、《大本神諭》……這些都是近現代的心靈及神祕學書籍。沙千花試著將標題給記下來，但具體來說裡面寫了些什麼、有什麼樣的價值，她完全無法理解。

「無論哪一本都是些誇張的捏造故事或誇張的自吹自擂，或者兩種都寫。」

沙千花在小學一年級的時候，已經發現宇津木幽子所謂的靈或靈感，都只是一種「信仰」。至少她所說的那種靈之類的東西根本不存在，她也完全沒有對外發表的那些靈力。這點沙千花倒是完全理解，也是從那時候起，就能看穿冷讀法和熱讀法之類的招數。

在事務所「靈視」委託人的宇津木幽子。「鑑定」送來的靈異照片的宇津木幽子。在電視節目攝影機前「猜測」藝人「前世」的宇津木幽子。在演講的時候向大家「報告」死後世界「真相」的宇津木幽子——沙千花都在身邊看著，這是幽子教育的一環。

「或許應該說，她是逼著我在一旁看著。可是我想去跟朋友玩、也想去學校。」

聽到這裡，才意識到她給人的印象不同之處。沙千花所處的環境雖然可說是比較特殊，但實在無法當成別人的事情看待。少了親人、交不到朋友，在這兩點上，沙千花和淳非常相似。突然覺得有種奇妙的親近感。

外婆死後，沙千花就跟遠房親戚住在一起。聽說幽子留下大筆遺產，所以親戚相當歡迎她，而她也交到了朋友，和先前相比，每天都過得自由又舒適。沙千花過著相當滿意的日子，卻無法解開外婆的詛咒。到了現在，她都還是被宇津木幽子的話語給束縛著。

「要不要猜猜遺書上寫了什麼？」

在回答之前，沙千花便自己說了出來。

「〈要乖乖聽外婆的話、像之前那樣好好過著正確又幸福的日子。也要好好保存這封遺書唷。〉——你看？很蠢對吧。她根本不知道自己讓孫女過得有多麼痛苦。所以我一直想著要撕掉遺書、或者是燒掉算了。」

這種說法聽來另有涵義。淳平靜地問道。

「……但是你都辦不到？」

「對。一直到現在都還收在最高處櫃子的最裡面。我還真是聽話。」

她露出悲傷的微笑。

「所以才來確認預言？」

「來確認它不會實現。」

對於淳的問題，沙千花依然堅持補充自己的說法，似乎就是無法退讓。

不可以信仰外婆。預言那種愚蠢的東西，得要堅持理性面對才行，她是這麼想的。另一方面，又無法選擇「不去面對」的做法。親戚過世以後，她就在浪跡各地，一邊從事護理師的工作、一邊到處確認預言——不，是確認預言沒有實現，所以會持續在預言的時間造訪預言裡提到的地點。

她說自己只有兩次向周遭之人述說外婆的束縛。第一次是養育自己的親戚、第二次是護理學校的同學。無論是哪一邊，傾聽者都只說了「別在意」就結束話題，後來她就不再告訴任何人了。發誓絕對不會再提起這件事。

聽完這段回憶，心裡也有底了。這樣就能理解她一舉一動的意義。

沙千花只有宇津木幽子。

正確來說，是她能夠依靠的只有「宇津木幽子的話語」。就算邏輯上想要否定外婆，在感情方面還是傾慕、需要外婆的。就算能夠理解這是一種詛咒、一種束縛。

正因為如此，現在她無論如何都想要幫助一樣被束縛在這座島上、只能依附這座島嶼的古畑比呂。

默默地持續前行的沙千花，左腕上的念珠正閃閃發光。

「不過，又是為什麼呢？」

淳對著她的背影問話。

霧久井小中學校的校舍近在眼前，學校大門拉開了一半。透出燈光的校舍內看不到人影，也只能聽見雨聲和自己等人發出的聲音。

沙千花停下來，轉向這邊。

「你說什麼？」

「抱歉，我是說剛才的話題。你不是發誓絕對不再提起詛咒的事嗎？」

淳重新發問。

這是很單純的疑問，畢竟實在很在意她為什麼要在這種情況下表明一切。下山路程中的漫長談話，是否都是她為了要談自己的事才設下的前置作業？忍不住這麼想著，現在確認應該沒什麼關係吧。

沙千花的表情有些複雜，不知道是迷惘、還是在思索。正這麼想著，便聽見她的答案。

「因為我覺得你會懂的，畢竟……」

她瞇起了眼睛。

「淳先生擁有非常強大的守護靈。」

說完後，她「呵」地一聲、嘴角浮現了笑容。

「唉呀，這時候突然『靈視』也太——」

帶著苦笑說到一半，鼻子就聞到些許氣味。

是雞蛋腐壞的味道。

也就是所謂的硫磺氣味、或者說溫泉的味道。

這不是錯覺，這附近的確飄散著那樣的氣味。

風正從西側——疋田山那裡往下吹來。

四

「快跑！」

沙千花丟下雨傘、奔跑穿過校門，而且掩著口鼻。淳慌張地追了上去，馬上就跑到了她前面。

進入校舍應該是最好的辦法了。雖然無法期待這裡的氣密性，但至少先跑到樓上的話應該就沒那麼緊急。正這麼想著，突然就聞不到那種氣味了。風明明還在吹，卻完全沒有雞蛋腐敗的味道。

「咦……？」

才剛要停下腳步，就聽見沙千花大喊：「不行！」

「硫化氫會麻痺鼻子，不可以掉以輕心、不要呼吸！」

咚咚咚地跑向校舍大門。

兩邊的大門都上了鎖。淳用力晃動門把，門在發出嘎吱聲響後還是沒有打開，古畑也沒有要從裡面出來的感覺。

要繼續憋氣是越來越困難了。

壓著痛苦的胸口，接著感受到眼睛一陣刺痛，瞬間便飆出眼淚。臉上浮現痛苦神情的沙千花，將筆燈照向花圃。

潮濕的土壤上，有個小西瓜大小的灰白色石頭。淳丟下傘跑了過去，用兩手抱起石頭、用力地朝著玄關大門的玻璃砸下去。

碎掉的是石頭。

發出霹靂啪啦的輕巧碎裂聲響後，石頭化為碎屑滾落到腳邊，愣愣望著絲毫沒有裂縫的玻璃，只見沙千花用左手掩著口鼻、以右手比出拇指和食指手槍。

淳從褲子後口袋抽出了手槍。

完全沒有開過槍、也不知道開槍的方法，就只有在電視或電影裡看過幾十次而已。但現在沒有時間迷惘了，毒氣刺激眼睛、帶來劇烈的疼痛，頭痛也貫穿了太陽穴。

用兩手握住手槍，淳對準了鑰匙孔附近的玻璃。用拇指壓下擊錘，將食指放在板機上，一鼓作氣按下去。

「碰！」地一聲，彷彿鞭炮在眼前炸開，冒出的煙比想像中的還多，鼻腔裡竄過一絲火藥燃燒的氣味、落下的彈殼在腳邊滾動。
玻璃破了大約一公分左右的洞，周遭呈現放射狀的龜裂。淳舉起腳，用力往玻璃踹下去。粉碎的玻璃往玄關內側四散。
淳將手伸進去摸索了一下，用力轉開。在聽見喀鏘聲響的同時，門也打開了，接著連滾帶爬地從鞋櫃之間跑過。
到了走廊後立刻就往最近的樓梯跑去，像是要破裂的痛苦朝胸口襲來。
回過頭發現沙千花蹲在一邊。她緊握著筆燈、臉部脹得赤紅。
淳迅速跑到她的身邊，一口氣將人扛了起來。瞬間還因為用力過猛，讓槍掉到地上。連忙撿了起來，急如星火地跑向樓梯那邊。
淳用單手拉起鑲嵌在樓梯轉角處的防火門，接著用力甩上。
門沒有關上。
合葉的部分有一半都生鏽了，所以只能關上一半。
接著又試著踹了好幾次，但門板只是晃動、無法關上。無可奈何之下，淳在橘色階梯上三步併作兩步往上飛奔。
在快要窒息前好不容易到達了二樓。
「呼啊——」
爽快地呼了一口氣，接著立刻吸氣後就倒在走廊上。淳簡直像是用丟的一般讓沙千花滾到一邊，上氣不接下氣地喘著。

「沒事吧、沙千花小姐？這裡沒問題的，毒氣沒有跑到這裡。」

在痛苦的呼吸之間說完這段話後，淳就翻到一旁、躺成大字型。

眼睛仍然相當刺痛，不過頭不痛了。

沙千花喘得像條狗一樣，將手撐在地板上就要起身。或許是被丟下來的時候撞到地板，她的額頭有些紅腫。

「抱歉，我太不小心了。」

淳立刻彈起身來，用雙手包著她的臉龐。

「會不會痛？有沒有頭暈？」

沙千花全身無力、把頭抬起來望著淳。

「沒事。」

她用虛弱的聲音回答，然後抓住淳的手腕。「習慣了，我動作比較緩慢。」

「……的確是，我有發現。」

「我想也是。」

哈哈，沙千花乾笑著。淳也笑了出來。

這種情況下竟然能笑得出來？而且還有一起笑的人？內心深處不禁覺得有點驚訝。在這座被毒氣包圍的島嶼上，面臨九死一生的關頭，訝異頓時在心中油然而生。

不——或許因為對方是沙千花，所以才能笑出來。她是個臉龐稚氣、擁有神奇魅力和坎坷人生經歷的女性。淳和她明明有著天壤之別，卻覺得她給人一種奇妙的親近感。

好不容易緩過氣，沙千花站了起來。淳拿出手機打電話給宗作，一邊告訴他狀況、一邊將沙千花掉在地板上的筆燈撿起來。

「——所以現在不可以下山，麻煩跟大家說一聲。」

「好。剛才遠藤太太說有聽見槍聲，大家安慰她只是錯覺……」

手機擴音喇叭傳來宗作不安的聲音。完全可以想見歇斯底里吵鬧的晶子和困惑不已的伸太郎，以及大家拼命安撫她的樣子。淳簡單地說明目前狀況。

「太好了。」

呼，聽見了那一頭傳來鬆了口氣的聲音。

避難所裡的人雖然都相當疲累，但似乎沒有什麼異常狀況。栞已經恢復到能夠笑著閒聊的程度、靈子好像也可以走動了。島民裡頭並沒有身體狀況特別糟糕的人，還有人早就睡死了。

「現在所有人都在嗎？」

突然想起該問問這件事。

「當然。怎麼了嗎？」

宗作好一會兒才狐疑地回答。

所有人都在，沒有任何人下山。也就是說不會有人來到這裡，殺掉最後兩個人。揮去腦中無聊的想法與妄想，道完謝以後就掛掉電話。

「比呂哥！」

沙千花站在走廊正中央大喊。

「你聽見了嗎？毒氣來了，不要去一樓喔！」

她的喊叫聲在無人的長長走廊上轉過一圈回音後便消失。沒有回答，甚至沒有聽見任何聲音。她開始有些焦慮，一臉煩躁地望著走廊，豎起耳朵。

「……該不會在一樓吧。」

「不知道呢，我們這麼吵，他應該會注意到的。」

「要不要把其他防火門也拉上呀？北邊和南邊的樓梯。」

「不……應該沒辦法吧。」

淳回答。

不管哪扇門感覺應該都關不上，可見這裡真的完全沒有打算要用來當成避難所。校舍老舊的程度比外觀還要嚴重，這樣的話應該往更樓上逃會比較好吧。在那之前是否應該確認一下，古畑究竟是不是在二樓會比較好呢。

沙千花再次呼喚，但仍然沒有回應。

二樓的教室裡並沒有看到古畑的身影，保險起見也去看了一下廁所，但不管是男廁還是女廁都沒有人。

從北邊的樓梯上到三樓，走廊一片漆黑。在樓梯牆壁上發現電燈開關，雖然按下去了，燈卻沒有亮。在黑暗中定睛細看，發現走廊上的燈管都已經被拿掉了，不論哪間教室裡的燈都沒有亮。試著呼喊古畑，但還是沒有反應。

淳將手上的筆燈轉向走廊，照著地板的同時也跟著蹲下，堆積在奶油色地板上的灰塵雖然留有足跡，但數量太多了反而難以分辨，並不是剛好只留下一個人的腳印。

不禁感到有些焦躁、心跳也越來越快。

「古畑先生！」

呼喊聲在空蕩蕩的走廊上迴響，忍不住加快了腳步。不光是淳、沙千花也是如此。

除了古畑之外，更令人在意的就是硫化氫。萬一氣體就這麼沿著樓梯上來，讓樓上也充滿毒氣的話又該怎麼辦？就算跑到屋頂也不一定就能得救。

雖然必須盡快，但趕這時間說不定也沒用。同時感受到焦躁與徒勞，卻仍然加快了腳步。

走廊上的洗手台裡那一整排的水龍頭，都在滴滴答答地滴著水。

教室大半沒有鎖上，就算門有鎖，窗戶大多也開著。教室裡面的燈管並沒有被拆掉，進去以後就能打開，無法開燈的教室就用筆燈照著確認。積滿灰塵的地板、傾倒的課桌椅，淳打著噴嚏踩進去，然後確認陰暗處的狀況。

這實在令人相當害怕。明明應該不是什麼可怕的情形，但只要眼睛停留在什麼東西上面，惡寒就傳遍全身。忍不住擅自想像起那些東西的意義和經緯，雙腿也止不住顫抖。手腳明明直冒汗、嘴裡卻相當乾燥，喉嚨的疼痛到底是單純因為乾燥、還是硫化氫導致的呢？

生鏽且破破爛爛的打掃用具櫃，櫃體和櫃門之間的縫隙。

只掛了半邊的窗簾隆起的空間。

教室一角有如高塔般疊起來的課桌。

垂掛式的古老燈具因為縫隙間吹來的風而搖擺，髒汙的燈管發出啪滋聲、閃個不停。

灰塵上的足跡、掃把還是什麼東西掃過的痕跡、打在窗戶上的雨聲。

黑板上隱約還留著巨大的「珍重再會」文字、窗框上仍吊掛著紙圈連成的裝飾。

音樂教室那坑坑巴巴的牆壁上，掛著音樂家們的肖像畫。

進了教室以後越來越覺得可怕，但進去以後要再回到走廊卻又更加恐怖。燈光轉過去以後是不是會有某個人——某個不認識的人就站在那裡？下個瞬間，對方是不是就會朝自己奔過來？明明應該是在找古畑、應該要找到某個人才對，卻又對或許有人在這裡的預感抱持畏懼。

非常在意任何一點小聲響。沙千花移動的時候，身上運動服的沙沙摩擦聲實在令人神經緊繃。她的腳或腰部撞到桌子的聲音、鞋子掃過地板磁磚的聲音、甚至是呼吸聲都是如此。

不知何時，淳也壓低了自己的腳步聲。

甚至屏氣凝神。

「明明正常走路就好哩。」

忍不住碎念著。倒不如說讓古畑察覺還更好，要是他沒發現的話，也是挺困擾的。

淳嘖了一聲，整個走廊上都是回音。

「說的也是。」沙千花回過頭來。「我們說說話好了。淳先生知道潮來*嗎？」

淳點了點頭。「嗯，我知道。」

「宇津木幽子就是潮來的女兒。她身上有津輕地方巫女的血液，也可能是因為這樣的關係，所以眼睛不好。」

「不好嗎？」

淳驚訝地問。電視上看起來並沒有那樣的感覺。

「從我們這看過去的右眼應該很模糊，過世前幾乎都看不見了。」

「所以才會選擇靈感、還是什麼神明啟示之類的方式生活嗎？」

「可能吧。雖然她和她母親——也就是我的太姥姥發生過許多事情，但還是對於潮來這個職業抱持敬意，認為是相當偉大的工作。」

「這樣啊。」淳跟在她的後面說：「的確是很古老的職業呢，恐山的潮來之類的。」

腦海內浮現了麻生的臉。這類話題應該是他的興趣範圍吧。自古以來延續至今的傳統、民俗，而且還帶有超自然要素，他肯定會熱烈地高談闊論。

來到南邊的階梯，電燈亮著真是太好了，就連燈管那無機質的白色光線都能讓人感到安心。淳關掉筆

＊日本東北地區藉由降靈解決問事者疑難雜症的巫女。為師徒傳承制，通常由因為各種原因導致視力弱化或失明的女性擔任。

燈，沙千花踏上了樓梯。
「沒那麼古老呢。」
她在走出去的瞬間冒出這句話，一臉理所當然地往下看向這邊。淳則是一臉困惑。
「呃……怎麼會說沒有？」
「潮來是有的，不過『恐山潮來』大概在七〇年代的時候才出現，歷史只有四十年而已。」
「不會吧。」淳睜大了眼睛。
「真的，說起來恐山其實是佛教——天台宗寺院制定的靈山，而潮來是民間信仰中的通靈者，所以本來就是沒有關係的。會混在一起是因為國鐵的行銷活動，你知道『DISCOVER JAPAN』這個活動嗎？」
「嗯。」
困惑的同時也一步步踩著階梯往上走。那是國鐵——也就是現在的ＪＲ公司，為了讓個人和家族的旅行能夠普及而進行的大規模宣傳活動。當時不管是報紙還是電視，都大肆報導地方文化及習俗。
沙千花簡單向淳說明這個活動後又繼續解釋。
「報導各地方的時候，都會採用一些比較誇張的東西、刪掉一些細節，然後把類似的東西混在一起。結果會變成怎麼樣呢？就是讓『都市看到的鄉下』概念變得非常固定。不管是青森還是九州，只要不是都市，那麼每個地方大概就是那樣，有一種大致上的印象。不同之處大概就只有是冷是熱、會不會下雪等等。這就是麻生先生喜歡的風土民情原型。這麼說來，橫溝作品風潮的時間也是七〇年代前後。」
「……那麼我們認知中，鄉下地區從古至今延續下來、有些可怕的習俗，那種概念就是……」

困惑的淳遲喃喃自語著，隨即就聽見沙千花的一聲「沒錯」。

「那些概念本身是現代的產物，恐山的潮來也是。恐山本身是個傳統地域、潮來也是自古便有的風俗，不過恐山的潮來就是一個現代的職業。因為胡來的報導而讓許多人心中懷抱著『與事實不同的青森巫女樣貌』，潮來們便採用這個概念打造出全新類型的巫女。特別強化原本只是工作之一的降靈、還去借用應該完全沒有關聯的恐山菩提寺。靈異照片鑑定和諾斯特拉達姆斯大預言也是在那個時候流行起來的，像宇津木幽子這種靈能者和恐山潮來可以說是同期吧。」

她的臉上浮現笑意。在螢光燈的照射下，臉頰上的酒窩也更加顯眼。

來到三樓和四樓的樓梯轉角平台時，沙千花止步，豎起了耳朵。

「……所以宇津木幽子雖然是潮來的女兒，但並不是恐山潮來的女兒。那個人對於這點特別嚴謹，就算有時候會加油添醋一些，也絕對不會說自己是恐山潮來之女，就算攝影機在面前也一樣。」

「這樣啊。」

淳「嗯」了一聲，欲言又止。思考了好一會兒才提問。

「沙千花小姐是因為知道這些事情，所以才會發現怨靈的真面目嗎？」

試著提出自己的推論。

「或許吧。」

她隨意點點頭，又繼續爬起樓梯。接著大嘆了一口氣。

「但是如果沒有那個人的『靈視』，就不會催生怨靈了。要是她沒有說那些多餘的話，這座島上的產業廢棄物或許就能更快被攤在陽光下。」

「是這樣嗎。」淳沉吟著。

「就是在給人添麻煩。那個老太婆總是把周遭的人耍得團團轉——」

沙千花突然停在樓梯正中央，摸了摸自己手腕上的念珠。淳在轉角平台處抬頭看著沙千花，她的念珠發出細微的聲響，左手貼在耳後。

了解她的意思後，也跟著專注聆聽。

嘎咿咿、嘎咿、嘎咿……

上頭傳來奇妙而且討人厭的聲音。

不清楚那是什麼聲音、也沒辦法想像，只是有種很不好的預感開始湧現。

沙千花連忙奔上階梯，雖然她是一口氣跑起來，但還是非常緩慢。淳馬上追過她、抓住她的手，一個用力就掉了筆燈。

「趕快，這個話題等之後再說。」

淳在黑暗中說著。

從氣息和呼吸感覺到沙千花點了點頭。

撿起腳邊的筆燈，往樓上照過去。聲音沒有停歇，持續都還能聽見，越聽越覺得心情紊亂。

淳拉起沙千花的手往前奔去。

五

四樓的走廊燈管也都被拔掉了，教室裡也漆黑一片。

從最近的教室開始確認，但古畑並不在裡面。從洗手台旁邊走過，雖然將筆燈照向那邊，但是並沒有發現特別令人在意的東西。只有右手邊的水龍頭流著一絲水。

就在再次將燈光轉向走廊的瞬間。

「啊！」

淳倒抽了口氣，沙千花的身體顫抖個不停，念珠也微微發出聲響。

位於中央樓梯正面的那間教室，門是開著的。仔細聆聽，就會發現剛剛那種聲響是從那裡傳來的。

嘎咿、嘎……嘎咿咿……

就是那個聲音。

和在樓梯時聽到的一樣。

「比呂哥。」

沙千花嘴裡喃喃念著，靠到門邊、戰戰兢兢地往裡頭窺看。

嘎咿……

在筆燈的光線中，浮現一具衣衫襤褸的細瘦身體。

沾滿泥巴的纖細雙腿搖搖擺擺、在空中晃動著。從指尖滴落的水滴，無聲無息地落在地板和課桌上。

有好幾張課桌倒在地板上，令人想像它們被疊起來之後又被踢倒的樣子。

古畑比呂吊掛在教室的正中間。

捲成細布條形狀的窗簾勾在燈具上，他的臉龐隱沒在鬍鬚和髮絲後，完全看不清。吊掛的遺體因為慣性而搖擺，讓燈具發出嘎咿嘎咿的聲響。

發現這間教室的燈管還在，於是按下牆壁開關。燈光閃了幾次以後，整間教室便亮了起來。

淳摀住自己的嘴巴，指縫間洩出呻吟聲。

教室四周圍排列著大量的「黑蟲」。都高及腰部，排排站著包圍古畑。倒在地上的都是一些還沒有加工的木炭。

課桌上擺著老舊的菜刀。

黑板上用白色粉筆寫著字。

〈沙千花　再見〉

那寫了好幾次才畫成粗線條的文字，擠滿了整個黑板。就連黑板下那些排列在講台上的「黑蟲」都沾滿了白色粉末。

第五個靈魂下了冥府。

預言還在繼續實現。

就在這麼想的同時，背後傳來「喀登」一聲撞到桌椅的聲音。

跌坐在地的沙千花嘴巴一張一闔的。

「……比呂哥。」

她全身縮在一起、抱著自己，念珠激烈摩擦、發出嘩啦啦的聲響。

嘴角像是在笑似地抽搐著。

「為什麼……為什麼是比呂哥？你早就知道了嗎？知道的話要告訴我啊！為什麼不寫得更詳細一點？為什麼啊？」

「沙千花小姐？」

淳慌亂地跑到她身邊。

「外婆，接下來我應該怎麼辦啊？」

那是宛如孩子的聲調，語氣就像是在懇求什麼事情。

目睹沙千花詭異的舉止，讓淳一句話也說不出來。原本想抓住她的肩膀，手卻又停了下來。

「拜、拜託告訴我，救救我。救救我呀。外、外婆……外婆、外、外婆……」

沙千花整個人縮成了一團，持續喊著外婆、外婆。接下來她的話越來越聽不清楚，最後終於轉為啜泣聲。

「欸，淳先生，該怎麼辦？」

好不容易清醒些的沙千花抓住了淳的手腕，使勁地握住。她撲簌簌地掉著眼淚，快速地說著。

「還、還有一個人，還會再死一個人。絕對會死的。預言會實現，這次一定會實現。怎麼辦，欸，怎麼辦啊？」

「沙千花小姐，你冷靜點。」

無視淳的制止，沙千花依然繼續說下去。不——與其說她是在對淳說話，其實完全是閉不上嘴。

「為什麼這種時候才會說中？淳先生，這要怎麼辦？預言什麼的不是不存在嗎？」

「當然不存在哩。怎麼可能，這只是偶然。」

「不對！」

沙千花突然高喊一聲，臉上逐漸失去了表情。她的眼睛睜得老大、凝視著淳，喃喃自語起來。

「這是一定的。因為我們都是被外婆的詛咒給吸引來的，都是被預言引誘來的，被外婆的話語拉了過來。」

在提出反駁以前，她又繼續說：「因為外婆隨口胡謅的什麼怨靈，讓比呂哥到死都被囚禁在這裡、無法離開這座島嶼。嗯嗯，不，他被逼到要認定自己只有死掉才能脫離這座島，因為這麼認為，所以只好這麼做。」

「沙千花小姐。」

古畑遺體搖搖擺擺的聲音仍然不絕於耳。

「島上的人也是這麼說的吧？自從把產業廢棄物生成的硫化氫說成是怨靈以後，他們也覺得這是無可奈何的。把那些人束縛在這座島嶼上的，就是宇津木幽子說出的話啊。」

她的嘴角邊閃爍著鼻涕的光芒。

「所以還有一個人會死。會死六個人。我說淳先生，你覺得是誰？〈黑影手持血之刃〉是什麼意思？

那裡就有一把菜刀——」

她將手伸向課桌、準備站起來。

「你先冷靜點。」

淳搖晃著沙千花的肩膀。

「沒有預言那種東西。不會因為死了五個人就一定會死第六個。就跟你先前說的一樣，宇津木幽子並沒有什麼特別的力量。」

淳刻意輕描淡寫地告訴她，只是試著慢慢地、像教導一個孩子似地說出這些理所當然的事情。

虛脫的沙千花表情漸漸扭曲，緩緩放開了抓住淳的手。

「抱歉……我腦子怪怪的對吧。」

她垂下頭。

「這樣很蠢對吧。」

淳輕輕捧住她的頭，將她擁入懷中。

「不奇怪喔，我在當下也有那麼想過哪。」

抬頭看著古畑的遺體，「不——現在還有點這麼認為。就算知道不一定真的會在天亮前再死一個人，還是覺得很不安哩。這就是所謂的詛咒嗎？」

沙千花抬起頭來試著要朝淳笑一笑，但也只是嘴角抽動了一下。

確實非常不安。話說出口之後就越來越覺得內心紛亂。預言更加在腦中揮之不去了。

〈我命絕後二十年　彼島將有慘劇生〉

更驚訝的是自己竟然記得一清二楚，實在悚然。

〈怨靈作祟或報應　淚雨重重阻救贖〉

想著這些神祕的文字居然「完全符合」現實，就算知道只是牽強附會，也還是無法阻止自己的思緒。

〈海底自有手伸起〉

春夫的遺體被發現浮在海上。

〈啜飲生血黑長蟲〉

橘的遺體被「黑蟲」包圍。

〈死之手撫山而下〉

與四郎和早苗被「怨靈」所殺，他們吸進從疋田山流竄而下的有毒氣體，失去性命。

然後古畑選擇自我了結，因為他終於知道怨靈並非怨靈，他也可以說是被〈死之手〉引導走向死路。

不，不對，不能這麼說。

會覺得可以這麼解釋，是因為試著依照預言來解釋現實中發生的狀況。

是因為被宇津木幽子的話語詛咒了。

〈黑影手持血之刃〉

真愚蠢、太無聊了。這些只是乍聽之下很可怕、沒有意義的詞句。然而就算能這麼理解，卻還是無法付之一笑。

即使知道連個萬一都不可能發生這種事情，但事實上從天未亮到現在，已經死了五個人。很難發生的事情，已經發生了。

〈不待翌日天明時　靈混六條墮冥府〉

這樣一來到早上為止，可能還會有一個人死掉。應該會死吧，不，肯定會死的。絕對會死，而且是被刀子劃開死亡。

心中各種愚蠢的妄想在蠢動，這時才發現其中的問題。〈靈混〉是錯的，正確應該是〈靈魂〉。

即使發現這樣的小問題，卻還是沒辦法抹去這種想法。

淳和沙千花有好一會兒時間就這樣靠著坐在一起

將遺體放下來、擺在地板上，沙千花將窗簾蓋了上去。

跪在已經無法開口的古畑身邊，沙千花拉起了他的手。輕輕觸摸著那沾滿白色粉筆灰的手指，慢慢握緊。雖然幾分鐘前好不容易止住了哭泣，但這時嘴唇又再次顫抖起來。

「對不起……沒有趕上，沒能救你。」

沙千花嗚咽了起來。

淳抱著她的肩膀，默默等待她恢復平靜。

畢竟沒有開空調，教室內非常悶熱。光是現在這樣，額頭便已冒出汗來、衣服也濕透了。但仍然能感受到一股寒意，腦海內始終有種討厭的預感在盤旋著。

傳入耳中的是窗外的雨聲、沙千花低聲的啜泣，以及掛鐘的聲響。在黑板上方滴答、滴答地刻劃著時間，雖然聲音很細小，但確實能聽見。將筆燈朝向時鐘，鐘面清晰地顯現出來。

指針指著四點。

沒想到已經過了這麼久了，或許是因為身處黑暗，讓時間感受有些錯亂了，所以根本沒發現。耳朵裡響徹的還有自己的心跳聲，吵鬧到幾乎可以蓋過哭泣聲和指針的聲音。

天快要亮了。

預言中所說的「期限」就快到了。

雖然不確定正確的日出時間，不過最近應該是五點左右吧？快一點的話，大概四點多吧，這樣一來就只剩下不到一個小時。沒辦法確定，雖然只要搜尋一下應該就能確定了，不過沒有意義。因為太陽一定會升起、早晨一定會來臨。

還沒有結束。

預言還沒有完成。

實在忍不住一直這麼想著。

啜泣聲逐漸變小，似乎就要停歇。

淳默默地輕撫著沙千花的背。

還差一個人。

差點讓這句話說出口，連忙又嚥了下去。然而沒說出口的話卻在內心躁動。還差一個人、還差一個

人、還差一個人、還差一個人。

天亮之前，還差一個人。

早晨來臨之前，還差一個人。

處於沉默之中，焦躁感逐漸油然而生。

悄悄瞥了眼課桌，那把菜刀的刀刃淡淡發出藍白色的光芒。他是為了要自殺，所以將平常用來做菜的刀子拿來嗎？但是無法刺向、砍向自己的身體，所以最後才選擇上吊？

雖然能夠理解古畑的苦惱，但並不會像沙千花那樣悲傷。因為佔據腦海和內心的就只有一件事。

早晨來臨前，還會死一個人。

不，一定得有人死。

死了五個人並不是偶然，所以一定會有第六個人死去。

因為宇津木幽子的確是如此預言的。

這種無法抹去的妄想更進一步地推演。

死的會是誰呢？

最後一個人，第六條靈魂會是誰呢？

會是怎麼死的啊？

不知不覺間、視線已經在凝視著那把菜刀。

刀身和刀柄到處都沾滿了白色粉末。是粉筆，在黑板上寫完留言的古畑，是不是先握住了菜刀？那是他為了自殺而準備的工具，能夠致人於死地的凶器。
「謝謝你，淳先生。」
突然聽見說話聲，猛然回神，連忙將視線從菜刀上轉開。
沙千花搖搖晃晃地起身，擦了擦紅腫的眼睛，往門口走去。淳正打算喊她，便聽見她說：「我去洗手間洗個臉。」
沙千花沒有回頭。
「我也一起去。」
淳加快腳步追上她。
分針稍微動了一動、與時針重疊在一起，四點二十二分，不，該是二十三分了。
天就快要亮了。
馬上就有人要死了，會死一個人，沒人死掉就太奇怪了。一定會死的，不可能沒死，因為已經死了五個人。
妄想逐漸侵蝕腦袋和心靈，就算完全掌握這只是一種妄想，卻沒辦法抹去。
悄悄地將手伸向課桌，握住了菜刀。
收進口袋裡。
沙千花低著頭出了門，淳就跟在她身後。
用筆燈照著走廊前進，這時沙千花向淳搭話。

「淳先生……天就快要亮了。」

「咦？呃，對呀。」

沙千花遲疑地抬起頭來看著淳，沙啞地說：「如果靈子小姐在這裡的話，大概會大吵大鬧吧，說還會死一個人，到早上以前都要小心。」

「嗯啊。」

淳簡潔地回應。

「抱歉，我說了這麼奇怪的話。不過我已經不覺得靈子小姐會一直嚷嚷還會有一個人被殺之類的。不，我盡可能不要這麼想。」

「這樣哪。」

刻意平靜地回答。

心臟怦咚怦咚地大跳，總覺得有些呼吸困難。

沙千花的話語讓心緒越來越紛亂。

還沒有結束。

預言還沒有完成。

還會死一個人。

就剩一個人。

因為宇津木幽子就是這麼預言的。

北邊樓梯前方，男廁和女廁並排在一起，淳將手搭上男廁的門，喊了聲「沙千花小姐」。

「等等出來後，就先和宗作連絡吧。天亮以前我們就好好待在這裡，這無關預言，只是我們不要隨便走出去應該會比較好。」

聽見淳這麼說，沙千花輕聲回了個「好」，便走進眼前的女廁大門。

還沒有結束。

預言一定會實現。

還有一個人會死。

這樣的話。

萬一重要的人死了。

那樣的話。

如果一定要有人被殺的話。

那就乾脆——

碰！槍聲響起。

「怎麼了！」

淳粗暴地打開女廁大門。

發現沙千花就倒在地上。
黑色的尼龍運動服、凌亂的丸子頭、貼在蒼白臉頰上的髮絲。
撲倒在地的臉龐下，那粉紅色的磁磚沾滿了紅色液體。
外面傳來呼嘯風聲。
淳抱起沙千花的身體，將她翻過來以後便動彈不得。
淳的手掌和手腕染成一片紅。
四周的空氣充滿了硝煙與血的氣味。
沙千花的胸口和腹部一片濡濕反光，濕答答胸口的正中央開了個小小的洞、腹部的布料被割開來、可以看到底下染成紅色的T恤。
淳無聲地看著傷口。
胸部中彈、腹部被割開的沙千花，半睜著眼望著淳。

六

「又出事了？」
打電話報警，斷斷續續地通報「出事了」、「有人腹部被刺」、「在霧久井島的廢校」，然而接起電話的執勤人員是那樣回答的，言詞中流露出一股無可奈何和懊悔的情緒。

大概來不了吧。

和預料中的一樣。

「……我們會盡可能盡快趕過去。」

接電話的人壓抑了所有的情緒，話語在耳邊冰冷地響著。只能回答對方：「拜託您了。」

掛掉電話以後，手機響了，是宗作打來的。淳抓起手機，因為手指被血沾濕，液晶畫面上留下了幾個紅色指紋。剛把手機放到耳邊，淳立刻開口。

「古畑先生、自殺了。」

「咦！」

「之後沙千花小姐中槍、還被刺了。」

淳略微沙啞地告知事實。

「怎麼會！是怎麼回事！」

宗作怒吼的聲音從電話另一端傳來，連樓梯轉角都響起回音。電話那頭還混雜了女性的慘叫，是晶子、或是靈子呢？

沙千花在淳的懷裡咳了起來，蒼白的臉龐浮現出痛苦的表情。

「中槍又被刺是什麼意思！聽不懂啦！」

宗作大喊著，完全陷入混亂。

盡可能簡單說完以後便掛掉電話，淳重新抱好沙千花。

「好了。報了警、也通知宗作他們了。」
雖然都無濟於事。忍不住咬了嘴唇。沙千花愣愣地看著淳。
「總、總之先把你帶下樓，毒氣應該不會來了，會痛的話就告訴我。」
「……係。」
「嗯？怎麼了？」
「淳先生。」
沙千花沙啞地喊著淳、皺起臉龐。
「沒關係，我沒救了。」
她以非常虛弱又確切的語氣說道。
「還很難說啊，要先想著能獲救……」
淳慌張地回答，卻一個字也說不下去。
「沒辦法。」她露出無力的微笑，「要有六條靈魂下冥府……我就是最後的第六個。」
頓時感到頭暈目眩，她說的話擾亂了思考。
都到了這個時候，沙千花還想著預言的事。把外婆那不明所以的詩和自己的死亡連結在一起，所以接受了這件事，打算就這樣接受詛咒而死。
很難說這樣是愚蠢、也不覺得特別奇怪，只覺得心中充滿了憐憫、悲戚和有些抱歉。
淳將手放在沙千花的腹部，從裂開來的運動服上方壓下去。

記得在電視上看過，加壓可以止血。

沙千花痛苦地皺起眉頭，用左手抓住了淳的手腕。

「你先想著活下去就好，這是現在最優先的事情。」

淳吐出了這些話，聲音卻有些高亢。

沙千花像是在否定似地搖了搖頭，臉色比剛才更加蒼白。

「預言絕對不會實現的、一定能獲救、等好了之後再來嘲笑這件事，你不是為此而來的嗎？還要巡迴全國旅行，就為了對沒有實現的預言一笑置之。」

淳刻意拿她先前說過的話來講，還繼續說下去。

「預言還有很多對吧？下一個預言也會失誤的，得去確認下一個才行啊，我們一起去確認吧。兩個人、就我們兩個人，好嗎？所以你要活下去。」

「……一百三十六歲。」

「啊？」

沙千花扯了扯嘴角，「下一個能確認的預言，是在二一二三年的時候，富士山會爆發。我要是還活著，就一百三十六歲了。」

這聽來不像是她隨便說說。

「所以，能確……確定不會實現的，這是最後一個了。」

將視線轉向念珠，珠子在螢光燈下散發出柔和的光芒。

「我本來還以為，不用繼續做這種蠢事了。」

她的兩眼帶淚，鼻水沾濕了嘴唇。

「……沒想到會變成這樣。」

說著便用右手抓起了念珠。

淳的手完全染成紅色，沙千花運動服上的紅色已經不只沾染胸部和腹部、甚至還擴及到腰部，血完全沒辦法止住。

「淳先生。」

「怎麼了？」

「淳先生。」

沙千花加強了語氣，往這邊瞪過來，緊咬的牙關也染成了紅色。

「我、我在叫淳先生。」

「抱歉，沙千花小姐。」

淳回答，同時問道：「怎、怎麼了？」

「……幫我拿掉念珠。」

沙千花落下淚水，流過臉頰。

「我死了以後幫我拿下來，然後丟掉。拜託了。」

她的聲音越來越微弱，眼神也變得搖擺不定。

「沙千花小姐，不行——」

「我會死的，因為死去外婆的話語，因為詛咒。」

沙千花呻吟著起身，抓住淳的頭、將臉靠了過去。

「淳先生你……要趁現在，還活著的時候，就……」

短暫的呢喃後，她便靠到了淳的身上，吐了長長一口氣。

「沙千花小姐？」

淳喊她的同時也搖了搖她的身體，毫無反應、沒有呼吸，無論怎麼叫她都沒有回答。輕輕將她拉離身體，沙千花的眼睛已經闔上。嘴裡流出的血一路從下巴落到頸子，將淳的T恤也染成了紅色。

無論喊了多少次，淳都沒能聽見她的回答。拍打臉頰也沒能讓她睜開眼、甚至沒有皺眉，也不曾再次呼吸。

沙千花死了。

這樣一來預言就實現了。

如同宇津木幽子的預言，二〇一七年八月二十五日，在霧久井島上死了六個人。

被由她的話語孕育而生的怨靈給禁錮在這座島上無法離開的古畑、還有被她的話語束縛而感到徬徨的沙千花，為了鼓勵朋友才計畫來島上旅行的春夫、始終不好好面對產業廢棄物和硫化氫的橘巡查，以及與四郎和早苗。

不管是牽強附會或者一切湊巧，現實都與預言相符了。

決定性的部分過於一致，讓人可以無視其他巨大的差異。

「沙千花小姐……」

淳緊緊抱著渾身是血的沙千花。

女廁裡響徹著淳的啜泣聲。偶爾還夾雜著嗚咽聲。

痛苦有如千刀萬剮。世界只剩下這個狹窄老舊的女廁。這間廁所外頭沒有其他人，就這樣被這種拋入虛空的感受給囚禁。

淳哭了好一會兒。

好不容易止住嗚咽，只繼續吸著鼻子的時候，才發現沙千花的變化。

臉變了，蒼白的臉龐更加蒼白、看起來似乎失去了厚度，就像看到春夫遺體時的感覺，沒有現實感。

淳將手繞過沙千花的身體、取下她手腕上的念珠，大大呼出一口氣。

那土耳其藍的念珠怎麼看都是塑膠製的便宜貨，還少了幾顆珠子。

淳將念珠繞在自己的手上，抬起頭來。

手槍就掉在旁邊的地板上、一旁是染血的菜刀。槍身和刀刃正好平行擺放著，有如祭壇上的物品。

這裡充滿了血腥味。

淳抱著沙千花、從褲子後袋抽出手機，滑開了液晶畫面。

「喂喂？」

宗作的聲音從擴音喇叭中流出，像是在試探、擔心的聲音。背後是周遭環境的聲響，雨聲、還有草木晃動聲。淳愣愣望著黑暗的窗外，淡淡地說：「沙千花小姐死了，我救不了她。」

可惡！宗作啐了一聲。啪沙啪沙的劇烈聲響，大概是他踢了附近的草叢吧。宗作說「抱歉」，淳接著問：「你現在在哪裡？」

「正在去你們那裡的路上，島上的人說應該不用擔心毒氣了。」

他是和須永及伊庭三個人一起下山的。

「這樣啊……」淳虛脫地回應。「在四樓的女廁，燈開著、應該很明顯。」

「淳。」

「搞不懂是吧。」

「是啊，到底是怎麼回事。那個古畑是自殺的對吧？在沙千花小姐，那個……還活著的時候。」

「是啊。」

「這樣的話，那裡不是應該就只有淳你們而已嗎？」

「嗯。」

「……到底是怎麼回事？」

宗作萬分困惑地低語。

「還以為發生意外，結果是殺人；以為是怨靈、結果是毒氣。然後現在沙千花小姐又在沒有其他人的地方被殺害了？」

淳無法回答。

聽著從手機裡傳來的宗作聲音，幾乎能夠確定，原先被上司們權力霸凌給詛咒的他，已經振作起來了，他並沒有被其他東西詛咒。

所以才會覺得難以理解，不懂沙千花是為何被殺的。

但是——

「喂，淳，你沒事吧？」宗作慌張了起來。「那裡不安全吧？雖然不知道是誰幹的，但沙千花小姐是被殺的吧？為了你自己的安全，還有……」

「沒事的。」

淳一口咬定，眼神望向手槍和菜刀。

「**不會再有人被殺了**。」

「哪、哪來的根據？」

「預言啊。照宇津木幽子的預言，死了六個人，那就不會有更多人了。雖然也可能有人剛好死掉啦。」

「欸，等等，抱歉，淳，我不懂你的意思。」

「總之你們先過來吧，我等你們。」

淳只說了這些，就掛掉電話。

突然一片凝重的沉默，包圍了這間女廁。

遠方響起腳步聲、慢慢接近，聽得出來有好幾個人。是宗作他們，離淳掛掉電話後，大概過了三十分鐘。

走廊上的腳步聲逐漸逼近，門被輕輕打開。頭髮濕淋淋的宗作在看到淳的瞬間瞪大了眼睛，他背後的須永和伊庭則是嚇得退了一步。

淳還抱著沙千花的遺體，在他們來到這裡之前，始終沒有動過。T恤和短褲都沾滿了血，甚至開始轉為棕色，然後乾燥了。

「……淳。」

「不可以把她放在這裡。」

「呃，確實是這樣。」

「宗作，」淳沒有看向宗作，「抱歉，一直以來給你添了很多麻煩，也造成春夫很多困擾。」

宗作臉上的表情相當複雜。

「不過，應該就要結束了。」

淳亮了亮手腕上的念珠。

宗作躊躇了一會兒，進到廁所，伊庭和須永也跟著走了進來。

「……**那種事情**」

伊庭發現了地板上的手槍和刀子，喃喃自語。須永那碩大的眼睛睜得更大了。「為什麼哪。」語氣好似呻吟一般。

「發生了什麼事？」

淳轉過身，抬頭看向須永：「因為古畑先生自殺了。」
「為……為什麼比呂死了，這孩子就得被殺？」
須永一臉搞不懂你在說什麼的表情。
「因為剩下一個人。」
「啊？」
除了淳以外的人都一臉驚愕地扭曲著臉龐。
「古畑先生過世了對吧？所以這樣的話，就還會再死一個哩，跟宇津木幽子的預言一樣。」
「這什麼話！」伊庭拉高了嗓音。
「所以說是預言哪，怎樣都無法推翻。沙千花小姐也說那是詛咒哩。就算覺得奇怪也揮之不去的就是詛咒，所以——」
「吵死了。」
淳突然打斷了這句話。
淳要人閉上嘴。
突如其來的狀況令人啞口無言了。
淳看看念珠、然後把目光轉向宗作等人。
「今天在這座島上，早上之前會死六個人——宇津木幽子在死前是這麼預言的。實際上已經死了五個人，可能會再死一個。或許是自己、或許是對自己來說最重要的人。有人就陷入了這種妄想，於是思考後得到的結論就是——**自己來殺掉某個人的話，就不會有其他人死去了。**」

接著他把身子轉了過來。

「**老媽**就是這麼想的，所以才殺了沙千花小姐。」

他說這句話的時候，直勾勾地盯著**我**瞧。

七

須永那黝黑臉龐上瞬間失去血色，嘴唇顫抖、喃喃念著：「這太不合理了。在麻生先生那裡見到人的時候，是覺得怪可怕的，不過居然會因為這種理由就殺人嗎？腦袋已經怪到這種地步了嗎？小哥你的媽媽……」

他一邊對著淳說話，一邊往這裡——窺看我的樣子。

「我是殺了。」

「啊？我說……」

「因為我覺得只能下手啊，我沒有說謊，你看，沙千花小姐已經死了——」

「老媽，你可以閉嘴嗎？」

淳打斷我，這是比剛才示意我安靜時更沉重、冰冷的聲調。

「可、可是，淳……」

「閉嘴！」

淳說話的同時也重重地將手機往地板上敲。

「碰！」地一聲巨響竄進耳中，嚇得後退了幾步，後腦勺還撞到了窗戶，發出好大一聲「匡噹」。

「……總是這樣，你一直都這樣。」

淳不屑地說著。他不肯與我對上眼，直盯著地板磁磚。

「別人問我事情，你就搶先回答；我在跟別人說話，你就稀鬆平常地插進來，又老是跟在我後面。」

「這很正常哪。」

「一點都不正常。」

「可是宗作和春夫都……」

「他們兩個比較特別，雖然情況很詭異，但還是願意跟我往來的就他們兩個人了。現在……也只剩下一個了。」

有些哀傷地看了宗作一眼。宗作正默默地看著淳。

確實，他們一直都跟淳和我有所往來，甚至會特別關照我。

在伊丹車站前的咖啡廳裡，三個人久違重逢時，他也不曾露出厭惡的表情。

在前往H站的電車上，還先找到博愛座讓我坐下。當時他在和淳說話，我記得自己一邊感謝他、抬頭還看見他的鬍渣。到了島上以後，他去自動販賣機買飲料，也沒忘了給我。

春夫也是很重要的理解者。邀請我們去他家的時候，特地拿出了我也能參加——**四個人一起玩的電玩遊戲**，旅館也是預約四個人。

淳再次開口：「陌生人就算覺得很奇怪，大多數也都會假裝不在意。做生意的商人就更不用說了，雖然有些人會諷刺一下哪。**什麼怪客人啦、有趣團體啦、有強而有力的守護靈保護啦、感情太好的母子之類的**。」

那些是須永和靈子所說的話。

我當然有發現，也知道他們是拿我們說笑，但我已經不會為了這種事情生氣了。早就習慣了世間認為這樣很古怪、用看怪人的異樣目光看待我們。被早苗誤認為是宇津木幽子和她的攝影團隊的時候，我是有點驚訝，不過不理會他人反應是很簡單的。

將近三十年了，我和淳都是這樣的距離。

自從和那個男人離婚以後，我們兩人一直都是持續這樣的關係和生活。

「**抗拒老媽的只有沙千花小姐**。她自己已經很痛苦了，卻連死前都堅持表示她是要和我說話。跟我這個已經接受老媽的狀況，其實卻是讓自己陷入囹圄的人說話。」

淳看著遠方、緊咬嘴唇。

我回想起沙千花的事，回想起淳抱著的這女孩，對我的言行舉止。

沒錯，跟淳說的一樣，她總是刻意拒我於千里之外。如果她在跟淳說話，而我回答的時候，她會裝作沒有聽見、再次呼喊淳的名字。就好像在說「我不是在跟你說話」。

我一直覺得很奇怪，現在還是覺得很不可思議呢。

不管是我回答、還是淳回答，不是沒有什麼差別嗎？

除了各種事實以外，我對於一直在身邊的兒子在想些什麼，也都是一清二楚的呀。

當然淳和我並沒有到什麼一體同心的地步。我和淳的人格是分開的，只是互相理解而已，並不能混為一談。

我的心理、情緒及思考都不是淳的。

淳的心理、情緒及思考也都不是我的。

我經常留心這一點，非常小心翼翼。**在人生的每一頁當中，我都有把自己和淳分開**，保持著最適當的距離。

行動方面當然也是，無論有多麼親密，絕對不能把自己和兒子的行動混在一起。也不會像遠藤晶子和伸太郎那樣有親密的接觸，我們和那對噁心的母子是不一樣的。

但我完全了解淳的痛苦和悲傷，無法接受淳被傷害。

當然，更不可能忍受淳死去，所以——

「我殺了沙千花小姐。**這樣一來淳就不會死了。六個人死掉，名額就滿了**——我是這麼想的。」

這些話能自然而然地說出口。

「當然，我也知道這樣很奇怪。但我就是覺得非做不可哪，所以在沙千花小姐進入女廁的時候，我就開槍了。」

我回想先前的事情。

淳在一樓抱起沙千花時，手槍掉到地上，我撿起來後就一直帶著。

「然後我用菜刀刺了她。」

課桌上那把菜刀多半是古畑的東西，我在準備去廁所、走出教室前默不作聲地拿走了。

最好還是要依照預言的內容。

如果要依循〈黑影手持血之刃〉的話，那最好還是用刀刺吧。

我是這麼想的，所以拿了刀。

淳和沙千花都沒有發現我拿走那把刀。

地板上的菜刀，刀刃上染著沙千花的血，但我沒有很在意，告訴大家：「我知道我犯了罪，會接受應當的制裁。」

我沒什麼好留戀的，只是得要和淳分開這點比較痛苦。

「淳。」

我好久沒有對著他喊他的名字，很自然地踏出一步。伊庭和須永幾乎同時踉蹌後退，看著我的眼神恐懼萬分。

宗作也大大顫抖著身軀，摀著自己的嘴、用手撐在一旁的洗手台。我馬上跑過去喊他。

「宗作。」

他一臉畏懼地將視線從我身上移開。

「怎麼了？」

「……的。」

「咦？」

「應該要早點做些什麼的。」

宗作說的話真難懂。

早點是在指什麼？有什麼事情是該做的？

「這不是淳的錯，所以我想著那就順其自然吧，還是繼續和淳做朋友。要是我和春夫兩個人能多說幾次……更光明正大地表明、這種狀態很奇怪的話，沙千花小姐就不會……」

他流著眼淚，抓著自己的頭髮。

「沒關係，」淳對著他說：「是我不好。」

他轉過身體抬頭看著我們。

「要是我早點從老媽身邊逃走，根本就不會發生這種事情。明明可以從活生生的人類詛咒中逃走，卻慢吞吞地欺騙自己、想著過得去就好，就像這座島上的人一樣。」

紅腫的眼睛再次濕潤。

「沙千花小姐等於是我殺的。但是她到了死、死前的瞬間，都還在擔心我……」

話只說到這裡，淳用力抱緊遺體，無聲地哭泣著。

終幕

「畢竟我的祈禱，可是非常有用的呢。」

——橫溝正史《獄門島》

窗外不知何時已經亮了起來。

港口方向傳來吵鬧的螺旋槳聲以及船隻引擎聲，應該是警察或海上自衛隊的直升機和船隻吧。淳等人一夜未眠，等待天亮，在聽見這些聲音的同時也終於動了起來。

早上六點了，雨停了、海面也非常平靜。

「沙千花大人！」

靈子跑向那已經被裝入黑色遺體袋、正由兩位自衛隊員從校舍中搬出來的沙千花，撲倒在上頭緊抓著。她是在天亮時分和島民們一起下山的。

靈子絲毫不聽自衛隊員的勸阻，把整張臉埋在黑色袋子上。

「為什麼！為什麼啦！你不是說沒有預言那種東西嗎！」

三個穿著迷彩服的自衛隊員拼了命地要把哭得像個孩子般的靈子拉開，莫非腰不痛了嗎？靈子揮開隊員、推開他們還咆哮著。身上裹著毛巾的宗作，在校園的一角愣愣地望著此情此景。

淳就站在旁邊，默默地看著自衛隊員和警察們慌慌張張地從校舍大門進進出出。

往石牆看過去，麻生夫婦正經過那裡，麻生摟著大腹便便的栞的肩膀，往港口走去。遠藤母子像對情侶似地抱在一起、走在他們後頭。更後面是島民們腳步不穩地前進，自衛隊員就走在他們之間。

意識到自己立刻又將視線轉往遺體袋，淳有些遲疑。忍不住反射性地思考袋子裡的東西——不，應該說是裡面的人。明明已經哭了那麼久，悲傷又再次穿過、撕裂胸口，瞬間就感到呼吸困難。

靈子在空無一物的花壇前，將臉埋在高大的自衛隊員胸口哭泣著。

「……冷靜下來了嗎？」

聽見宗作問話，淳搖了搖頭。思考了好一會兒才說：「不。雖然沒有表現出來，但我的心情和靈子小姐一樣。」

這是自己把這些話說出口。

對於沙千花死去之事悲傷不已。

腦海內浮現不在此處的另一個人。

下意識地找了起來，是去哪裡了？向警察說明以後，慌慌張張地先移動到這裡，然後——宗作開了口。

「好久沒這樣了啊，碰面的時候沒有那個人。應該是你出社會後第一次吧？」

身子抖了一下。

「感覺好詭異，跟你說話的時候那個人不在，好像做了什麼壞事呢，但明明不是那樣的。」

「抱歉。」

淳打從心底感到抱歉，對於配合自己家人問題已經幾十年的朋友，第一次好好地說出道歉的話語。

棧橋那裡有好幾艘白色的小型船。

大概在某一艘上面吧？淳的心中騷動著。警察已經把她帶走了嗎？或者還在校舍裡面呢？自己的母親，天宮敏江。

那個殺了宇津木沙千花的犯人。

在心中對春夫道歉，除了宗作之外，也一直給春夫添了很多麻煩、老是讓他操心。雖然兩個人都一臉平常地和自己往來，但壓力肯定很大。原本這次應該也不想帶著淳的母親一起來吧。

回想起春夫回到自己老家、打電話來要討論宗作的時候，**接電話的是淳的母親，春夫明顯地感到非常困惑**。從電話另一頭傳來的聲音是那樣自然，但是他的內心一定會想說這是怎麼搞的吧。一定感到非常驚訝，想說淳就連手機都是由母親在管理的嗎？大概也覺得很可憐吧。

又回想起來，在開往這座島的**交通船上，自己和母親並排坐在春夫和宗作後面**。要是沒有母親的話，三個人坐在一排三人座就好了。**民宿應該也只需要一間房間**吧。

（真是越來越有氣氛哩，好期待咧。）

心中浮現上船的時候、因為出手幫了沙千花，春夫脫口而出的話語，雖然語調聽來冷淡，不過淳馬上了解他的意思。因為一連串感覺不太平穩的事情，所以他很高興「氣氛來了」，也就是說在他眼中，淳遇見了沙千花、還牽著手，是非常「不平穩」的事情。或許也是因為母親隨口說出的那句「幫人」吧。

看到淳和陌生的女性往來，淳的母親是否略感不悅呢？又或者根本就相當不高興？接下來究竟會如何發展呢——春夫想表達的就是這個。

（有哩。她說你們幾個朋友自己好好玩個開心啊。）

這也是春夫說的，正確來說是轉達他的女朋友小藍所說的話。那時候春夫的表情、還有語氣。

在那之後，母親居然說什麼要淳交女朋友之類的，讓淳發了脾氣，春夫一臉尷尬。

淳想著那再也見不到面的好朋友，在內心不斷地懺悔與道歉。

兩位身材矮小的制服警員走了過來。請上船，我們要帶你去本土的警察署，會先在船上詢問經過——大概是這個意思，雖然他們只有很客氣地表示要麻煩我們幫忙。

淳和宗作無力地點點頭。

離開學校，朝著港口走去，正想著後面怎麼突然吵鬧起來時。

「淳！」

聽見那熟悉的聲音，淳回過頭去。

一個年老的女性。

今年應該是六十七歲、纖瘦的女性。

她左右被警員包夾著，來到淳等人的身邊。穿著深藍色的寬鬆長褲、白色的短袖襯衫。陽光照亮她的灰色短髮和滿是皺紋的臉龐，有如枯木般的手腕上蓋著藍色的布。

淳的母親，天宮敏江臉上出現了安心的笑容、走了過來。

島民們紛紛拿起手機或平板拍照，螢幕後頭的好奇目光全都朝向母親。

淳發現自己下意識地停下腳步。

「抱歉了，淳，還有宗作。」

她刻意顯露出更悲傷的表情，在淳的面前停下，鼻尖幾乎要碰到淳的胸口。淳這時才想著「太近了」，瞬間顫抖了一下。

就算覺得太近、就算一直都這麼覺得，至今也從未做出任何反應。就因為一直像這樣放任不管，結果奪去了一個女性的生命。

「好一陣子不能在一起了，你要忍耐唷。」

母親抬頭看著淳說道。

宗作表情扭曲地轉開視線。

「我知道我做了不好的事情，我也覺得沙千花小姐很可憐，她和你也有些相似之處。不過，」她看了眼學校，「在早晨之前能在那裡殺掉的，就只有沙千花小姐了。我就和那孩子一樣，受困於宇津木幽子的預言哪。」

說的彷彿理所當然。

這是詛咒。

如同沙千花所言，這座島上的慘劇，全部都是宇津木幽子的話語所造成的。

因為她的預言而決心殺人的母親，殺死了只能在她的話語中尋求依靠、而始終徬徨無依的沙千花。受縛於因她話語而生的怨靈，無法離開這座島嶼的古畑自己了斷了性命。還有將怨靈當成面具蓋在產業廢棄物和毒氣上頭、不願意好好正視這件事情的橘巡查、與四郎和早苗也都死了。

以及對她感到懷念，因此計畫來這座島上旅行的春夫。

這一切的一切，全都和宇津木幽子所說的話連結在一起。這六個人死亡的意義，便是以宇津木幽子為中心。

預言實現了，忍不住如此想著。

「可是，我覺得做對了。你看，這樣一來淳就不會死啦？對唄。」

聽見母親自豪地說出這種話，淳回過神來。回想起沙千花臨終前的話語，馬上揮開盤旋在腦海中的思考和妄想。

淳輕輕深吸了一口氣，說道：「是我的錯。」

「咦？」母親狐疑地微笑著。

「沙千花小姐會被殺，都是我的錯。」

「你、你在說什麼？」

「怎……」淳下定決心，一口氣說完。「怎麼可能有什麼預言，怎麼可能是因為宇津木幽子的詛咒。就是因為我一直配合你的束縛，所以才會害沙千花小姐死掉啊。都是因為我一直帶著你這個腦袋有問題的人。」

母親啞口無言。

她睜大了眼睛，雙唇顫抖著。

淳對著她左右兩邊的警察道歉：「抱歉講了這麼久。」警察也了解他的意思，再次邁出步子，被拉走的母親表情抽搐。

「淳、淳！」

淳瞪著母親，冷冰冰地說：「不要跟我說話。」

母親被警察拉著走，還不斷回過頭來。

「你在開玩笑吧？只是稍微鬧著玩對吧？你是很溫柔的人啊，**去追宗作、爬樓梯的時候，不是也都會配合我的腳程狀況，放慢速度嗎**？」

那時候還沒有現在這種心情。

「我也對你們很好啊，**你背著宗作的時候，你以為是誰幫你撐傘的？是誰拿筆燈幫你照亮學校四樓的**？喂！」

她的語氣越來越尖銳，還帶著些許怒氣而口齒不清。

「宗作、宗作，你也說說他啊！告訴這孩子這樣一直都沒有問題啊！對吧、對吧、宗作！」

低著頭的宗作一語不發、也沒有任何反應。

「淳！你也是那樣嗎！」

母親終於怒吼起來，雖然打算揮開警察的手，卻兩邊都被壓制住。那滿是血絲的眼睛上吊、齜牙裂嘴地吼著：「你也像那個男人一樣要逃走嗎！我這麼愛護你，你還要離開！可惡！放開我！」

憎恨父親的只有母親，自己對父親並沒有負面的情感，也不認為他拋棄了自己。甚至還覺得父親很可憐，希望他在沒有母親的地方，能夠幸福快樂地生活，一直都是這麼想的。

低薪、不可靠、沒男子氣概……

父親只要在家裡，就會一直被母親用這些迂腐的言詞咒罵，因此淳一直覺得父親非常可憐。小的時候，父親也只有一次因為喝醉的關係，稍微與母親有些衝突，那次很像是意外，而且他馬上哭著道歉。淳根本就不在意，母親卻非常小題大作。

「說到底你還是那男人的孩子是吧，淳！淳！」

母親還在喊叫著，淳回想起相當過往的記憶與情緒。

父親離家時，淳打從心底感到安心。

這樣就不用再聽到母親斥責父親了。

不需要再看到父親拼命忍耐的一舉一動。

自己應該可以的，能更輕鬆地做到聽而不聞，原本是這麼想的。

「你說話啊！淳！」

淳轉過身去背對狂亂的母親，一邊感受警察看過來的視線，默默凝視著聚落。母親的哀嚎和詛咒般的聲音越來越遠、終究沒再聽見。

「你還真能和那種人一起生活啊。」

島民中有人說了這句話，聽起來是覺得難以理解的輕蔑語氣。警察瞪了一眼來聲的方向。

宗作看著一臉陰沉的淳。

正要踏上棧橋，淳卻停下腳步，轉過頭和警察說：「抱歉，請給我一點時間。」然後抓住了左手腕上的念珠。

珠子少了幾顆、還有幾顆上有裂縫。他用指間捏起流蘇，稍微用點力就無聲無息地將那藍白混合的絲線扯了下來。

思考著沙千花的事情。

腦中揮之不去的是無法將這東西丟掉的沙千花。

不——不能揮去，不可以忘記。自己將來也要一直承受著害死沙千花的罪孽。

她倒在血泊中的樣子在腦海中閃過。

回想起她死前說的話。

還有自己對她說的話。

兩個人、就我們兩個人。

那是下意識說出口的，那時候自己已經快要從咒縛中解放，想要從母親身邊逃走。

都是托了沙千花的福。

但這是用她的生命換來的。

不到這種程度，自己根本無法逃出來。

淚水滴到了握著念珠的手上。

「怎麼了？」

一個警察問道，雖然語氣普通，不過馬上能理解他的意思是「請快一點吧」。宗作在眼前的船上一臉擔心地看著這裡。

「我得遵守約定才行。」

淳說完，就用雙手用力拉斷了念珠。

彈開來的珠子散落在腳邊，還有幾個掉進海裡。其他的警察喊了聲：「啊，喂！」但淳不加理會，將手中剩下的珠子丟了出去。

珠子們畫出幾道弧線，接二連三掉進了混濁的海水中，馬上就消失得無影無蹤。

獻給白上矢太郎

參考文獻

◆宜保愛子鑑定『心霊写真大百科』（勁文社）
◆ナイトメア叢書⑤『霊はどこにいるのか』（青弓社）
◆大田俊寛『現代オカルトの根源』（ちくま新書）
◆森達也『オカルト』（角川文庫）
◆本城達也「超常現象の謎解き」（www.nazotoki.com）
◆佐藤愛子『私の遺言』（新潮文庫）
◆カベルナリア吉田『驚愕の日本がそこにある　絶海の孤島　増補改訂版』（イカロス出版）
◆イカロスMOOK『珍島巡礼　日本の〝ヘンな島〟を訪ねる!!』（イカロス出版）
◆吉田悠軌『禁足地帯の歩き方』（学研プラス）
◆大道晴香『「イタコ」の誕生：マスメディアと宗教文化』（弘文堂）
◆「京極夏彦×加門七海×東雅夫　鼎談　妖怪は江戸で磨かれる（構成・文／門賀美央子）」（『東京人』2018年9月号／都市出版より）
◆安斎育郎『こっくりさんはなぜ当たるのか』（水曜社）
◆岡田尊司『母という病』（ポプラ新書）
◆田房永子『母がしんどい』（KADOKAWA／中経出版）
◆船山信次『毒の科学　毒と人間のかかわり』（ナツメ社）

◆「本格ミステリVSファンタジー　殊能将之インタビュー（聞き手／小谷真理）」（『ユリイカ』1999年12月号／青土社より）
◆浅野和三郎著／熊谷えり子現代語訳『神霊主義　心霊科学からスピリチュアリズムへ』（でくのぼう出版）
◆『本当にやばい!!　昭和の「都市伝説」大全集』（宝島社）
◆殊能将之『ハサミ男』（講談社文庫）
◆加門七海『うわさの人物　神霊と生きる人々』（集英社文庫）
◆岡本和明／辻堂真理『コックリさんの父　中岡俊哉のオカルト人生』（新潮社）

引用

◇横溝正史『獄門島』（角川文庫）
◇土屋隆夫『天狗の面』（光文社文庫）

＊本書開頭的詩節錄自「奇蹟詩人」日木流奈的作品『流奈詩集─あなたの幸せがみんなを幸せにする』（大和出版）所收錄的「『LUNA Calender 2000』のための詩 葉月」。

＊本書在部分引用處會有省略的情況，並非忠實地依循文獻記載。

＊向谷口未央、宮川奈央致上誠摯的感謝。

＊本書為架空創作，並無牽涉到現實中的團體或個人。

當生靈現身之際，就是繼承人即將殞命的預兆……

妖異傳承與人性陰暗面所構築的幻想綺譚迷宮
於戰後東京的陰影中醞釀而生。

五起情境各異的神祕事件，五種層次不同的絕妙體驗

探究深鎖於機關盒內的奇詭謎團真相
孕育出名偵探．刀城言耶的「學生時代事件簿」

在洋溢著時代韻味與懷舊氛圍的場域中，
體驗揉合民俗學與怪談的妖異事件所帶來的獨特閱讀感受。

三津田信三

如生靈雙身之物

14.8 × 21 cm　512 頁　定價：480 元

刻有奇妙紋樣的古董——魔偶，
相傳會為持有者同時帶來「福氣」與「災禍」。
從大學畢業後已經邁入第三年的刀城言耶聽到這項傳聞，
便造訪了這座位於武藏茶鄉的宅邸。
迎接他的，是對魔偶抱有興趣的人們，
以及結構奇特的卍堂……

明知道會帶來相當嚴重的災厄，
為何追尋魔偶的人還是絡繹不絕呢……

戰敗氣氛依舊濃厚的東京，
四個懸疑詭譎的謎團即將朝著初出茅廬的作家迎面襲來。

三津田信三

如魔偶攜來之物

14.8 × 21 cm　336 頁　定價：480 元

讀小說精選
Reading Novel

戰爭結束後不久的北九州煤礦礦坑，因為一場突如其來的坑內坍塌意外，竟接連發生了數起不可思議的離奇死亡事件。於現場被人目擊、戴著漆黑狐面的詭異身影，真的是在礦山地區為人所忌憚的「黑狐大人」顯靈嗎？

「懸疑情節的衝擊感受」╳「日本殖民史的陰暗真實」

透過細緻的描寫，寫實地呈現礦坑職場與礦工生活的嚴峻情景。隨著建構世界觀的文字一同走入這段哀愁過往的真實歷史情境，從地底深淵傾巢而出的驚愕恐懼，以及不可思議的連續密室殺人事件謎團，正將我們拖入深不見底的黑暗之中。

三津田信三
黑面之狐
14.8 × 21 cm　576 頁　定價：520 元

白色的人扭曲著身體，在燈塔上起舞。
被蠢動的森林與洶湧的大海所包圍之地，
依附在此的詭譎之物再次甦醒……

懸崖上的燈塔、未知的白色人影、密林中的神祕孤家
光怪陸離的事件，在背後串連起跨越二十年的謎團。

轉職為「燈塔守」的物理波矢多，在前往東北地區的新職場上任的路途中，碰上了接連不斷的神祕體驗。

圍繞著燈塔發生、在圈內流傳已久的傳聞，背後會牽動出什麼樣不為人知的過往？

三津田信三
白魔之塔
14.8 × 21 cm　432 頁　定價：520 元

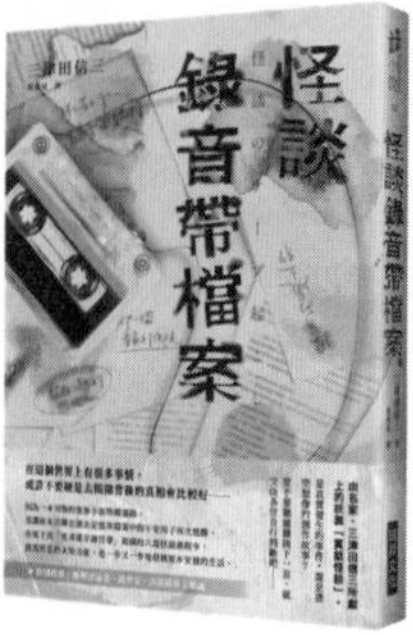

在這個世界上有很多事情，
或許不要硬是去揭開背後的真相會比較好。

因為一本刊物的恐怖小說特輯邀稿，竟讓原本沉睡在過去記憶與檔案中的不安因子再次甦醒。

在寫下由「死者遺言錄音帶」起始的六篇怪談過程中，
匪夷所思的未知力量，
也一步又一步地侵蝕原本安穩的生活。

真正讓人打從心底發寒的膽顫心驚，
就是你無法釐清噩夢是否已經結束了，
還是當下的自己仍未從另一場夢魘裡醒來……

三津田信三

怪談錄音帶檔案

14.8 × 21 cm　336 頁　定價：360 元

無論是誰，都無法從這處魔界所佈下的陷阱中逃離……
不可思議的因果齒輪，就在你我身處的空間裡運轉著。

你，會成為下一個迷途之人嗎？

從懸疑、驚悚，再跨越到充滿異想的情境，憑藉細膩的內心描寫與切入人性陰暗面的故事鋪陳，引領閱讀者闖入難以分辨現實與幻想的世界。

在這片蒼鬱卻瀰漫不祥氣息的山林之間，彷彿連空氣與時間都被一股潛藏其中、讓人心生畏懼的沉重束縛感所凍結。
只要靠近城山一帶，或許，你就會和這裡的住民一樣，被那難以解釋的神祕力量所禁錮了。

宇佐美真琴

少女夜行

14.8 × 21 cm　256 頁　定價：320 元

讀小說精選 Reading Novel

逃獄、流亡、潛伏
追尋平成時代最後的少年死刑犯，命運輪轉的 488 天。
他致力活下去的生存意義，是懺悔，還是復仇呢？

警方鎖定的你、家屬眼中的你、媒體定義的你、輿論談論的你、交心之人認定的你。
從眾人之口吐出的言論與想法所拼湊而成的人物形象，存在著極端的矛盾與差異性。即便所有的人對你或多或少都抱持著相當程度的定見，但一個揮之不去的疑惑，卻依然繚繞在每一個人的心頭：

「你，究竟是誰？」

染井為人

正體

14.8 × 21 cm　560 頁　定價：520 元

一場無情的天災將絕望遍布，與世隔絕的小島陷入地獄，
在無盡的苦難之中，向他們伸出援手的，給予希望和力量的，是救世主亦或一場華麗騙局？
來自東京的義工少女，無怨無悔付出後黯然失聯；
資深記者，不辭辛勞追查線索，試圖為熱愛的家鄉洗刷受騙者汙名；
充滿謎團的少年，他的沉默寡言是默認指責還是另有隱情？

誰是惡人，誰又是最大的受害者？

大地震十年後，一只沉入海裡，裝滿金條的手提箱，隨浪花被拍上了岸，一切要從這裡說起──

染井為人

海神

14.8 × 21 cm　464 頁　定價：520 元

TITLE

預言之島

STAFF

出版　瑞昇文化事業股份有限公司
作者　澤村伊智
譯者　黃詩婷

總編輯　郭湘齡
特約編輯　徐承義
文字編輯　張聿雯
美術編輯　許菩真
封面設計　許菩真
排版　許菩真
製版　明宏彩色照相製版有限公司
印刷　桂林彩色印刷股份有限公司
　　　紘億彩色印刷有限公司
法律顧問　立勤國際法律事務所　黃沛聲律師

戶名　瑞昇文化事業股份有限公司
劃撥帳號　19598343
地址　新北市中和區景平路464巷2弄1-4號
電話　(02)2945-3191
傳真　(02)2945-3190
網址　www.rising-books.com.tw
Mail　deepblue@rising-books.com.tw

初版日期　2022年6月
定價　520元

國家圖書館出版品預行編目資料

預言之島/澤村伊智作；黃詩婷譯. -- 初版. -- 新北市：瑞昇文化事業股份有限公司, 2022.06
334面；14.8X21公分
譯自：予言の島
ISBN 978-986-401-568-9(平裝)

861.57　111007795

讀小說
Reading Novel